JN187100

ペンダーウィックの四姉妹 2

ささやかな奇跡

ジーン・バーズオール
代田亜香子 訳

小峰書店

装幀　中嶋香織

ささやかな奇跡

もくじ

プロローグ　7
1　パイナップルアップサイドダウンケーキ　14
2　青い封筒　28
3　寝る前のお話　38
4　イライラがいっぱい　50
5　最初のデート　68
6　お父さん救出作戦　82
7　スケートのコーチと茶トラのネコ　98
8　ファンティと虫男　114
9　パスとピザ　128
10　大逆転　149

11 挙動不審 162
12 ジェーンの大芝居 175
13 ニェット！ 191
14 グリルドチーズサンド 210
15 パティのミッション 227
16 星と星のあいだ 243
17 ハロウィン 261
18 いけにえの姉妹 277
19 告白 295
20 お父さん救出作戦パート2 317
21 長い夜 335
エピローグ 366

THE PENDERWICKS ON GARDAM STREET

by Jeanne Birdsall

Japanese translation published by arrangement with
Random House Children's Books, a division of Random House LLC.
through Japan UNI Agency.Inc.,Tokyo

プロローグ

　お母さんが四人目の赤ちゃんを産むためにここに入院して、一週間近くなる。ペンダーウィックの三姉妹は、毎日（ときには一日二回）お見舞いに来ているけど、まだ足りない。お母さんに、早く帰ってきてほしい。

「ママ、いつ帰ってくるの？」三姉妹のいちばん下、ジェーンがたずねた。

「もう五回もおんなじこときいてるわよ。お母さんにだって、わかんないんだから」長女のロザリンドはまだ八歳なのに、自分がしっかりしなくちゃと必死だ。「ねえ、クレアおばさん、バティを抱っこしてもいい？」

　お父さんの妹のクレアおばさんは、生まれたばかりのバティを、ロザリンドにそっと抱かせた。ロザリンドはいつも、赤ちゃんを抱っこするとものすごく幸せな気持ちになる。赤ちゃんのほうは、ぐっすり眠っていて抱っこされてることに気づいてなくても。

「じゃあさ、ちょこっとだけ帰ってくれば？　この子は連れてこなくていいから」ロザリンドとジェーンのあいだのスカイは、姉妹のなかでただひとり、お母さんとおなじブロンドとブルーの瞳をしている。ほかのふたりは、お父さんとクレアおばさんの、茶色い髪と茶色い瞳だ。生まれたばかりのバティも、まだ髪はぽしゃぽしゃっとしか生えていないけれど、どうやら茶色になりそうだ。

「帰るときは、どうしたってバティもいっしょになるでしょうね」お母さんは、笑いながらいった。それから、ふいに真顔になる。

「そうそう、ギフトショップ！」クレアおばさんが、ぱっと立ちあがった。「三人でギフトショップに行って、好きなもの、買ってきたら？」

「お金、もってないから」ジェーンがいう。

「おこづかい、あげる」クレアおばさんは、おさいふからお札を一枚とりだして、スカイにわたした。「ロザリンド、バティは置いていくのよ。お店に行くには早いから」

「うん、プレゼント、買ってくるからね」ロザリンドはしぶしぶ、お母さんのベッドのわきにある白いかごベッドに赤ちゃんを寝かせた。

「そんなことしたらお金、足りなくなっちゃうよ」スカイがいった。

「お行儀わるいこと、いわないの！」お母さんがしかる。

だけどクレアおばさんはにっこりして、スカイにお札をもう一枚わたした。「さ、行ってらっしゃい、よくばりな海賊たち！」

やっぱり、クレアおばさんって最高だ。子どもが大好きで気持ちをよくわかってくれるけど、自分には子どもがいないから、姪をすごくかわいがってくれる。だから、おばさんに多少けなされてもまったく気にならない。スカイなんか、かえってうれしそうだ。海賊きどりの足どりで元気いっぱい、ギフトショップにむかっていく。ロザリンドはジェーンの手をとり、おしとやかにそのあとをついていきながら、この数日ですっかり仲よくなった看護師さんたちにあいさつをする。

ギフトショップは、廊下を歩いて角を曲がったところにある。三人とも何度も来たことがあるけど、こんなにたくさんお金をもってきたのは初めてだ。クレアおばさん、めちゃくちゃ気前がよかったな。これだけあれば、三人とも、好きなものを買える。スカイは時計コーナーに直行した。前から黒い時計がほしかった。ジェーンはいつもどおり、あらゆるものをじっくり見てから、やはりいつもどおり、お人形のところに行った。ロザリンドはバティのために黒い犬のぬいぐるみを選んでから、アクセサリーのところに行ってみた。親友のアンナがターコイズの指輪をしているのを見て、すてきだなあとうらやましく思っていたからだ。

ところが、真っ先に目に入ってきたのは指輪ではなく、ゴールドのネックレスだった。星形のチャームが五つ、ぶらさがっている。まんなかにいちばん大きい星があり、両側にふたつずつ、小さい星がならんでいる。値段を見て、指を折ってぱぱっと計算すると、もう一度たしかめてから、妹たちを呼んだ。

「このネックレス、お母さんに買わない？」

「お金、なくなっちゃうじゃん」スカイはちゃっかり、黒い腕時計をはめている。

「そうだけど、お母さん、気に入ると思うの。この大きい星がお母さんで、小さい四つがわたしたちと、赤ちゃんよ」

「わたし、これ！」ジェーンは、小さい星をひとつ、指さした。「お姉ちゃん、ママはまだよくならないの？」

「まだよ」

「バティのせい？」

「〝腫瘍〟のせい」ああ、〝腫瘍〟なんて、大っきらい。「お父さんに説明してもらったでしょう？　でも、もうすぐよくなるわ」

「当たり前じゃん」スカイがかみつくようにいった。「お父さんが、お医者さんたちができるだけのことをしてくれてるっていってたし。世界一のお医者さんなんだよね」

「うん、そうだね」ジェーンがいう。「ママにネックレス買うの、賛成」

「ちぇっ」スカイはその場をはなれて、腕時計をはずすと、お店のお姉さんを連れてもどってきた。お姉さんは、ネックレスを箱に入れてリボンをかけてくれた。

　ロザリンドはもう、早くお母さんとバティのところにもどりたくてたまらなかった。スカイとジェーンのほうは、大好きな看護師のルーベンを見つけてかけよっていった。いつも、車いすに乗せて遊んでくれる。ロザリンドは、ルーベンといっしょなら安心と思い、いそいで廊下をもどっていった。だけどお母さんの病室の前に来ると、すぐに入らずに、ぐずぐずしていた。お母さんとおばさんが、ひそひそ話しているのがきこえたからだ。しかもなんだか、子どもがいないときに大人がする会話みたいな感じがする。声が小さすぎて何をいってるかはわからないから、立ちぎきにはならないはずだ。そう思っていたら、ふいにふたりが声をはりあげたので、ぜんぶはっきりときいてしまった。

「義姉さん、やめて」クレアおばさんがいっている。「そんなこといわないでちょうだい。なんだか、あきらめちゃったみたいにきこえる」

「まさか。最後の希望が消えるまで、あきらめるわけがないわ。ただね、クレア、約束してほしいの。だめだったときは、三、四年したら、マーティンにわたしの手紙をわたして。あの人、すごくシャイだから、ほっておいたらだれともつきあおうとしないわ。

ひとりでさみしい思いをするんじゃないかって考えると、たえられないの」

「娘たちがいるじゃない」

「あの子たちだって大人になって、そのうち……」

そこで、お母さんの言葉はとぎれた。ルーベンがスカイとジェーンを車いすにのせて突進してきたからだ。みんな、笑いながらきゃあきゃあいっている。ふたりはそのまま病室になだれこんでいった。ロザリンドはおずおずとあとから入っていく。いまの話、どういうこと？　お母さんがいってた、だめだったときって？　なんでお父さんがだれかとつきあわなきゃいけないの？　からだのなかが冷たくなって、ロザリンドはぶるっとふるえた。しかも、クレアおばさんがポケットに青い封筒をさっと入れるのを見てしまった。あれが、お母さんがいってた手紙？

スカイとジェーンは車いすにのった興奮も冷めないまま、大はしゃぎでネックレスをわたした。お母さんは、すごくよろこんでくれて、さっそくつけた。似合ってて、すごくきれい。そんなこんなで、だれもロザリンドがすみっこでだまったまま青白い顔をしているのに気づかなかった。そのあとすぐ、看護師さんがこわそうな器具をのせたカートを引いて入ってきて、そろそろお母さんと赤ちゃんを休ませてあげてといった。三人姉妹はしぶしぶ、お母さんに順番にキスをしてバイバイした。

ロザリンドは、最後にキスをした。「お母さん、また明日ね」そう小声でいう。たぶん明日になれば、なんてきけばいいか、思いつくだろう。最後の希望ってなんなのか、お父さんがさみしい思いをするってどういうことか、あのおそろしい青い封筒のなかにどんな手紙が入っているのか。

だけどけっきょく、ロザリンドが質問をすることはなかったし、それどころではなくなって忘れてしまった。というのもつぎの日、お母さんは急に具合がわるくなったからだ。最高のお医者さんができるだけの努力をしてくれたのに、一週間しないうちに、希望はすっかり消えてしまった。エリザベス・ペンダーウィックは、ある夜、夫と娘たちにおわかれをいって、それ以上は何も話せないまま、明け方に亡くなってしまった。すやすやと眠るバティを腕に抱いたまま。

1　パイナップルアップサイドダウンケーキ

四年と四か月後――。

あー、幸せ。ロザリンドは思った。心がふるえてぞくぞくするような幸せではない。そういう、すぐ失望にかわるかもしれない幸せではなく、おだやかな幸せだ。人生がこうあってほしいと思う方向にちゃんとむかっている感じ。まずは三週間前、中学一年生になったけど、親友のアンナと授業がぜんぶいっしょというのもあって、心配してたほどがらっと生活がかわらずにすんだ。あとは、九月のおわりで、葉っぱがきれいに色づきはじめていた。大好きな季節だ。しかもいまは、金曜の午後。学校は楽しいけど、週末は最高に決まってる。

何より今週末は、クレアおばさんが泊まりに来ることになっていた。大好きなクレアおばさんのたったひとつの欠点は、マサチューセッツ州キャメロンにあるペンダーウィック家から二時間もかかるところに住んでいることだ。それでも、よく遊びに来てくれる。今日の夜、おばさんが来たら、話したいことが山ほどある。ほとんどは、この夏休みの話だ。ひと月くらい、コテージに家族五人で泊まって、ものすごく楽しかった。ジェフリーという男の子と仲よくなっていろんなことをしたし、ロザリンドはちょっとのあいだだけ、キャグニーという年上の男の子に恋したかもと思ってたけど、実らなかった。いまは、とうぶんはだれも好きにならないと決めている。あんな、わけのわからない思いはもうたくさん。だけど、おばさんにはぜんぶ話したい。

　おばさんが来るまでに、やらなくちゃいけないことがいっぱいある。ベッドのシーツをかえて、きれいなタオルを用意して、あとはケーキも焼きたい。だけどまずは、ゴールディ保育園にいる妹のバティをむかえに行かなくちゃ。毎日、学校から帰るとちゅうにおむかえに行く。それも幸せを感じるひとときだ。今年になってやっと、お父さんが仕事から帰ってくるまでの時間、妹たちの世話を任せてもらうようになった。それまでは、ベビーシッターに来てもらっていた。この通りに住むボスナ家の美人姉妹のどちらかで、ふたりともきれいなうえにやさしいけど、ロザリンドにしてみたら、もう十二歳と八か月なんだから、自分がいればだいじょうぶなのにと思っていた。

キャメロン中学校からゴールディ保育園までは、歩いて十分。あと一分くらいで着く。むこうの角に、グレーの建物が見えてきた。広いベランダに、おもちゃがたくさん置いてある。あっ……ロザリンドは、早歩きになった。小さい女の子がひとりで、入り口の前の踏み段に立っている。茶色い巻き毛で、赤いニットを着ている。ロザリンドは駆け足になりながら、大声で呼びかけた。

「バティ！　むかえに行くまで、なかにいるって約束したでしょ？　どうして守れないの？」

　バティはロザリンドにがばっと抱きついてきた。「いいんだもーん。ゴールディさんが窓から見てるから」

　ロザリンドが顔をあげると、たしかにゴールディ園長が窓のところでにこにこ手をふっている。「だとしても、これからはなかで待ってて」

「わかった。でもねー」バティは、絆創膏をはった指をさっと出した。「はやくこれ、見せたかったんだもん。工作のとき、切っちゃった」

　ロザリンドはバティの指をにぎって、キスをした。「すごく痛かった？」

「うんっ」バティは誇らしそうだ。「粘土が血だらけになって、みんなきゃあきゃあいってた」

「なんだか楽しそうね」ロザリンドはバティに青い小さなリュックをしょわせてやった。

「さ、帰りましょう。クレアおばさんをおむかえする準備をしなくちゃ」

ふたりはいつも、いろいろ寄り道しながら帰る。サッサフラスの木は葉っぱがミトンみたいな形をしていておもしろいし、排水管は雨がふるとちょうどいい感じに水があふれてばしゃばしゃ歩いても靴のなかに水が入らない。とちゅうにいるブチ犬はわんわん吠えるけどなでてほしいだけ。通りに割れ目がある場所があって、バティはぴょんと飛びこさなきゃいけない。茶色い家は、まわり一面にお花が咲いている。電柱に迷子の犬やネコのポスターが貼ってあるときもある。バティはいつもじっくりながめては、なんで自分ちのペットをちゃんとみててあげないんだろうと思う。

だけど今日は、クレアおばさんが来るから、ふたりはいそいで帰った。立ちどまったのは一度だけ、あぶなっかしく歩道のまんなかをはってた虫をバティが安全な場所にうつしたときだけだ。すぐにふたりは角を曲がって、家のあるガーダム通りに出た。両側に家が五軒ずつあるだけの静かな通りで、あとは行き止まりになっている。ペンダーウィック姉妹は生まれたときからこの通りに住んでいて、どこもかしこも知りつくしている。ここのぜんぶが大好きだ。今日みたいにいそいでいても、ロザリンドは通りをながめてうっとりした。背の高いカエデがどの庭の前にも一本ずつ、すっくと立ち、どの家もあたらしくはないけれど手入れが行き届いて住み心地がよさそうだ。それに、いつもだれかしら、あいさつする人がいる。今日はコークヒルさんが芝生を刈っているし、ガイガーさんが食料品をいっぱいのせた車で帰ってきた。そのとき、バティが走りだしたので、ロザリンドは手をふるのをやめた。

「お姉ちゃん、はやく！」バティが叫んでいる。「きこえる！」

　これもまた、毎日のお決まりだ。ペンダーウィック家の飼い犬のハウンドは、バティが帰ってきたのがわかると、ガーダム通りのはしからはしまできこえるような声で騒ぎたてる。そうなると走っていくしかない。あっという間にロザリンドは玄関の鍵をあけ、ドアをひらいた。ハウンドがバティに飛びつく。まるで、半日じゃなく何百年もはなればなれになっていたみたいに。

　ロザリンドはハウンドを家のなかに引きずっていき、バティは再会のよろこびにひたりながらとことこついてくる。廊下を歩いてリビングをぬけ、キッチンに行くと、ロザリンドは裏口のドアをあけて、じゃれあう女の子と犬を裏庭に出す。それから、閉めたドアにもたれてひと息ついた。もうすぐバティが、おやつといいだす。それまでは、自分の時間だ。ロザリンドはケーキを焼きはじめた。今日はパイナップルアップサイドダウンケーキと決めている。

ごきげんで鼻歌をうたいながら、ロザリンドは棚から料理本をとりだした。ママが結婚したときにプレゼントされたもので、ママの手書きの書きこみがいっぱいしてある。もうぜんぶ暗記してるし、お気に入りの書きこみだってある。たとえば、キャンディがけスイートポテトの横に書いてあるのは、「あらゆるポテトに対するぶじょく」。パイナップルアップサイドダウンケーキの横には何も書いてない。うまくいったら、わたしが書こうっと。ロザリンドはたまに自分も書きこみをしていた。

「バター四分の一カップを溶かす」ロザリンドは読みあげながら、コンロに深さのあるフライパンをかけて火をつけると、バターを入れた。あっという間にバターが溶けだしてパチパチいいだし、キッチンにはパン屋さんみたいなおいしそうなにおいがあふれた。

「ブラウンシュガーを一カップ加える」ロザリンドはブラウンシュガーをはかって、フライパンに入れた。「バターと砂糖をよくかきまぜる」

砂糖がぜんぶバターとまざると、ロザリンドはフライパンをコンロからどかして、パイナップルの缶詰をあけ、なかみをフライパンのなかにしきつめた。しばらくながめて、ほれぼれする。「すばらしいできね。ロザリンド、あなたってほんとうにお料理がじょうずだわ」

ロザリンドはまた鼻歌をうたいながら料理本を棚にもどした。そういえば、裏庭がやけに静かだけど……ドアの外をちらっと見て、理由がわかった。バティとハウンドがレンギョウの木のかげにかくれて、おとなりの庭をのぞき見している。しかも、右どなりのタトルさんの家ではない。タトルさんならずっとここに住んでいて、食事中にバティとハウンドがキッチンの窓からのぞきこんでも気にしないだろう。だけどいまバティたちがのぞいているのは、左どなりに引っ越してきたばかりの、アーロンソンさんの家だ。引っ越してくる前、どんな人たちだろうってさんざん期待した。大家族ならいいな、この近所には子どもが少ないから。だけどアーロンソンさんの家族は、かなり少人数だった。お母さんと、よちよち歩きをはじめたばかりの男の子だけで、お父さんは男の子が生まれる前に亡くなったそうだ。お母さんも男の子も赤毛で、そこはよかった。この通りには赤毛の人はひとりもいないから。だけど、いまのところおもしろいのは髪の色だけ。お父さんは前からアーロンソンさんと知り合いだった。ふたりとも、キャメロン大学の教授――お父さんは植物学、アーロンソンさんは天体物理学――だから。でも、姉妹たちはまだ、紹介もしてもらってない。

　ロザリンドはあわてた。まだあいさつもしてないのに、のぞき見なんて！

「バティ！　だめよ！」ドアの外に声をかける。

　バティとハウンドはレンギョウの木の下からはいだしてきて、しぶしぶ家のなかにもどってきた。「シークレットエージェントごっこ、してただけだよ」

「じゃあ、ちがう遊びにして。おとなりは、のぞかれるのがいやかもしれないでしょう」

「庭に出てなかったから、わかりっこないよ。それに、見てたのはネコだもん」

「まあ、ネコがいるの？」

「うん。茶色の大きな子。よく窓のところにすわってるの。ハウンド、気に入っちゃったみたい」

ハウンドはそのとおりというふうに尻尾をふったけど、ロザリンドはどうかしらと思っていた。ハウンドがネコといっしょにいるのなんか、見たことない。リスが好きなのは知ってるけど。ガーダム通りにおうちをつくろうとしたリスたちが、ハウンドをどう思ってるかも知っている。だけど、ハウンドの本心についてバティに意見しても意味がない。ロザリンドは話題をかえた。

「おやつは？」

おやつをいらないわけがない。とくに、チーズとプレッツェルとグレープジュースのときは。しかも今日みたいに、キッチンのテーブルの下で食べてもいいっていわれたら最高だ。シークレットエージェントごっこをするのにぴったりだから。

バティがおとなしくなると、ロザリンドはケーキ作りを再開した。「小麦粉一カップをふるいにかける」だけどまた、じゃまが入った。今度は、残りの妹たちが学校から帰ってきてキッチンにかけこんできた。

「いいにおい」スカイがいう。ブロンドの髪を、迷彩柄の帽子のなかにむぞうさに押しこんでいる。フライパンのなかに指をつっこんで、バターをすくった。

ロザリンドがつかまえようとしても、スカイはひらりと身をかわして、笑いながら指をなめた。

「お父さんに電話して」ロザリンドがいう。「最後に帰ってきたの、スカイなんだから」

放課後のルールだ。ロザリンドがバティをむかえに行き、スカイとジェーンはワイルドウッド小学校から歩いて帰ってくる。スカイは六年生、ジェーンは五年生だ。そして最後に帰ってきた子が、大学にいるお父さんに電話をかけて、みんなが家にそろったのを伝える。

「ジェーン、電話して」スカイがいう。

「わたし、英語の授業のことでへこんでるから」ジェーンがいった。

ジェーンにしてはめずらしい。英語が大好きなのに。夢中になってるサッカーより好きなくらいだ。ロザリンドはレシピから目をはなして、ジェーンをじっと見つめた。たしかに、落ちこんだ顔をしている。泣いたようにも見える。

「どうかしたの?」ロザリンドはたずねた。

「ブンダ先生に、作文にCをつけられたんだよ」スカイが答えながら、テーブルの下に手をのばして、バティのチーズを盗んだ。

「こんな屈辱ってない。わたし、作家になれないかも」ジェーンがいう。

「ブンダ先生が気に入るわけないって、いったじゃん」スカイがいった。

「作文、見せてみて」ロザリンドがいう。

ジェーンはポケットから丸めた紙の束を引っぱりだすと、テーブルの上にぽんと投げた。「もうなんの仕事もできない。旅人にでもなるしかないね」

ロザリンドは紙のしわをのばして、一ページ目を見つけると、読んだ。「『マサチューセッツ州の女性の有名人。ジェーン・レティシア・ペンダーウィック。マサチューセッツ州といえば、あらゆる女性のなかでも真っ先に心に浮かぶのは、サブリナ・スターだ』ん?」ロザリンドは読むのをやめた。「サブリナ・スターのことを作文に書いたの?」

「うん、そうだよ」ジェーンが答える。

サブリナ・スターというのは、ジェーンが書いた五冊の小説のヒロインだ。どの本も、何かしらの救出劇だ。いまのところ、コオロギと赤ちゃんツバメとカメとウッドチャックと男の子を助けた。五冊目の『サブリナ・スター　男の子を救う』は、夏休み中にコテージで書いた。ジェーンは、最高傑作だといっている。

「だって、実在の女性の有名人について書くっていう宿題でしょう？」

「あたしもそういったのに。イタッ！」スカイがテーブルから飛びのいた。バティがチーズを盗まれた仕返しに、足首をつねったからだ。

「そこは、ちゃんと説明したんだよ。最後のページ、見て」ジェーンがいう。

　ロザリンドは最後のページをひらいて読んだ。「『もちろん、サブリナ・スターはマサチューセッツに実在した女性ではない。それでもここに書いたのは、あのスーザン・B・アンソニーとか、クララ・バートンなどより、ずっとすばらしい女性だからだ……』ちょっとジェーン、これじゃCをつけられてもしょうがないわね」

「Cをつけられたのは、先生に想像力がないからだよ。だいたい、作文なんて書きたくない。わたしには小説が書けるのに」

　電話が鳴って、スカイが走っていった。「あ、お父さん、うん、みんな帰ってきて、いま電話しようと思ってたとこ……なんともないよ。ジェーンが作文でCつけられてへこんでるけど……。え、ホント？」スカイがジェーンのほうをむいていう。「お父さんが、トルストイは大学を退学になって、『戦争と平和』を書きつづけたっていってる」

「お父さんに、この成績じゃ大学にも入れないっていって」

スカイがまた電話口にむかう。「ジェーンが、大学にも入れないって……。えっ？　もう一回いって。あ、うん、わかった。じゃあね」

「なんだって？」ジェーンがきく。

「心配しなくてもだいじょうぶだって。ジェーンにはタントゥム・アモーレム・スクリーベンディ（書くことへの大きな愛）があるから」スカイは、三語のラテン語をゆっくりていねいに発音した。

ジェーンは、ロザリンドのほうを期待をこめて見た。「意味わかる？　タントゥム・アモ……えっと、なんだっけ？」

「ごめん。うちのクラス、まだ〝農家〟はアグリコラで〝農家の〟はアグリコラエくらいしか習ってないの」ロザリンドが答えた。中学になってやっとラテン語をはじめたばかりで、お父さんが、この大昔の言葉でちょこちょこフレーズを混ぜてくるから、理解できるようになろうとがんばっているところだ。「いまの段階じゃ、パパが農家の話をしてくれたら少しわかる程度」

「可能性、うすいね」スカイがいう。「パパ、教授だし」

「いくつくらいになったら、『戦争と平和』読めるんだろう？」ジェーンがいった。「トルストイとの共通点を感じれば、この傷も癒えるかもしれないのに」

「十歳以上じゃなきゃムリだね」スカイがいった。また足首をつねられるのはごめんなので、フライパンのところに行ったけど、今回はロザリンドがしっかり待ちかまえていた。

「だめよ。パイナップルアップサイドダウンケーキをクレアおばさんのために焼いてるんだから」

「あ、おばさんが来るんだった！」ジェーンがぱっと顔をかがやかせた。「落ちこんでて忘れてた。おばさんなら、わたしの傷を癒やしてくれるはず」

「ケーキが焼きおわるまでに、ふたりでお客さん用の部屋の準備をしといて」

「あ、そうそう、宿題、宿題……」スカイがつぶやいて、ドアのほうにそれとなーく近づいていく。

「金曜日は宿題ないはずよ」ロザリンドがぴしゃりといった。「さ、はやく」

　スカイは手つだいがきらいですぐに逃げようとするけれど、やらせればかなり手ぎわがいいので、一時間後には家のなかはすっかり整っていた。きれいなシーツとタオルが用意され、リビングは片づき、とくべつにバティとハウンドもブラシでとかしてもらった。ロザリンドがケーキをオーヴンから出したとき、ジェーンのはしゃぐ声が家のなかにひびいた。

「クレアおばさん、着いたよ！」

2　青い封筒(ふうとう)

クレアおばさんが来ると、いつも通りの騒(さわ)ぎになった。だれが最初にハグするかでけんかになり、おばさんはいつも通り、片方(かたほう)のポケットからハウンド用のビスケットを、もう片方(かたほう)のポケットから姉妹たち用のチョコレートキャラメルをとりだした。お父さんが帰ってくると、おばさんはいつも通り、キッチンのカウンターに腰(こし)かけて、お父さんが夕食を——今日のメニューはナスのパルミジャーナだ——こしらえるじゃまをした。お父さんが料理用スプーンやらコップやら塩やらをどこかにやってしまうたびにからかう。それが二分おきくらいにある。夕食のあいだじゅう、おばさんはいつものクレアおばさんで、仕事のおもしろい話をしたり、姉妹たちに学校のことを質問(しつもん)しまくったりしていた。ところが全員ナスでおなかいっぱいになり、テーブルを片(かた)づけてしまうと、いつもとようすが変わってきた。ロザリンドがパイナップルアップサイドダウンケーキを出してきたとき、おばさんがとつぜんいすを引いて立ちあがった。

「あのね……」そういって、またすわる。「なんでもない」

「何がなんでもないの？」ジェーンがたずねた。

おばさんはまた立ちあがった。「えっとね、ちょうどいいタイミングだと思ったんだけど、やっぱり、あとにするわ」

おばさんはまたすわって、みんなにむかってにっと笑った。みんなもにっこりしたいところだけど、おばさんが明らかに気まずそうなのがわかる。おばさんにどんな気まずいことがあるのかなんて、想像つかないけど。

お父さんが顔をしかめる。「どうかしたのか？」

「どうもしないわよ。気にしないで」おばさんは、やたら明るくいった。「まあっ、おいしそうなケーキ。ロザリンド、切ってくれる？」

ロザリンドがナイフをもって切り分けようとしたとき、おばさんがまた立ちあがった。

「待って。そうね、やっぱり、すませちゃったほうがいいわ。ちょっと車から、プレゼントとってくるわね」おばさんは、ぱっと出ていった。

「プレゼントって？」スカイがたずねるけど、みんな首を横にふる。クリスマスでもお誕生日でもないのに。

「おばさん、どうかしちゃったのかな」バティがいった。こちらも、だれも答えられない。どうかしちゃったのでなければ、どうかしちゃったフリがうますぎる。

おばさんは、まああたらしいピカピカの赤い荷車（カート）といっしょにもどってきた。へんてこな形の包みがいっぱいのっている。おばさんは、やたら早口でいった。「このおもちゃのカートは、もちろんバティのよ。ラッピングできなくてごめんね。大きすぎてむりだったの。包んであるのは、あとの三人のよ」

「クレア、なんなんだ。どういうことだ？」お父さんがいう。

「理由がなきゃ、プレゼントもってきちゃいけないの？」

「だって、いままで一度もなかったから」ロザリンドがいう。なんだか、いやな予感がする。

「クレア、何かかくしてるな。うまくいくわけがないだろう。潜水艦事件（せんすいかんじけん）のときだって」

「潜水艦事件（せんすいかんじけん）？」スカイがたずねた。

「クレアが、わたしが気に入ってたプラモデルの潜水艦（せんすいかん）をこわして、うちの犬のオジーのせいにしたんだ。だが、わたしには犯人（はんにん）がだれか、わかってた」

「潜水艦（せんすいかん）なんかとは、わけがちがうの！」おばさんが大声でいった。

「じゃあ、なんなの？」ロザリンドもつい大声になる。もうがまんできない。

「おばさん、具合でもわるいの？」ジェーンまで急に青ざめて具合がわるくなってきた。

「ちがう。ちがうわよ。ただ……。あのね、あとでお父さんに話があるの。ふたりっきりでね。いやな話をするわけじゃないのよ。ただ……」

お父さんはメガネをはずして、袖口でレンズをふいた。「おまえたち、少しのあいだ、おばさんとふたりきりにしてくれないか？」

「先にプレゼントをあけちゃわない？　でなかったら、もっていかせてあげて」おばさんがせがむようにいう。

「もっていっていいぞ」

四人はしぶしぶ、リビングにぞろぞろ移動した。ロザリンドが赤いカートを引っぱり、スカイがハウンドを引っぱる。ハウンドはパイナップルアップサイドダウンケーキが視界に入る場所からはなれたがらなかった。だれも、プレゼントって気分じゃない。

「あけなきゃ、おばさんにわるいよ」だれも口をひらかない暗い雰囲気のなか、ジェーンがいった。自分もプレゼントって気分じゃないけど、ジェーンって名前が書いてある包みは、大きさや形からして本だ。

ロザリンドが、包みを配った。ジェーンのはやっぱり本だった。好きな作家のひとり、エヴァ・イボットソンの本が六冊。スカイは、りっぱな双眼鏡をもらった。陸軍用の、暗視双眼鏡だ。ロザリンドのは、セーター二枚。白とブルーだ。

「二枚も！　ぜったい、なんかヘンだわ」ロザリンドがいう。

「わたしの本も、ぜんぶハードカバーだし。うち二冊は、一度も読んでない本だよ」ジェーンもいう。「クレアおばさん、この世とのおわかれのつもりかな」

「具合わるくないっていってたじゃない。だいたい、ぴんぴんしてるし」

「死ぬ前ってよく、ぴんぴんして見えるっていうよね」

「じゃ、あたしたちみんな、死んじゃうね」バティがあたらしいカートに乗った。ここに入ってたほうが安全そうだ。

「だれも死なないわよ」ロザリンドがいった。

「しーっ」スカイがいう。気づくと、スカイはドアの近くでうろうろしている。

「立ちぎき！」ジェーンがいった。

「立ちぎきなんて、きこえがわるいな。あたしはたまたま、ここに立ってるだけだよ」

スカイのいいぶんはもっともなので、ほかの三人もスカイの近くに立つことにした。べつにしゃべることもないし、静かにしていれば、立ちぎきってことにはならないでしょ？　とはいえ、どっちにしても、あまりよくききとれなかった。おばさんが早口でしゃべり、お父さんが一度「いやだ」とはっきりいって、そのあと何やらいいあったあと、お母さんの名前――エリザベス――が何度かきこえてきた。それからしんとなって、いきなりドアがバタンとあいた。スカイが鼻を打ちそうになる。

あけたのはお父さんだった。髪がくしゃくしゃで、メガネがずり落ちている。手には青い封筒が見える。こわれやすい貴重品みたいに、たいせつそうにもっている。その青い封筒を見たとき、ロザリンドはふいにからだのなかがひやっとした。あんまり冷たくて、ぶるっとふるえが走る。理由はわからないけど。手紙も、寒気も、ふるえも、なんの関係もないはず。

「みんな、もういいぞ。たいしたことではない。どちらかといえば、笑える話だ。さあ、こちらに来なさい」

みんな、キッチンにぞろぞろもどってすわった。そして、クレアおばさんにプレゼントのお礼をいった。パイナップルアップサイドダウンケーキが、だれにも気づかれずにテーブルのまんなかにおきっぱなしになっている。

「クレア、きみから話してくれ」お父さんがいった。「自分がいいだしたことなのだから」

「兄さん、説明したわよね。いいだしたのは、わたしじゃないのよ」

「いいから」

「あのね、みんな……」おばさんは口ごもってから、一気にいった。「お父さんが女の人とデートしたら、どう思う？」

全員、ショックで口がきけなかった。まったく想像もしてなかったから。

「デート？　それって、映画観たり、食事したりする、恋人どうしのデートってこと？」やっとのことでジェーンがいう。

「恋人？　まさか！」お父さんがいう。メガネがずるっと落ちて、床に転がった。

おばさんはメガネを拾って、お父さんに返した。「映画とか食事とかは行くけど、恋人になるかどうかは、まだ先の話よ」

またしても、だれも何もいえなくなった。きこえるのは、ハウンドが床に何か落ちてないかさがして鼻をくんくんさせる音だけだ。

「お父さんって、デートってタイプには見えないけど。ごめん、正直にいっちゃった」しばらくして、スカイがいった。

「あやまる必要はない。わたしも同意見だ」お父さんがいう。

バティがいすからするっとおりて、お父さんのひざの上にのる。「じゃ、パパ、なんで？」

「あなたたちのお母さんが、そうしてほしいっていってたのよ」おばさんがいった。

「お母さんが?」ジェーンが思わず声をあげる。

ロザリンドは、くらくらしてきた。なんだかここ、暑すぎるし、明かりもまぶしい。

「そんなの、信じない。何かのまちがいよ」

「ロザリンド、ほんとうなんだ。おまえたちのお母さんの考えなんだよ」お父さんがいって、まだ握(にぎ)っていた青い封筒(ふうとう)を見つめた。「わたしがさみしいのではないかと、心配してね」

「だって、わたしたちがいるのに」

「大人はときどき、ほかの大人にそばにいてほしいものなのよ。どんなにいい子たちがいてもね」おばさんがいう。

「なんでよりによって、いまなわけ?」スカイがフォークをもってテーブルをつついた。

「お父さん、だれかデートしたい人でもいるの?」

「いいや。いない」お父さんは、自分もフォークでとんとんつつきたそうな顔でいった。

「お母さんは、あなたたちが大人になったらお父さんも少し自分の世界を広げたほうがいいと考えていたの。正直いって、わたしもそのほうがいいと思うわ」おばさんがいった。「そこで、お父さんと話し合って、決めたの。お父さんはとりあえず、これからお試しデートをする。数か月は、そのまま続行よ。そのあいだに少なくとも、四人の女性(じょせい)

とつきあうの」

「四人！」スカイが、フォークをテーブルにゴツゴツやりだした。

「そのあともし、どうしてもお父さんが世捨て人にもどりたいっていうなら、少なくとも努力したってことだからいいわ。でも、本気で努力しなきゃ。マサチューセッツ州西部にひとりもいい女性がいないなんてフリはだめ」お父さんが不満そうなのを無視して、おばさんはどんどんつづけた。「あと、どこからはじめたらいいかわからないでしょうから、友だちにたのんでおいたわ。キャメロンに独身の友だちがいるっていってたから」

ロザリンドは、どんどんめまいがひどくなってきた。耳鳴りがするし、冷蔵庫が傾いて見える。

「で？」スカイがフォークをテーブルでずぶっと曲げる。

「で、明日の夜、デートをするんだそうだ。ミズ・ミュンツとかいう会ったこともない女性とな。さいは投げられた。ラクタ・アレア・エスト」

ロザリンドは、いきなりがばっと立ちあがった。いすがガタンと大きな音を立ててうしろにたおれる。みんなに、どうしたのかたずねられたけど、説明できない。わかるのは、息が苦しくてどうしても外に出たいってことだけ。ロザリンドはよろよろとドアに近づき、だれの手かわからないけど押しのけた。クレアおばさんの、ほっといてあげなさいという声がきこえる。

そうよ、ほっといて。ロザリンドはドアの前まで来た。

「ロザリンド！」お父さんの声だ。

返事なんかできないし、振りむくのもムリ。ロザリンドは外に出た。ドアがバタンと閉まる。そして、夜の空気を思いっきり吸った。ああ、やっと息ができる。

「ちょっと散歩しよう」ロザリンドはひとり言をいった。「少し歩けば、きっとよくなるわ」

そして、ガーダム通りを歩きだした。

3　寝る前のお話

「『そして、あたらしい上着を上着かけにかけて、あたらしいハンカチをハンカチかけにかけて、ズボンをズボンかけにかけて、あたらしいロープをロープかけにかけて、自分は寝床に入りました』」お父さんは、本を読んだ。

「靴のとこ、ぬかしたよ」バティはベッドのなかで、熱心にきいていた。

「そうね」おばさんもいう。

　お父さんは、一、二行もどって読んだ。「『あたらしい靴を寝床の下に入れて、自分は寝床に入りました』」

「『やっと望む自分になれた。深い緑の海を航海する船乗りに』」バティはしめくくった。

「つぎは歌だよ」

「もう遅い。寝る時間だよ、バティ」

「お姉ちゃんはいっつも、うたってくれるもん。ね、ハウンド？」

ハウンドが、ベッド横の定位置からわんわん吠えた。バティのそばに行きたいけど、なんたってゴハン代をかせいでくれてるのはお父さんだから、がまんするしかない。

「裏切り者め」お父さんがいう。

「いいじゃない、兄さん」おばさんがいう。「うたいましょう。今夜はお祝いする気分じゃないでしょうけど、でも、うたいましょう」

「例によってわたしは、数で負け、策略で負けるというわけか。わかったよ、うたうよ。だが、一回だけだぞ」

そして三人は、うたった。ハウンドもわんわんと声を合わせる。

ぼくはスカッパー、犬の船乗り
ぼくはスカッパー、犬の船乗り
大風でもへっちゃらだ
クジラとも友だちだ
帆をいっぱいにはって
霧のなかすすむ

ぼくはスカッパー、犬の船乗り
ぼくはスカッパー、犬の船乗り
ぶるぶるふるえ、ふんふんかいで
港に入る
帆をいっぱいにはって
霧のなかすすむ

歌がおわると、大人ふたりはバティにユニコーンの毛布をかけてやり、おやすみのキスをした。バティはまくらに顔をうずめて目を閉じ、そのままじっとしていた。ふたりが電気を消して部屋を出ていく。バティは、ふたりが階段をおりきるのをじっと待った。そしてまた電気をつけると、ベッドをそっとぬけだし、あたらしい赤いカートのところにしのび足で行った。こんなにステキなカート、見たことない。いままでよく、これなしで生きてこられたな。

「ここにすわって、お姉ちゃんがおやすみをいいにきてくれるのを待とうかな」バティはハウンドにいった。

うん、なんていいアイデア。バティはすぐにカートの荷物台に乗った。そしてそのまますわっていた。ロザリンドはもうすぐ来てくれるはずだ。あのときはすごくいそいで出てっちゃったし、ドアもバタンと閉めたけど――ロザリンドがバタンとドアを閉めるなんて、めずらしい――すぐに帰ってきて、いつもみたいにお話をきかせてくれるはず。パパとクレアおばさんがスカッパーのお話を読んでくれたけど、やっぱりどこかちがう。

　バティは延々と待った。犬の船乗りの歌を小声でうたいながら、じっとすわってた。ハウンドが寝てしまっても、まだ待っていた。でも、ロザリンドは来ない。とうとう、がまんできなくなった。バティはカートからおり、部屋を出ると、スカイとジェーンの部屋まで引っぱっていった。ノックすると、ドアがあいて双眼鏡があらわれた。

「なんだ、バティか」スカイが双眼鏡のむこうからいう。「ロザリンドが帰ってきたのかと思った」

「お話してほしいの」

「お話なんか、知らないし。はやく寝なよ」

　そういいながらもスカイはわきにどいて、バティとカートを部屋に入れてやった。部屋は見事にふたつにわかれている。スカイの側は整理整頓されていて、白い壁にブルーの無地のベッドカバー。かざりといえるのは、メートル法の換算表だけだ。ジェーンのほうは、とても片づいてるとはいえない。ベッドにかかっているはずの花柄のラベンダー色のカバーが床にばさっとおいてある。あちこちに物がちらかっている。本やら、紙の束やら、古い宿題やら、また本やら。あと、人形もある。ジェーンはいままでもらった人形だけじゃなく、スカイがもらった人形もとっておくから。

　バティはカートをジェーンの側に押していった。スカイ側のほうがスペースがあるけど、何かにぶつけたらスカイはキレるし、まだいまいち操縦に自信がない。いまだって、車輪のひとつが引き出しにかけてあったタオルに引っかかって、そのせいで洗濯ものの山が転がり落ちてきた。なかに、赤と黄色のストライプのニーソックスがまざってた。

　ベッドの上に寝ころがっていたジェーンが、読んでいた本から顔をあげた。エヴァ・イボットソンの本だ。「あ、そこにあったんだ、サッカーの靴下。バティ、どっかに残りのユニフォーム、ない？　明日、試合なんだよね」

　バティは眠くて、なくなったユニフォームをさがす気になんかなれない。「あたし、お話を読んでほしいの」

「いまちょうど、章のとちゅうだから、読んであげるよ」

「だって、それじゃ、わかんないよ」あ、あたし、泣いちゃうかも。泣きたくないのに、涙がひと粒こぼれてきて、鼻の横をつーっと伝う。

「この子、泣くよ」スカイがいった。

「泣かないもん」また涙がひと粒、こぼれた。

ジェーンが読んでいた本をとじて、ベッドの自分の横をぽんぽんとたたく。バティはほっとして、よじのぼった。

「お話、考えてあげる。あ、そうだ、昔むかし……」

「サブリナ・スターはやめてよ。がまんできない。とくに今夜は」スカイがいう。

「サブリナ・スターって、ストレスによくきくんだけどな。でも、今日のはちがうの。昔むかし……」

「ミック・ハートもやめてね」ミック・ハートというのは、ジェーンがサッカーをしているときに変身する分身だ。口のわるいイギリスから来たサッカー選手で、サッカーのシーズンがはじまると、スカイはさんざんミックの話をきかされることになる。ジェーンとは、部屋だけじゃなくて、チームもいっしょだからだ。

「あたし、だれの話でもいいよ」バティがいう。

「ありがとう、バティ。昔むかし……」ジェーンはそこでスカイをちらっと見た。スカイは肩をすくめて、双眼鏡を窓の外にむけた。「王さまと女王さまがいました。王女が三人いて、みんな、国民からとても愛されていました」

「なんて名前の国？」

「キャメロンロットだよ。いちばん上は、うつくしくてやさしい姫でした。二番目は、かしこくて勇かんな姫でした。三番目は、お話をつくるのが上手で、想像力が泉のようにあふれた、学問をする者の鑑のような姫で、キャメロンロットじゅうの人たちが、こんなに魅力的で才能あふれる姫は見たことがないと口々にいっていました」

「やれやれ」スカイが窓辺でいう。

ジェーンは無視してつづけた。「それでも王さまと女王さまは、何かが足りないと感じていました。『もうひとり、姫がほしいわ』と女王さまがいいました。『もうひとり……』」

「どんな姫？」バティがたずねる。ジェーンが考えこんだからだ。

「そうね、ほかの三人ができないことができる姫」

「どんなこと？」またスカイが口をはさむ。お話づくりに協力する気はゼロだ。

「動物の気持ちがわかるとか」バティがいう。

「そうそう、それ！」ジェーンが声をあげた。「王さまと女王さまは、動物の気持ちがわかる姫がほしかったのです。そして、四人目の王女が生まれました」

　ドアがあいて、ロザリンドがふらっと入ってきた。場ちがいなところに来ちゃったみたいな顔をしている。

「おかえり！」バティが走っていく。

「髪に葉っぱがついてるよ」スカイがいった。

ロザリンドは手をのばして、葉っぱを見つけておどろいたような顔をした。たしかに、巻き毛に葉っぱが引っかかっている。ロザリンドは眉をよせて葉っぱをとると、そのまま床にぽいっと落とした。

「いままでどこにいたの？」ジェーンがたずねる。

「わからないわ。歩いてたの。あと、たぶん、横になってた」

バティにしてみたら、ロザリンドがどこにいたかなんて、どうでもいい。帰ってきてくれれば、それでいい。「パパがスカッパーのお話読んでくれたの。だけど、もうひとつききたくて、ジェーンがお姫さまのお話してくれてたんだけど、お姉ちゃんのがききたい」

「わかったわ」ロザリンドはスカイのベッドにすわりこんだ。「もうちょっとしたらね」

スカイとジェーンは、ロザリンドが帰ってきてほっとした。葉っぱつきだけど。長女で、たよりになるから、緊急時に仲間をひとつにまとめる役目をしなきゃいけない。そういう人は、ドアをバタンと閉めて家から飛びだしたりはしない。だけどいま、ロザリンドに仲間をまとめる力はなさそうだった。ジェーンは、はげまさなきゃと思った。

「パイナップルアップサイドダウンケーキ、おいしかったよ」ジェーンはベッドの下に手をのばして、べとべとのナプキンを引っぱりだした。「ほら、ひと切れ、とっといた」

「いらない」ロザリンドがぶんぶん首をふると、まだ残っていた葉っぱが一枚、ひらりと落ちた。それからロザリンドはまた、だまりこくった。

　今度はスカイの番だ。「お父さんのこと、わけわかんないよね？」

「わけわかんない？」ロザリンドが、かみつくようにいう。「そんなふうに思うの？　お父さんがデートするのが、わけわかんないって？」

「思わないの？」スカイは、ロザリンドのけんまくに、思わずあとずさりした。

「そんなもんじゃ、すまないわ。もしデートの相手と恋に落ちたら？　そうなったらわたしたち……」ロザリンドは、身ぶるいした。とてもその先をいう気になれない。

「継母ができるってこと？」スカイがいった。

「継母！」ジェーンは、そんなことは思ってもみなかった。

「アンナのこと、知ってるでしょう？」ロザリンドがいう。

　ロザリンドの親友のアンナには、最高のお母さんがいた。だけどお父さんが結婚と離婚をくりかえすので、アンナはもう、継母の名前をぜんぶおぼえていられないほどだ。

全員、クローディアと呼んでいる。最初の継母の名前だ。

「まさか」スカイがすかさずいう。「うちのお父さんは、アンナのとことはちがうよ」

「わかってるわ」ロザリンドは、ちょっと気がとがめているふりをした。

「あっ、だけど！」ジェーンがふいに声をあげる。「ジェフリーだってそうだった！　あのデクスターのやつめ！」

　ジェフリーというのは、姉妹がこの夏、コテージで出会った男の子だ。デクスターというのは、母親のミセス・ティフトンとつきあっていて、つい最近結婚した相手。それはもうイヤなやつで、ジェフリーは、いっしょに暮らしたくないのでボストンにある寄宿学校に行くことにした。

「ふたりとも、どうしちゃったの？」スカイがむっとした。お父さんの名誉がずたずたにされているような気がする。「お父さんをミセス・ティフトンと比べてるわけ？」

　バティは会話についていこうと必死だった。ジェフリーは大好きだし、ミセス・ティフトンはみんなとおなじで大きらいだけど、それがパパのデートとどういう関係があるのか、さっぱりわからない。しかも眠くて何がなんだかわからなくなっていた。いまにも寝ちゃいそうだ。はやくロザリンドがお話きかせてくれればいいのに。短くてもいいから。できれば、ママの話がいい。

「お姉ちゃん。ねえってば」

だけどジェーンがまた話しだした。「スカイのいう通りだよ。お父さんが、デクスターくらいイヤなやつと恋に落ちるわけないよ。あ、っていうか、デクスターが女だったらって話ね」

「デクスターくらいイヤじゃなくても、かなりのものよ」ロザリンドがいう。

「デクスターのことは、もういいじゃん。あたしは、お父さんを信用してる。それにさ、みんな、これってもともとお母さんがいいだしたってこと、忘れてない？」スカイがいった。

「忘れてないわ。お母さんがまちがってたのよ」

「ロザリンド！」ジェーンは、悲鳴のような声をあげた。お母さんがまちがってるなんてことは、ぜったいない。そんなの、わかりきってるのに。

「まちがっていたの」ロザリンドは顔をそむけて、窓の外を見た。

バティは、何から何まで気に入らなかった。ロザリンドに無視されてるのも、葉っぱが落ちたのも――スカイ側をよごしちゃったよ！――とくに、ママがまちがってるなんて話も。いまはとにかく、ハウンドがいるベッドにもどりたい。ロザリンドがいっしょに来てくれないなら、ひとりで行かなくちゃ。バティは赤いカートに手をかけたけど、今度は車輪が本の山に引っかかってしまった。もう一度ぐっと引っぱると、車ごと引っくりかえってしまい、もう自分じゃ起こせないし、涙はどんどんあふれてくるし、スカイに見られちゃったらまた弱虫だっていわれるし……ふぇーん。

やっと、ロザリンドがバティを抱きあげてぎゅっとして、ごめんね、お姉ちゃんがわるかったね、といってくれた。

「お話してほしかっただけなのに」バティはしくしく泣きながらいった。

「わかってるわ」スカイとジェーンにおやすみと手をふると、ロザリンドはバティをベッドに運んで、毛布をかけてやった。ハウンドが片目をあけて、バティの無事を確認すると満足して、またごろんとなって寝た。

「あたしのカート」バティは、ぬいぐるみに埋もれながらつぶやいた。

「とってくるわ。そしたら、お話してあげる」

だけどロザリンドがカートをとってきて、ドレッサーの横にとめたときには、バティはハウンドとおなじくぐっすり眠っていた。「おやすみ、バティ」ロザリンドはささやいて、長いこと妹をながめていた。また目をさましてお話してっていわれるかもしれないから。

4　イライラがいっぱい

つぎの日、みんながお昼を食べているとき、スカイはひとりで部屋にいた。あと一時間すると、スカイとジェーンのサッカーの試合がはじまる。ジェーンは、勝利のためにはもりもり食べなきゃ派だけど、スカイは、ミルクとバナナでいいと思っていた。あとは、ひとりで考えにふけること。

チーム名は、〈アントニオズ・ピザ〉で、赤と黄色のユニフォームに、〝ANTONIO'S〟のロゴとピザひと切れのイラストがバックプリントされてる。今シーズン、スカイはキャプテンに選ばれて、家族におどろかれたけど、自分でもびっくりだった。なにしろ前のシーズンに、キレて問題を起こしたことがあるから。というか、キレてばかりで問題ばかり起こしていた。レフェリーを能ナシ呼ばわりしたり、ペットボトルを踏みつけて観にきていた親を数人びしょびしょにしたり、ほかにもいろいろ……。まあ、いまとなってはおわったことにしたいけど。今シーズンはまだ、一度もキレてない。ユニフォームについているCの文字は、キャプテンの頭文字ってだけでなく、冷静（カーム）の頭文字でもある、と思うようにしてた。そして、冷静さを保つつもりでもいた。

試合の前に行うことは決まっている。前屈十回、首回し十回、腕立て伏せ十回、腹筋三十回。つぎに集中力を高めるために、素数を811まで列挙して、そのあと五分間、相手チームがぼこぼこにやられているところを想像する。最後に、いちばんむずかしい作業が待っている。五分間、建設的なことを考える。これは、お父さんの提案で加えた。なんといっても、相手がぼこぼこにやられてる想像は、スカイが大得意とするところだから。バランスというものがたいせつだ、とお父さんはいった。スカイもそれには賛成だけど、どういうわけか、五分間建設的なことを考えるためには、少なくとも十五分かかってしまう。今日こそ、そんなことにはならないようにしよう。

前屈、首回し、腕立て伏せ、腹筋、素数はスムーズにいった。相手チームをぼこぼこにする五分間は、あっという間だった。なにしろ今日の〈アントニオズ・ピザ〉の相手は最大のライバル〈キャメロン・ハードウェア〉だから。キャプテンは、どうしても気が合わないメリッサ・パテナウデ。学校でおなじクラスで、いつも担任のゲバル先生を見てくすくす笑っている。栄光の勝利をかざりたい理由ならいくらでもある。

「〈キャメロン・ハードウェア〉の全滅、完敗を」スカイは最後にいった。メリッサがぼこぼこになってるイメージをじっくり味わって、にんまりする。

さて、今度は建設的考えの時間だ。何を考えよう？　前回の試合の前は、クレアおばさんが遊びに来るのを楽しみにしてたから、楽勝だった。あーあ、ほんとうならいまだって、おばさんが泊まってる最中なんだから、いくらでも建設的になれるはずなのに。それがいまじゃ、デート問題のせいで最悪だ。しかも今夜、お父さんは一回目のデートを予定してるし！　それって、たしかにふしぎでビミョーな気分だけど、だからっていきなりわけわかんないことばっかいいだす娘ってどうなの？　しかも長女だっていうのに……。

「待った！」もっと前むきなことを考えなくちゃなのに！

そうだ、学校のことを考えよう。メリッサのうしろの席ってことをのぞけば、学校は楽しい。ゲバル先生は、数学の時間は図書館で自習させてくれるし。六年生の分野は知ってることばかりだから。英語は、好きな本を読ませてくれる。スカイは、アーサー・ランサムの『ツバメ号とアマゾン号』を選んだ。帆船で冒険する物語だ。まあ、歴史の授業はちょっと難ありだけど。ゲバル先生がクラス全員に、アステカ族についての戯曲を書けっていうから。アステカ族の数学の知識についての作文だったらいくらでも書くけど。農業の話だっていい。だけど、戯曲？　登場人物とかストーリーとかセリフとか、ありえない！　その手のものには、これっぽっちも興味ないし、あのムカつくメリッサがもう、自分の戯曲はほとんど書きおわってすごく出来がいいって自慢してるし。

「待ったーっ！」スカイはイライラして、時計を見た。あと四分も、建設的なことを思いつかなきゃいけないじゃん。

あ、あった。コテージで過ごしたこの夏のこと。うん、それなら建設的なはず。スカイはベッドにもたれかかって、アランデルの森や庭のことを思い出した。ジェフリーとジェーンと三人でトレーニングしたこと、デクスターの顔形を的にして弓矢の練習をしたこと、ジェフリーの部屋の窓からはい出して木からおりられなくなったこと、キャグニーがはしごをもってきてくれたこと……どんどん思いつく。スカイは満足だった。そしてまた時計を見ると、今度はちゃんと五分たっていた。うまくいったおかげで、まだユニフォームに着がえなくても時間があまってる。自分にごほうびをあげてもいいな。何をしたいかは決まってる。昼間のうちに双眼鏡を試してみたい。

そうと決まったらさっそく、スカイは双眼鏡を首から下げて、ベッドルームの窓からガレージの屋根に出た。ここは、あたしのとくべつな場所。そして、ひみつの場所でもある。スカイがここに来ることを、姉と妹たちは知っているけど、お父さんは知らない。

クレアおばさんも、いままで来たベビーシッターたちも、知らない。だって大人ってみんな、たかが二階でも屋根にのぼるのに反対だから。だから、だれにもいってないし、姉も妹たちも告げ口はしない。ペンダーウィックの姉妹は、そういうことはしないから。

　スカイは屋根の上にすわって、双眼鏡をもって焦点を合わせた。うわーっ、ほんとによく見えるんだ。ガーダム通りのすみからすみまでぜんぶ、よく見える。コークヒルさんの家の郵便受けに、ツタの葉っぱが描かれているのも、行き止まりにとまってる緑色の車のナンバープレートも。

「すごい。すごいすごい。すごーい」スカイはいいながら、真むかいのガイガーさんの家に双眼鏡をむけた。

　ガイガーさんは、お父さんとお母さんとニックとトミーの四人家族で、ペンダーウィック家とおなじくらい古くからこの通りの家に住んでいる。だから、スカイは百万回くらいこの家を見たことがあるけど、双眼鏡で見るのは初めてだ。いきなり手をのばせば届きそうなくらい近くに見えてきたのは、三年前にトミーが自転車でガレージのドアに激突してつけた傷。あと、ジェーンが蹴って屋根の上にのっけちゃったサッカーボールが——J・L・ペンダーウィックのボール！　という文字まで見える——まだ危なっかしく雨どいの上にのっかってる。それから、ニックが去年、免許とりたてのときに車をバックさせて突っこんだシャクナゲの茂み。お母さんが必死で元気を回復させようとがんばってたけど、いまいちうまくいってないらしい。

　そのとき、猛スピードで家の角を曲がってダッシュしてきたのは……トミーだ。フットボールのショルダーパッドとヘルメットを身につけてる。スカイは双眼鏡の焦点を合わせようとしたけど、あっという間にまた、長い手足をぶんぶんふりまわしながら角を曲がって消えてしまった。トレーニング中だ。暇さえあればトレーニングしてる。走ったり、ウエイトを上げたり、反復練習したり。ロザリンドは、トミーがフットボールにかける情熱を勉強に注いだら、中一のトップになれるといっている。あ、また来た。

「スカイ、あと五分で着がえないと試合に間に合わないよ」ジェーンが、窓から顔を出した。「いまこそ〈キャメロン・ハードウェア〉をたたきつぶすとき！　で、建設的な考えはうまくいった？」

「まあね。さ、もうちょっとひとりでいさせて」

　スカイはまた、通りのむかいをながめた。トミーはどこにも見えない。もう二、三分待ったけど、あらわれなかった。きっとどこかでスクワットでもやってるんだろう。大のスクワット信者だから。

　スカイは双眼鏡を空にむけてみた。カナダガモの群れがキャメロンに渡ってきているという話をきいたから。あ、なんか見える……焦点(しょうてん)をしぼると……。

「やあっ」

まったく、どうしてこのひみつの場所に、つぎからつぎへと人がやってくるわけ？　今度は、トミーだ。スクワットしてたんじゃなくて、このガレージの前に立つ木の上にいた。まだヘルメットをかぶってるから、すごくアホっぽい。

「消えて」

「フットボールの練習、しない？」

「しない。サッカーの試合があるし」

「ロザリンドはどうかな？」

「試合見にくるし。家族全員行くの。クレアおばさんが遊びにきてるから」

「あとでやらないかな？　あ、ロザリンドだよ。クレアおばさんじゃなくて。つーか、クレアおばさんだってその気になればできるだろうけど、どっちかっていったらおれはロザリンドに来てほし……」

トミーは、ふいに照れくさそうに口をつぐんだ。スカイは双眼鏡(そうがんきょう)をトミーの顔にむけた。ヘルメットのなかにあるぼやけた鼻のアップが見えただけだった。「どうかした？」

「なんでもねえよ」そういいながら、ぼやけた鼻が赤くなる。

「やっほー、ゴールポストの神！」またジェーンだ。「ロシア語の調子はどう？」

トミーは学校で、ロシア語を勉強している。言語をたくさん習得する予定らしく、そのひとつ目だ。将来パイロットになりたいから、行った先々でちゃんと会話をしたいと考えている。

「ネプロクホ。まあまあって意味だ」トミーは答えた。

「ふーん。よかったね。スカイ、時間だよ」

「わかった」スカイは屋根をずるずるはって、ベッドルームにもどった。

「トミー、木の上で何してたの？」

「ヘンなこといってた。さ、着がえよう」


試合の前半は、スカイはイライラしないでいられた。メリッサがキャプテンの握手のときにいった、わざとらしい「グッドラック」さえ、スルーできた。晴れたあったかい九月の午後で、あたり一面カラフルで――芝生の緑、空の青、ユニフォームの赤と黄色（まあ、〈キャメロン・ハードウェア〉のユニフォームは、紫と白だけど）――クレヨンの箱の世界みたいだ。両チーム互角のたたかいで、おもしろい試合だったし、〈アントニオズ・ピザ〉のほうがリードしていた。ほとんどはジェーンの活躍のおかげだ。ふだんからスピードも技術もあるストライカーだけど、今日はとくにすごくて、ハーフタイムまでに、チームがあげた三点のうち二点をとった。〈キャメロン・ハードウェア〉はまだ無得点だ。〈アントニオズ・ピザ〉のみんなはハーフタイムじゅうずっと、よろこびの舞をしていた。フラのヒップホップ版で、カンカンの要素も入ってる。スカイは、自分と妹とチームと人生を誇りに思っていた。勝利は目の前だ。イライラの要素はひとつもない。

　ところが残念なことに、メリッサのチームはもっと有意義にハーフタイムを使っていた。そして、後半はみちがえるようによくなっていた。それに、メリッサはスカイの弱点も知りつくしていた。ジェーンがボールをもったとたん、〈キャメロン・ハードウェア〉のムキムキのミッドフィルダーに乱暴にたおされた。

「あーらら」メリッサは、わざとスカイの顔の前で得意そうにいった。

　以前のスカイなら、そっこうでキレていた。だけどいまのスカイはちがう。自分の腕を（かなり）ぎゅっとつねって、メリッサに飛びかかりたいのをおさえてた。ほかの人には気づかれないように。しかも、メリッサのことなんかより、気がかりなことがある。ジェーンが強くどこかをぶつけると、よくないことが起きる。泣くときもあるし、まともにプレイできなくなるときもある。それからたまに——これがいちばんスカイがおそれていることだけど――ミック・ハートに変身して、イギリスなまりでおかしなことをわめきだす。

ジェーンは、ファウルでペナルティキックをもらった。落ち着いてらくらくシュートを決めたので、スカイはほっとした。あのミッドフィルダー、見かけほどあたりが強くなくて、ジェーンはなんともなかったのかも。パスが来て、スカイは相手陣地へと走る。そのときうしろから、叫び声がきこえてきた。

「〈キャメロン・ハードウェア〉は、とんちきのおたんちん！」

げっ、スカイはあわてた。ジェーン、やっぱりだいじょうぶじゃなかったんだ。ミックに変身してた。「とんちきのおたんちん」は意味不明だけど、けなしてるに決まってる。スカイはジェーンにボールをまわした。じっさいにプレイすれば、しゃきっとするんじゃないかと期待して。それしかできることはない。プレイを中断して、ジェーンをしかるわけにもいかないし。試合をつづけるしかない、そうスカイはいいきかせていた。ジェーンはきっと、まともにもどる。いつもそうだし。これ以上イラつくことがなければだけど。

ジェーンはどんどん走っていき、ゴールにむかってボールを蹴りつづけた。ところが、まともにもどる間もなく、メリッサが追いついてきた。その顔つきからして、とんちきのおたんちん発言を不愉快に感じているのがわかる。メリッサはボールを奪おうと、ジェーンにむかって飛びこんできた。

ジェーンはメリッサをひょいひょいかわした。「おらおら！　まぬけな牛め！　おまえらみんな、まぬけな牛だ！」

「あんたなんか……」メリッサもキレてわめいた。「あんたなんか、もっとまぬけな牛よ！」

悪口を返すにしてはあまりにもつまらない。メリッサのチームメイトでさえ、これには笑ってしまった。とんちきのおたんちんとか、まぬけな牛とか呼ばれるのも不愉快だけど、笑われるのは不愉快じゃすまない。あっという間にメリッサは仕返しに、ゴールを決めようとしたジェーンの足を引っかけて転ばせた。まだなんとか冷静を保っていたスカイは、レフェリーがまたペナルティキックをジェーンにくれるのを待った。だけどどういうわけか、レフェリーはいまのプレイを見逃したらしい。それどころか、ジェーンは立ちあがって二、三歩で、またメリッサにたおされた。しかも今度は――メリッサの話では、偶然らしいけど――わきに蹴りまで入れられた。

これでいいよ、スカイもキレた。もうどうなってもかまわない。妹が肋骨に蹴りを入れられたときに捨てられない自制心なんて、いらない！　スカイは何も考えずに走りだした。怒りの炎がめらめらと燃えている。風のように走り、地面を蹴り、こぶしを握った。もう少しでそのこぶしをメリッサの顔面にめりこませるというとき、例のミッドフィルダーがうしろから飛びかかってきた。そしてもちろん、〈アントニオズ・ピザ〉のフォワードたちがスカイの復讐のためにミッドフィルダーに飛びかかった。するとメリッサが「やっちゃえ！」と叫び、フォワードとフォワードがぶつかりあい、そのうちミッドフィルダー全員とディフェンス全員と両キーパーまで乱闘にくわわって、レフェリーがホイッスルを鳴らし、コーチと親たちが叫びながらフィールドになだれこんできて、そして……。

試合は、正式に中止となり、全員、しっかりしぼられて家に帰った。

ペンダーウィック家の帰り道も、とても楽しいものではなかった。

「レフェリーにいわれたよ。このリーグはじまって以来の乱闘騒ぎだとね」運転席のお父さんが、長くてつらい沈黙ののちに口をひらいた。「もちろん、ただの通行人のふりをしていたときだ。父親なんかじゃありませんって顔で」

「お父さん、ごめんなさい」スカイは、ものすごく後悔していた。自分が恥ずかしくてしょうがない。あれだけ冷静でいようと努力してきたのに、あっさりキレて、しかも試合をぶちこわした。〈アントニオズ・ピザ〉の栄光の勝利のはずが、無効になり、没収試合となった。チームを、コーチを、家族をがっかりさせた。「クレアおばさん、ごめんね。おばさんも、親せきじゃないふりしなきゃいけなかったでしょ」

「いいのよ」おばさんはにっこりした。スカイは少し心が軽くなった。「正直、あのメリッサへの突撃は、すばらしかったわ。アイスホッケーかプロレスに転向したらどう？」

「クレア、ふざけないでくれ」お父さんがいう。

「まじめにいってるんだけど」

「お父さん、スカイはわたしを守ろうとしただけなんだよ。メリッサがひどい蹴りを入れてきたから」ジェーンがいった。まったく気にしていない。「それに、ミック・ハートになったのはわたしがわるいんだし」

「そうだな、ジェーン。ミック・ハートのことだが、だんだん魅力がうすれてきたようだ。マンチェスターだかどこだかに、帰ってもらうのはどうだ？」

「そうだね。ただ、ミック・ハートになると泣かずにすむから。泣いたほうがよかったのかも」

「ほかに方法がないのなら、そうだな、泣いたほうがまだよかったな」

ジェーンは、ミック・ハートに悲しいわかれをつげた。「だけどね、お父さん、スカイはわたしを守ってくれただけじゃなくて、家族の名誉も守ったんだよ」

「わかってるさ。ただ、ひとついえるのは、家族の名誉はそんなに乱暴な方法で守らなくてもだいじょうぶってことだ」

「スカイ、かっこよかったなー」バティがいう。

「かっこよくなんかない。何いってんの」スカイがいった。「あたし、キャプテンなのに、試合をぶちこわしたんだよ。だけど、残りのシーズンは、何があってもキレない」

「まあ、そんなに気にするな」お父さんがため息をついた。「まったく、どうしてわたしのまわりには、こう戦闘的な女性が多いんだろうなあ。ロザリンド、戦闘のラテン語は？」

「わかるわよ」ロザリンドは、話題が変わってほっとしてた。「ベッルム、ベッリ」

「よろしい。そしてベッルムからベラトリックスという言葉ができた。〝女性戦士〟という意味だ」

「ベラトリックス・ペンダーウィック！」ジェーンがこぶしをつきあげ、ほんものの女性戦士とはなんたるかを、世界に示そうとした。バティも、遅れをとりたくなかったので、こぶしをえいっと出した。

そのあとの帰り道はずっと、みんな大はしゃぎで騒いでた。おかげでスカイは、自制心というものについて考える時間ができた。なんとか自制心を保ちたいとは思っていたけれど、捨てたあとの乱闘はめちゃくちゃ楽しかった。しかも、メリッサが怒りくるったコーチにしかられてるのを見られたし。気持ちよかったー。そうなると、なんだかわからなくなってくる。ちゃんと頭を整理しなくちゃ。できるだけはやく、屋根にのぼって考えよう。

車を家の前でとめたとき、引っ越してきたばかりのおとなりさんも、車でもどってきた。するとお父さんが、ちゃんと自己紹介するのにちょうどいいといいだした。スカイはさっさと屋根にのぼりたかったけど、しぶしぶ家族のあとについてとなりの家に行った。自己紹介なんて気分じゃないし、とくに引っ越してきたばかりのおとなりさんなんて、いまは気が進まない。なにしろ、お父さんとおなじ大学で天体物理学を教えてる女の人だ。天体物理学者なんてあこがれだし、将来は自分もなりたいと思っているから、それなりの質問を用意してから会いたかった。サッカーの乱闘のあとじゃ、気の利いたことなんか思いつかない。

おとなりさんは、車のシートから子どもを引っぱりだそうとしていた。近づくと、真っ赤に見えていた髪はきれいなとび色で、ウェーブがかかっている。大きな瞳は金色がかったうす茶色で、メガネのうしろできらめいていた。大きくてシャイで、シカの目みたいと、あとでジェーンがいった。

　お父さんは、シャイだってことに気づいたとしても、おもてには出さなかった。「こんにちは、アーロンソンさん。あいさつに来ました。妹のクレアです。週末、泊まりに来てましてね。あと、娘のロザリンド。長女です。あと、スカイ、それからジェーン。あと末の娘の……」

　お父さんは、そこできょろきょろした。どうせバティはどこかにかくれてると思って。知らない人がまわりにいると、いつもそうだ。

　ところが、バティはとなりで袖を引っぱっていた。「あたし、ここにいるよ」小さい声でいう。

「おお、めずらしい。そうか、いたのか」お父さんは、頭をぽりぽりかいた。「末の娘のバティです」

「パパ、赤ちゃんの名前、きいて」

　バティの声は小さかったけど、アーロンソンさんにはきこえていた。「ベンよ。ベン、ペンダーウィックのみなさんに、こんにちはをして」

「アヒル」ベンがいう。髪は、お母さんよりも明るい赤だ。

「『アヒル』しかいわないんです」アーロンソンさんは、言い訳するようにいった。「そうそう、あと、わたしのことは、アイアンサって呼んでくださいね」

「天体物理学者のアイアンサ」スカイは思わず口走ってしまい、恥ずかしくなってずりずり移動して、ロザリンドのうしろにかくれた。これでもう、おとなりさんにいい印象をもってもらえなくなっちゃった。ま、いいけど。どっちにしても、あたし、赤ん坊に用ないから。

ジェーンはスカイにむかって、もうっという顔をしたけど、お父さんはなんとも思ってないみたいだった。

「アイアンサ。うつくしい名前だ。紫色の花という意味で、語源はギリシャ語だが、そのあとラテン語のヤンティヌスという形容詞になり、それは『紫色の』という意味だ」

「そうなの?」アイアンサは、きょとんとはしていたけれど、いやそうではない。

「この人のことはほっといてくださいね」クレアおばさんがいう。「お会いできてうれしいわ。うちの家族がご迷惑をかけないといいけれど」

大人たちは握手をした。ロザリンドも長女として握手をして、それぞれ自分の家にもどっていった。

「兄さん、ひとつだけアドバイスしとくわ」クレアおばさんが、アイアンサにきこえないくらいはなれるといった。「今夜のデートのときは、ギリシャ語だのラテン語だのの話はやめてね」

「わがデートに呪い(のろ)の雨よ、ふれ！」お父さんがいう。

「お父さんっ！」ロザリンドは、ぎょっとした。お父さんが口のわるいことをいうなんて、めずらしい。

スカイはげらげら笑って、お父さんの腕(うで)をぎゅっとつねった。そしてみんな、家のなかに入った。

5　最初のデート

サッカーのユニフォームを脱ぐと、ジェーンは必要なもの――リンゴ、ペン、青いノート――をもって、ガーダム通りを歩いていった。世界でいちばん好きな場所、クイグリー・ウッズにむかっている。

　クイグリー・ウッズは、キャメロンの町のまんなかあたりにある十五平方キロメートルほどのすてきな森だ。クイグリーさんがだれか、おぼえている人はいないし、ここに住んでいたときに何をした人なのかもわからない。残されているのは低い石壁で、原っぱのあちこちに立っている。クイグリーさんは農家の人だったのかもしれないし、羊飼いだったのかもしれない。または、ジェーンがいちばん好きな想像だと、フランス革命で逃げてきた貴族かもしれない。もっとも、フランスの伯爵がどうしてクイグリーって名前なのか、いい理由は思いつかないけど。とにかく、いまはマサチューセッツ州の所有地だけど、ガーダム通りの行き止まりからがいちばん入りやすいので、ここに住む子たちはみんな、自分たちのものだと思っている。

この近所の暗黙の了解で、クイグリー・ウッズにひとりで入れるのは十歳以上となっている。奥のほうに行くのは、少なくとも十三歳になってからだ。ここでいう「奥のほう」というのは、入り口から四百メートルほど先を流れる広い小川からむこうという意味だ。その小川の手前でもじゅうぶん遊ぶのにちょうどいい広大な自然の王国って感じで、ジェーンたちは、どの木も、岩も、地面のくぼみも、知りつくしていた。

今日、ジェーンは〝魔法の岩〟と呼んでいる場所にむかっていた。十歳になっても、この岩に魔法がかかっているという確信は消えてなくて、マサチューセッツ州に魔法というものがあるのなら、この岩のなかにひそんでいると信じていた。ほかの三人にはわかりっこない。ロザリンドは魔法の冒険をするには大人だし、バティは子どもすぎるし、スカイは割り算の筆算ができるようになった日に魔法を捨てた。

「こんにちは」ジェーンは、目的地に着くといった。「わたし。ジェーンです」

この森のなかの丸い空地は、大昔に謎のクイグリーさんが植えたアスターやバラでいっぱいだ。だけど、いくらアスターやバラがきれいでも、空地のまんなかにある魔法の岩にはかなわない。すごく大きな岩で、ジェーンよりも高くて幅もある。そのまわりに、小さい岩がたくさん積み重なっていた。こんな大きな岩にはきっと、すばらしい歴史があるはず。もしかしたら隕石が天から落ちてきて、ここクイグリー・ウッズに着地したのかも。小さい岩のことは、よくわかんないけど。大きな岩のふしぎな魔力でこの地に引きつけられ、永遠に大きな岩を守る役目を運命づけられたのかもしれない。

「ささげものも、もってきました」

ジェーンは小さい岩によじのぼると、ひざをついて手を下にのばし、大きな岩の表面をさわった。何年か前、ここに大きな割れ目を見つけた。ちょうど手が入る幅で、ものをかくしておくのにちょうどいい深さがある。ジェーンはこの割れ目を、たからもの入れに使っていた。お母さんが生きていた最後の夏にケープコッドで拾った貝がらとか、スカイに頭をもぎとられたかわいそうなお人形のアンジュリーとか、サブリナ・スターの一冊目を書いたときに使ったペンとか、去年の冬にトミーがペンダーウィック家の前の道に忘れてったアイスホッケーチームのボストン・ブルーインズのパックとか、魔法の場所にぴったりなものをしまっている。何度もジェーンは、トミーが、おれのブルーインズのパックはどこいったんだと声に出していうところを想像した。そうなったら、こう答えればいい。なんだトミー、それならわたしがずっと、安全なところにしまっておいたよ、と。

あ、あった。この割れ目だ。ジェーンは、紙を数枚、トレーナーのポケットからとりだした。そして、岩の奥のほうにつめこんだ。

「魔法の岩よ、わたしのたからものをお守りください。そしてついでに、このおそろしいものを清め、わるい力を追い払ってください」

その日のささげものは、『マサチューセッツ州の女性の有名人』、Cをもらった例の作文だ。お父さんから、トルストイが『戦争と平和』を書いたときの話をきいても、やっぱり真っ赤な字ででかでかとCと書かれたその作文は、呪いにしか思えない。人生の汚点だ。あたらしい作文の宿題を出されてるのに、この作文のことが重くのしかかってたら、書きはじめられない。呪いをとりのぞいてくれるものがあるとしたら、この魔法の岩だ。前にもあった。友だちのエミリーが病気になったとき、ジェーンがこの岩にエミリーの写真をささげたら、つぎの日にはもう治ってた。

それでもたまに、この岩は予想を裏切る。ついこの前も、ジェフリーがボストンの寄宿学校に行く前、キャメロンに寄ったとき、ジェーンはここに連れてきた。いっしょにデクスターの絵を描いて、岩にささげた。デクスターから悪を追いだしてください、できればデクスター本人を追い払ってくださいとお願いした。だけど一週間後、ボストンにいるジェフリーから電話があって、お母さんとデクスターが結婚してヨーロッパに長期の新婚旅行に出かけるときかされた。

でもあれは、岩がわるいんじゃない。わたしもジェフリーも、あのとき結婚の話は出さなかったし、期日もちゃんと伝えなかった。もしかしたら、デクスターは十年後にいい人になるかもしれない。そのころはもう、どうでもよくなってるけど。だからジェーンは、たのみごとをするときは、できるだけ正確な情報を伝えようと決めていた。

「それから、お願いします、岩さん、これから書くものにはCをとらせないでください。よろしくお願いします。あっ、あと、DとEもやめてください。くれぐれもよろしくお願いします。友だちのジェーンより」

願いごとはおわったけど、まだやらなくちゃいけないことが残ってる。ここにひとりで来るといつもやる儀式だ。一度もうまくいったことがないけど、だからってやめるわけにはいかない。ジェーンは大きな岩のてっぺんにのぼって、あぐらをかいてすわり、腕を高くあげた。「われのもとに来たれ」的な雰囲気が出そうな気がするポーズだ。

「アスランよ。あなたを待っています」

ジェーンはあたりをきょろきょろして、ナルニア国のライオンの王が来てないのをたしかめると、また腕をあげた。「サミアドよ、あなたを待っています」

ネズビットの『砂の妖精』に出てくるひねくれものの妖精もあらわれないので、もう一度やってみた。「亀よ、あなたを待っています」

いつも、エドワード・イーガーの本に出てくる魔法で願いをかなえてくれる亀には、とくに待つ時間をかける。なんたって、亀だし。百まで数えて……。

「やっ、ジェーン」

ジェーンはぎょっとして腕をおろした。うしろにひっくりかえりそうになる。まさか、エドワード・イーガーが書いたのって実話？　だけど、しゃべったのは魔法の亀ではなく、ただのトミー・ガイガーだった。ヘルメットをかぶり、ショルダーパッドをして、フットボールをもっている。

「これはこれは、10ヤードのヒーロー」ジェーンはいった。なーんだ。ほんとうは、それほどがっかりじゃないけど。

「ちがうよ。そんなふうに呼ぶの、やめてくれ」

「だって、そうでしょ」

「いいから、やめてくれ」トミーはフットボールをまっすぐあげて、高くジャンプしてキャッチした。

「じゃ、なんかロシア語、いってみて」ジェーンがいう。

「アジーン、ドゥヴァー、トゥリー、チティーリ」

「トミー、すごーい！　なんていったの？」

「四まで数えただけだよ。なあ、ロザリンドは？」

「いないよ。っていうか、ここには来てない。わたしだけ」

「いや、その、ここで不整地トレーニングするつもりなんだ。ロザリンド、いっしょにやらないかと思ってさ」

「わたしがいっしょにやってあげるよ」

「まだはやいよ。ロザリンド、あとでやらないかな」トミーはまた、さっきよりも高くボールをあげた。

「あとでは、いそがしいから」ジェーンはぴしゃっといった。だけどすぐ、いいかたがきつかったかなと反省した。トミーがキャッチし損ねたボールが頭に落ちて、ヘルメットをかぶってても痛そうだ。ジェーンはうめあわせのつもりで、どうしてロザリンドがいそがしいのかを説明した。つまり、クレアおばさんが来てからのことと、とうとうデートが今夜決行されることを話した。

「へーえ、ペンダーウィックさんがデートねえ。ロザリンド、気の毒に」トミーは、ジェーンの説明がおわるといった。

「気の毒なのは、ロザリンドだけじゃないけど」なんかまた、きついいいかたになっちやった。

　でもトミーは、ジェーンの口調は気にならないらしい。不整地トレーニングしなきゃとかなんとかいって、軽くバイバイすると、いなくなった。

　これでまた、空地にジェーンひとりになった。また魔法の生きものたちを呼んでみようかとも思ったけど、考え直す。人はどう思うか知らないけど、十歳はもう大人だから、そういうものを信じるのは卒業しなきゃ。そこで、リンゴを食べて、ノートとペンをとりだし、ブンダ先生のつぎの作文を書こうとした。二十分後、ジェーンはまだ岩の上にすわって、木々をぼーっと見つめていた。困ったことに、作文のテーマは『科学はどのようにわたしたちの生活を変えたか』で、マサチューセッツ州の女性の有名人に輪をかけて興味がもてない。どうしても科学について書かなきゃいけないなら、遠隔操作で核弾頭を解体する装置をサブリナ・スターが発明したことについて書いたらどうだろう？うん、それならおもしろい。だけど残念ながら、ブンダ先生のセンスじゃ、通じないだろうな。Ｃどころじゃすまないかも。

　ジェーンは岩の上にあおむけになって、目を閉じた。この魔法の岩の上に寝てるだけで、いいアイデアが浮かんでくるかもしれない。だけど、お日さまがあったかくて気持ちいいし、サッカーの試合づかれが残ってるし――ミック・ハートになると、よけいなエネルギーを消費する——あっという間にうとうとしてきて、夢の国をさまよいだした。その国では、注目を集めるのは姉たちじゃなくて自分だった。そして気づいたら、スカイに揺さぶられていた。

「ジェーン！　あんた、岩の上なんかで何してんの？」

ジェーンはあせって、寝てる間に転がっていったペンをひろった。「作文、書いてた」

「あ、そ。お父さんがデートのしたくしてるんだけど、ジェーンをさがしてくるまでは出かけないって。トミーが、ここで会ったって教えてくれたからよかったけど。あーあ、さがしつかれた」スカイは大きな岩からするっと小さい岩へとすべり、地面に飛びおりた。

「トミー、ほかに何かいってなかった？」ジェーンも、あとから地面におりた。

「知らない。どうでもいいし。さ、いそいで！」

ふたりはクイグリー・ウッズを走りぬけ、行き止まりから飛びだし、ガーダム通りをかけっこした。玄関前まで来ると、スカイが念をおした。

「いい？　お父さん、まったくの役立たずだから、クレアおばさんが、協力してあげてほしいって」

「わたし、いつも協力的だし」ジェーンは不満そうにいった。だけど、スカイといっしょにリビングに入っていくと、どういうことか理解した。お父さんがこんなにやる気なさそうなのは、歯医者に歯を二本ぬきに行くとき以来だ。服なんかハウンドの毛だらけで、クレアおばさんとバティがよってたかってブラシでこすっている。

「ジェーンか、よかった」お父さんはいった。「娘がひとり、どこかに行ってしまったかと思ったよ。だが考えてみたら、あんまり長いこと見つからなければ、キャンセルするいい理由になったかもしれないな」

「お父さん、ごめん。ブラシ、まだある？」ジェーンはいった。

「いや、ブラシはもういい」お父さんは、クレアおばさんとバティにむかって両手をひらひらさせた。「メガネ、どこかで見なかったか？」

「見たわ」ずっと遠巻きにしていたロザリンドが答えた。マントルピースの上からメガネをとってきて、お父さんにそっとかけてあげる。ロザリンド、お父さんより不安そうな顔してる、とジェーンは思った。

「少なくともこれで、メニューは見えるな」お父さんは、メガネの位置を直しながらいった。

クレアおばさんがリントブラシをもってまたもどってきた。「少なくともいま、セーターに犬の毛がたっぷりついてるわ」

「ふーん、そうか。ミズ・ミュンツが犬の毛を気にするようだったら、わたしとは合わないということだ」

「ほんとうにスーツ、着ていかない気なの？」

「お父さん、スーツきらいだから」スカイがいう。

「その通りだ、スカイ。そしてわたしは、デートもきらいだ」

マントルピースの上の赤い時計が、五時を打った。十五分後にデート相手をむかえに行くことになっている。そろそろ出る時間だ。お父さんは娘たちひとりずつと、ハウンドにキスをして――ハウンドにキスしたことなんかないのに――最後にクレアおばさんの前に来た。

「一年後に延期しないか？」お父さんがいう。

「それ、いい考え」ロザリンドがいった。

「楽しんでらっしゃい、兄さん」おばさんがいった。

「あ、そうそう、ほら……」お父さんがいいかける。

「わたしたちならだいじょうぶよ」おばさんが、ロザリンドの肩に手をまわした。「ね、みんな？」

「あたし、だいじょうぶ」バティがいう。「ディナーは、マカロニ＆チーズ食べるんだ」

「ほかの三人は?」お父さんがきいた。

「みんな、だいじょうぶだよ」スカイがきっぱりいう。ジェーンもうなずいて、楽しそうな顔をつくった。ロザリンドもうなずく。ただし、あまり楽しそうな顔ではない。

「では、そろそろ行くかな。永遠のおわかれになるかもしれない」

「はいはい」おばさんがお父さんを玄関から押しだすと、すぐに舞いもどってくるといけないみたいにドアによりかかった。「さ、みんな、思いっきり楽しみましょう」

　残念ながら、こんな夜に楽しめることなんて、なかなかない。マカロニ&チーズはおいしかったし――セロリとオニオンと三種のチーズ入り――そのあとおばさんが街に連れてってくれて、アイスクリームサンデーを買ってくれたけど、どうしてもいちいちお父さんがいないのを感じてしまう。家に帰ると、映画のビデオをたくさん出してきたけど、どれを観ようか決まらない。スカイとジェーンがけんかしそうになったので、おばさんがキレて、バティとおなじ七時半にみんなをベッドに追いやった。

「寝た?」ジェーンが暗やみにむかってたずねた。

「ううん。ずっと耳をすましてた」スカイが答える。

「わたしも」

「うん、知ってた」

ふたりはさらに必死で耳をすましたけれど、きこえてくるのは廊下（ろうか）のむこうでドアがあく音だけだった。

「ロザリンドだ」スカイがいう。

「うん」

ふたりもベッドからぬけだして、そっと部屋を出た。ロザリンドが、キルトにくるまってすわってる。ロザリンドはキルトを広げ、三人で階段（かいだん）のてっぺんでからだを寄（よ）せあった。すると二、三分後、待ちこがれた音がきこえてきた。お父さんの車がもどってくる音だ。

とっさに三人は、見つからないようにちぢこまった。クレアおばさんが下の廊下（ろうか）に出てきたからだ。おばさんも、ずっと車の音を待ってたんだろう。玄関（げんかん）のドアがあいて、お父さんが帰ってきた。

「で、どうだった?」おばさんがたずねる。

お父さんはげらげら笑ったけど、かなり皮肉っぽい笑い声だった。「クルキアートゥス」

「英語でいってちょうだい」

それからふたりは、リビングに入っていった。英語でいいなおしたとしても、階段の上からではきこえない。スカイとジェーンは、期待をこめてロザリンドを見た。

ロザリンドが肩をすくめる。「まだ習ってないから」

「もっとがんばって、はやくラテン語たくさんおぼえてよ。でなかったら、どうなってるのかわかんないよ」ジェーンがいう。

「もしかしたらわかんないほうがいいのかもよ」スカイがあくびをした。

「いいえ。ぜったい、そんなことはないわ！」ロザリンドが立ちあがった。キルトが妹たちからぐいっとはがれる。「さ、さっさともどりましょう。たくさん寝ないと、明日は考えることがたくさんあるのよ」

スカイとジェーンは、ロザリンドが部屋にずんずんもどっていくのを、じっと見つめていた。

「考えることって何？」ジェーンがたずねる。

「さあ？」スカイが首を横にふった。「だけど、ロクなことじゃない予感がする」

6　お父さん救出作戦

「たしかに室内履きをもってきたはずなのに」クレアおばさんがいった。日曜の午後で、ロザリンドはおばさんの帰りじたくを手つだっている。

「赤いの？」ロザリンドは、ベッドの下をのぞいた。そして、ふわふわの赤い室内履きを引っぱりだした。ところどころべしゃべしゃで、一か所穴があいている。つま先の部分だ。

「ハウンド？」

「もしかして、お気に入りだった？」

「二番目だからだいじょうぶ」おばさんはそれをごみ箱に捨てた。「ハウンドがデートのことで怒ってるのはわかってたけど、室内履きを食べちゃうほどだとは思わなかったわ」

おばさんが笑わせようとしてるのはわかるけど、お父さんのデートのこととなると、とても笑う気になれない。デートの計画自体笑えないし、お父さんがデートするって思うだけでもうムリ。ロザリンドは返事もできずに、バスローブをたたんで、ベッドの上のスーツケースのなかにきちんと入れた。

「ロザリンド、あなたもデートのことで、わたしを怒ってるんでしょう？　ほらほら、これ、かじって穴あけていいわよ」おばさんは引き出しから靴下をとりだすと、ロザリンドにわたした。

「わたし、怒ってなんかない」

「うそつきね」

「うん、まあ、ちょっとは」

「そう、それでいいわ。ねえ、お父さんがデートするなんておかしな気分でしょうし、ちょっとこわいのもわかるわ。お母さんも、それを心配していたの。だけど、お父さんがさみしい思いをすることも心配してたのよ」

「お父さんは、さみしいなんていったことない」ロザリンドは靴下をスーツケースのなかにほうりこんで、パタンと閉めた。

「ないのはわかってるけど、あたらしい人、というかあたらしい女の人と、たまに会うのは、いいことだわ。わかるでしょう?」

ううん、わかんない。しかもいまのところ、いいことなんかひとつもないし。ラテン語の辞書で〝クルキアートゥス〟を調べたら、「拷問」って意味だった。お父さん、かわいそうに。食事と映画のあいだずっと、拷問みたいだったんだわ。だけど、お父さんが相手を気に入らなくてよかった。これでミュンツさんとの結婚はなくなった。

だけど、おばさんにそんなことはいえない。「スーツケース、車までもっていく」それだけいうと、そっけない態度のおわびにおばさんにハグをした。

スーツケースを車にのせると、ロザリンドは芝生にすわって、ここ一日半のあいだに自分がやってきたことを思いかえした。このとんでもないデート問題を食い止めるにはどうしたらいいか、ずっと作戦を考えてた。いまのところ、思いついたのは、作戦の名前だけ。『お父さん救出作戦』だ。内心、もっとストレートな名前は『ロザリンドと妹たち救出作戦』なのはわかってた。だけど、自分でも認めたくない。しかも、拷問なんて表現したのは、わたしじゃないし。

フットボールがどこからともなく飛んできて、目の前に落ちた。

「トミーでしょ!」ロザリンドはとっさにいった。この近所でフットボールを投げてくるような人間は、トミーしかいない。

そしてトミーが、ボールを追ってかけてきた。ヘルメットをかぶって、ショルダーパッドをつけている。「トレーニング、したいんじゃないかと思ってさ」

「いいえ」ロザリンドはボールをつかんで、トミーにむかって投げた。

トミーはボールをキャッチして、ロザリンドのとなりにすわった。「じゃ、あとでは？」

「いいえ」ロザリンドは、『お父さん救出作戦』をふたたび考えはじめた。トミーがいるくらい、関係ない。トミーなんて、カエデの木とか行き止まりとかとおなじ、ガーダム通りの一部みたいなものだから。

「ジェーンから、デートの話、きいたよ」トミーは、ボールを何度か空中に投げてキャッチした。「どんな具合？」

「うまくいってるんじゃないかしら」

「相手を気に入ったってこと？」

「気に入らなかったってこと。トミー、わたし、どうしてもアンナのお父さんのこととかぶっちゃうの。それに、今年の夏に会った男の子だって……」

「キャグニー？」トミーが口をはさむ。

「えっ？」キャグニーのことじゃないのに。そういえば、おばさんにキャグニーの話をしようと思ってたのに、すっかり忘れてた。キャグニーのことと、初恋のことと、失恋のこと。何もかも、ずいぶん前のことみたい。

「庭師のキャグニーだろ。年上でイケメンであーだこーだ」

「どういう意味、あーだこーだって？　わたし、キャグニーの話なんか、ほとんどしてないわよ。だいたい、ジェフリーのことだし。スカイと同い年の」

「あ、そっか。そうだよな」

ロザリンドはやれやれと首をふった。トミーってたまに、まったくわけがわかんない。

「でね、ジェフリーのお母さんが……」

「だけど、キャグニーの話、ほとんどしてないってことはねえよ。断言できる。レッドソックスのファン。高校でバスケやってた。高校の歴史の教師になりたい。南北戦争マニア。おわかれにバラをプレゼントしてくれて、それをベッドルームの窓辺にかざってる。つきあってた女の子の名前は……」

ロザリンドはイラッとして、手をひらひらさせてだまらせた。「もういいわ。あなたがいる前では二度とキャグニーの話はしないから。だいたい、いまはキャグニーの話じゃないし。ジェフリーのお母さんが、デクスターっていう……」

「つーかさ、おれ、おまえがキャグニーのことを好きだろうがなんだろうが、どうでもいいし」

「ね、トミー、そもそもなんでいま、しゃべらなくちゃいけないのかもわからないわ」

「おれもだ」トミーは立ちあがった。「ひとりでトレーニングするよ」

「どうぞ。あ、そうそう、ところで、いつもヘルメットかぶってるの、バカっぽいわよ」

「そうか、そうか。そうそう、ところで……えっと」トミーは口ごもって、だだっと走っていった。

口ごもるのも、急に走っていくのも、トミーにはめずらしい。しばらくロザリンドは、トミーはどうしちゃったんだろうと考えていた。だけど、お父さんのデートのほうが大問題だ。家族がクレアおばさんの見送りに出てくるころには、トミーが意味のないことばかりいってたことなんて、けろっと忘れていた。ほんと、あーだこーだ、わけわかんない。

いつもはクレアおばさんが帰るのがいやでしょうがないけど、今度だけはみんな、ほっとしていた。〝恐怖の初デート〟がおわった。この先ずっと、忘れられない週末となるだろう。

「プレゼント、ありがとう」最初におばさんとハグをしながら、ロザリンドがいった。

「だけど、これからはもう、いらないからね」二番目にハグしたスカイがいう。

おばさんは、くすくす笑った。スカイがほんとうは何をいいたいか、わかってたから。

ジェーンもスカイの本心をわかっていた。おばさんとハグしながら、小声でいった。

「いやな知らせがないときでも、本ならぜんぜんじゃまにならないからね」

バティは赤いカートのなかに誇らしそうに立って、ハグの順番を待っていた。ハウンドも誇らしそうにしようとして、バティとカートをたおしてしまった。バティを抱きあげてケガがないかたしかめてから――なんともない――お父さんは、車に乗ったおばさんにたずねた。「つぎはいつごろ来られる?」

「二、三週間後にようすを見にくるわ。それまでに、もう一回くらいデートしておいてね」

お父さんは、ちょっとだけバタンと音をさせて車のドアを閉めた。「どこでそんなにつぎつぎ相手を見つけられると思っているのか、さっぱりわからないよ」

「少なくとも努力はして。自分で見つけられないなら、わたしが見つけてくるわ」おばさんは明るく手をふって、走っていった。

「つぎに来るときには、部分的な記憶喪失になっているかもしれない。そうなったら、もうデートはしないですむ」お父さんがいった。

「だといいね」スカイがうたがわしそうにいう。

「だけど、わたしたちまで忘れるわけじゃないから」ジェーンがいう。「それに、お父さん、約束しちゃったでしょ。どっちにしても、おだやかで幸せな家庭生活はもう、お父さんの初デートのせいでこわれてしまったんだから、あと数回デートしてもおなじだよ」

「やれやれ」お父さんは、すがるような目でロザリンドを見たけど、なんの助けにもならなかった。まだ『お父さん救出作戦』のことを話すわけにはいかない。具体的なことは何ひとつ決まってないし。「さてと、レポートの成績をつけないといけないんだが、話があれば先にきくぞ。たとえば、おだやかで幸せな家庭生活がこわれてしまったことについて、とか」

「ううん、だいじょうぶ」ロザリンドが全員を代表して答えた。

お父さんはひとりで家に入っていった。肩ががっくり落ちている。ロザリンドは、何がなんでもお父さんを救おうと決めた。あと、わたしたち全員を。

「MOPSをはじめるわよ」ロザリンドはいった。

モップスというのは、ミーティング・オブ・ペンダーウィック・シスターズの略で、場所は選ばないけれど、寒いとか雨ふりとかでなければ、クイグリー・ウッズにあるオークの木に集まるのが好きだった。数年前に大きな嵐が来たときにたおれた木で、太い根っこがねじ曲がって割れていた。前はこの根っこが、襲ってくる敵から姉妹を守ってくれていた。想像上と現実の敵がいて、現実のほうはおもにトミーとお兄さんのニックだ。だけど、ロザリンドとスカイとジェーンは戦争ごっこを卒業したし、バティはひとりでクイグリー・ウッズには来られないから、このオークはもう砦というより、秘密の集会所になっていた。

　オークの木まで来ると、まずロザリンドがすわる場所を選んだ。モップスを招集した者の権利だ。それから、ほかの三人もそれぞれ、ロザリンドの両側の低い位置にある根っこにすわった。ハウンドはバティのとなりで、小道のほうを監視している。あやしい人物が通りかかるといけないからだ。みんながすわると、ロザリンドは正式にミーティングをはじめた。

「モップスの開会を宣言する」

「動議を支持する」スカイがいう。

「賛同」ジェーンがいう。

「賛同」バティもいった。「あと、ハウンドも賛同！」

「ね、これいうの、百万回目だけど、ハウンドはメンバーじゃないからね」スカイがいった。

「入りたがってるもん。ね、ハウンド?」

「ワンッ」

「静粛に。ハウンドもよ」ロザリンドが、ハウンドがまたワンといわないうちにいった。それから右手で握りこぶしをつくって、妹たちのほうに差しだした。「ここで話し合われた内容は秘密厳守。お父さんにもいわないこと。ただし、だれかが本当にいけないことをする危険性があるときはべつ」

ほかの三人は、ロザリンドの握りこぶしの上に自分のを重ねた。そして、四人は声を合わせた。「ここに、ペンダーウィック家の名誉にかけて誓います」それから、みんな手をはなした。

「集まった理由、わかってるでしょう?」ロザリンドがいった。

「ううん、わかんない」ほかの三人がいう。

「お父さんのことに決まってるわ。まったく、みんな、うちの家族がどうなってもかまわないの?」

「かまうー」バティはポケットからジンジャークッキーをひとつとりだして、半分食べると、残りをハウンドにやった。

「ありがとう、バティ。そこで、くだらないデートをやめにする方法を考えていたの。

お母さんがいいだしたんだしとか、いわないでね。わかってるけど、かまわないわ」ロザリンドは、口答え無用というふうに、ほかの三人をギロリとにらんだ。

スカイは、おじけづかなかった。「デートなんかいやに決まってるけど、お父さんが約束したんだし、名誉のためにも約束はやぶれないよ」

「しかも、男には男の事情があるし」ジェーンがいう。「雑誌に書いてあった」

「じじょうって?」バティがきいた。

「なんの雑誌?」スカイがきく。

「静粛に」ロザリンドが足をトンとやった。「約束を守らなきゃいけないっていうのは、スカイのいうとおりよ。だけど、お父さんがいやがってるの、知ってるでしょう? わたしと……わたしたちと、おんなじ気持ちのはずよ。きのうの夜いってたラテン語、調べたの。拷問って意味よ」

「ミュンツさんがお父さんを拷問したの?」ジェーンはぞっとした。拷問といったら、八つ裂きとか水責めとかしか思いつかない。

「そうじゃなくて。ものすごい苦しみって意味」ロザリンドがいう。「なんとかして、名誉を傷つけずにお父さんを救いだす方法を考えなくちゃ。ここに来る前に作戦を立てたかったんだけど、いくら考えても、名前しか思いつかなかったの。『お父さん救出作戦』よ」

「いい名前じゃん。賛成！」スカイがいう。

「アイアイサー、船長！」ジェーンはふざけていってから、そういえばサブリナ・スターはまだ海の冒険をしてなかったなと思いついた。「そうだ、つぎはサブリナ・スターにクジラを救ってもらおう！」

「ジェーン、いいかげんにして」ロザリンドは頭をかかえた。ふいに、頭痛がおそってくる。「ことの深刻さをわかってるの、わたしだけ？」

「ごめん、ロザリンド、わかってるよ」ジェーンがいった。バティは、味方の印にクッキーをロザリンドにわたした。

「で、名前は決まったけど、作戦はなしか」スカイがいう。「殺人ってのはどう？　おばさんがデートを設定すると同時に、相手を殺しちゃうの」

「わあ、どうやって？」バティがはしゃぐ。

「ちょっと、みんな、話をそらさないで。お父さんを救出しなきゃいけないのよ。このままじゃ、わたしたちの家に……」ロザリンドは、どうしてもその言葉を口に出す気になれなくて、頭をさらにぎゅっとかかえた。

「……継母が来る」スカイがひきついだ。「話、そらしてないし。だけど、殺人が気に入らないなら、こういうのはどう？　デート自体をやめさせるわけにはいかないじゃん？　約束とか名誉とか、いろいろからんでくるから。だから、ミュンツさんに負けないくらいお父さんがいやがる相手をさがすってのは？　そうすれば、二度目のデートはないし、さんざんな目にあえば二度とデートをしなくなって、継母が来ることもなくなる。サイコーじゃん？」

　ロザリンドは頭から手をはなして、スカイをじっと見つめた。「最高、かもしれないわ」

「ホント？」スカイは、自分の出した案がほめられるのに慣れてない。くだらないとか、ばかげてるとか、危なすぎるとか。その手の評価なら慣れっこだけど。

「ちょっと待って」ジェーンがいった。話についていけない。「お父さんに、ひどい相手を選ぶってこと？　それって、いじわるじゃないの？　お父さんが知ったら、どう思うかな？」

「いわなきゃ、わからないわ」ロザリンドは、すっかり頭痛が消えていた。「それに、忘れないで。お父さんのためなのよ」

「そうかもね。いくらいじわるな作戦でも、最終的にはお父さんのためになるんだから」

「それはどうかな」スカイがいう。家族の歴史のなかに、いじわるな作戦を考えだした人間として名を残したくない。「いままで、あたしの意見なんかきかなかったくせに。なんでいまになって？」

「ほかにいい考えがないから。あるの？」

スカイは、必死になってあらゆる可能性を考えた。殺人より過激なことしか思いつかない。「ううん」スカイはとうとうあきらめた。

「ほらね。じゃ、採決するわよ。バティはどう？」

全員、バティを見つめた。ジンジャークッキーを食べおわり、ポケットに残っていたくずを集めてハウンドにやっている。

「パパは、となりに越してきた人とデートすればいいと思う。そうすれば、あの赤ちゃんと遊べるし」

「アイアンサ？」ロザリンドはぎょっとした。「バティ、お父さんがガーダム通りに住んでる人とデートするなんて、ありえないわ。しかも、そういう話をしてるんじゃないし」

「しかも、アイアンサが独身かどうかも知らないし」ジェーンがいう。「だんなさん、いるかもよ。ほら、バミューダトライアングルで行方不明になってて、アイアンサは毎晩泣きながら、二階の窓から外をながめて、夫が帰ってきますようにと祈ってるとか。

または、無実の罪で牢屋に入れられてて……」

ロザリンドが口をはさんだ。「アイアンサのだんなさんは、亡くなってるのよ。お父さんがいってたじゃない。とにかくいまは、スカイの『お父さん救出作戦』に賛成するかどうかの話をしてるんであって、アイアンサは関係ないわ。だって、いやな人じゃないもの。さ、バティ、どっち？　賛成？　反対？」

「正式な投票なんかできないよ」スカイは、まだ責任逃れをしようとしている。「バティは、何を決めてるかもわかってないんだから」

「わかってるよ。継母の心配をしなくてすむように、パパにヘンな女の人を見つけるんでしょ」バティは、クッキーの最後のくずを口にほうりこんだ。「賛成」

「わたしも賛成よ」ロザリンドがいう。「これで、スカイの計画に賛成二票ね」

「わたしも賛成」ジェーンがいう。「スカイ、ごめん」

スカイは、思わずうめき声をあげた。でも、ロザリンドが静粛を命じてだまらせた。

「わかったよ、ロザリンド」スカイがいう。「多数決だもんね。『お父さん救出作戦』は、正式に決定」

こうなると、とんでもない相手を見つけなきゃいけない。そうかんたんにはいかなそうだ。思いつく相手はみんな、若すぎたり歳がいきすぎてたり、すでに結婚してたり、そこまでいやな人じゃなかったり。ちょうどいい相手がいたと思うと、何かしら問題があった。たとえば、キャメロン図書館の職員で、一度に五冊以上貸してくれない女の人がいるけど、デートで怒らせちゃって、四冊とか、三冊にされちゃったら、最悪だ。または、ブンダ先生ならめちゃくちゃとんでもないデート相手になるとジェーンは思ったけど、デートしてないうちからCをつけられたのに、デート後はどんなことになるかと思うと、おそろしい。

　にっちもさっちもいかなくなって、助っ人を呼ぶしかないということになった。だけど、こんな個人的でびみょうな問題を打ち明けられる相手なんている？　さんざん頭をひねって、ロザリンドがアンナを思いついた。

「いいね」スカイは、この作戦をとても好きになれそうになかった。「アンナなら、自分のお父さんの前の奥さんを貸してくれるかも」

「ひどい人なのはたしかだしね」ロザリンドがいう。また頭痛がもどってきた。「モップス、解散」

7　スケートのコーチと茶トラのネコ

つぎの日の放課後、ロザリンドはアンナに、いっしょに家に来てほしいとたのんだ。

「アドバイスがほしいの」そうたのむと、アンナはこころよくうんといってくれた。アンナは人にアドバイスするのが大好きだ。末っ子なので――お兄さんがふたりいて、大学に通っている――こうしたほうがいいよ、とかいう相手がいない。ペットさえ飼ってない。

ふたりは、バティをむかえに行ってから、歩いて帰った。スカイとジェーンも帰ってくると、みんなでキッチンに集まって、おやつを食べながら『お父さん救出作戦』をアンナに説明した。

「つまり、お父さんが好きにならない相手をさがしてるってわけか」アンナはききおわるといった。「なかなかいいアイデアだね。うちのパパにも何年か前に試してみればよかった」

「邪悪だって思わない？」スカイがたずねた。

「むしろ、〝策士〟っていったほうがいいんじゃないかな。バティ、大きくなったら、意味を教えてあげるからね」

「あたし、知ってる。お菓子でしょ？」

「お菓子？」スカイがバカにして声をあげる。

「もう、いいから」ロザリンドがいった。「それでね、アンナ、作戦は考えたんだけど、かんじんのお相手が思いつかないの。独身で、とんでもない人っていない？」

「そこまでひどい人じゃなくていいからね。お父さん、かわいそうだし」ジェーンがいう。

「うーん、そうだなあ……」

アンナがプレッツェルを食べながら考えているあいだ、バティはアンナのハチミツ色の長い髪をねじねじしておもしろい形にして遊んでいた。バティはアンナの髪と、つんとした鼻と、いたずらっぽい笑顔が大好きだ。アンナってすっごい美人、と思っていた。もちろん、ロザリンドお姉ちゃんほどじゃないけど。

「あ、思いついた」アンナがふいに声をあげた。「ヴァラリア！　うちの母親といっしょにはたらいてるんだけど、家に瞑想用のクリスタルがいっぱいあって、しょっちゅう、前世の話をしてるの。離婚したのだって、元だんなさんが人食いの生まれ変わりの五世代目だって思ったせいなんだって」

「ダメ」スカイが声をあげた。「それはダメ、ダメ。ぜったいダメ」

「たしかにそうね」ロザリンドもうなずく。「アンナ、わたしたち、デートを失敗させたいだけで、お父さんを苦しめたいわけじゃないの」

ジェーンも、苦しめたくないってことには賛成だった。だけど、生まれ変わりには興味がある。たまに、自分の前世は有名作家だったんじゃないかって想像する。シェイクスピアとか、ビアトリクス・ポターとか。「アンナ、その人の前世は？　その、ヴァラリアだけど」

「エリザベス一世の母親のアン・ブーリン、キュリー夫人」アンナは、すらすら名前をあげた。「あと、マグダラのマリア、メアリー・ステュアート、メアリー・トッド・リンカーン……。メアリーがいっぱいいて、えっと、あとは……」

スカイが両手を耳にあてた。「もういいっ！」

アンナはまたプレッツェルを口にほうりこんで、考えだした。

「あたしのスケートのコーチなんかどう？」しばらくして、そういった。「ローリー・

ジョーンズっていう名前なんだけど、ラーラ・ジョニソビッチって名乗ってるの。そのほうが、親たちにヨーロッパから来たって思われて、授業料高くとれるから」

「お父さんは、うそが大きらいだよ」スカイはそういったものの、クリスタルや生まれ変わりよりは、名前をごまかしてるほうがましだと思った。

「きれいな人？」ロザリンドがきく。

アンナは肩をすくめた。「ガリガリなのが好みならね。あ、そうだ、本はまったく読まないよ。本を読むと、精神力がスケート以外のほうにむいちゃうって信じてるの」

「本を読まない!?」ジェーンにしてみたら、本がない人生なんて考えられない。

「犬は好き？」バティがきく。

「犬のことは知らないなあ。だけど、ウサギの毛皮のコート着てる」

バティがショックのあまり真っ青になったので、ロザリンドとアンナがバティの足をつかんでさかさまにして、血液の流れをもとにもどした。

「わかったわ。そのラーラを好きになれないのはたしかだし、お父さんもぜったい好きにならないわね」ロザリンドは、バティが復活するといった。「で、どうしたらいい？どうやってデートを設定すればいいかしら？」

「考えてみるよ」アンナは、秘密の作戦にぞくぞくして、目をかがやかせている。「今夜、夕食後にレッスンがあるんだ。お父さんに、あたしをレッスン後にリンクにむかえに来るよう、たのめる？」

「たぶん。レッスンがおわったら電話くれる？　そうしたら、アンナのお母さんが残業になっちゃったっていうから」

玄関のドアがあく音がした。

「みんな、自然にね！」ロザリンドがあわててささやく。

お父さんがキッチンに入ってきたときには、みんなはプレッツェルを食べながら、自然ってどんなふうか、必死で思いだそうとしていた。つまり、ちょっと不自然だった。

「ただいま、娘たち」お父さんは、バティを抱きあげた。「いらっしゃい、アンナ」

「おじゃましてます。すっごくいい天気ですね」

お父さんは窓の外を見た。キャメロンじゅうの空に厚い雲がたれこめている。「アンナ、何かたくらんでるか？」

「まさか！　えっと、ニヒル（ゼロ）です！」アンナは、ロザリンドとおなじラテン語のクラスにいる。

「ロザリンド！」

「何、お父さん？」

「アンナに、わたしをだまそうとしてもむりだといってやりなさい」

「はい、お父さん」

アンナは最後のプレッツェルを手づかみして、立ちあがった。「そろそろ帰らなくちゃ。宿題をやってから、スケートのレッスンがあるから。じゃ、またね、みなさん」

アンナが帰ると、お父さんはやれやれと首をふった。「聖人か、はたまたとんでもない罪人か。ところで、おまえたちは？　学校はどうだった？　バティ、ゴールディ保育園は？　夕食のしたくをするから、そのあいだにきかせてくれ」


夕食後、ロザリンドは妹たちに、自分があと片づけをするといった。だれもいないところでアンナの電話をとりたい。みんなが見ていたら、白々しい会話なんかできない。バティは大よろこびでハウンドといっしょにリビングに行き、赤いカートに乗ってお山の大将ごっこをはじめた。スカイとジェーンはそんなによろこべなかったけど、二階の自分たちの部屋に行った。あと片づけをしなくてすむのはうれしいけど、それだけはやく宿題をしなきゃいけないから。

ふたりは、机にむかった。スカイは『ツバメ号とアマゾン号』の感想文をぱぱっと書いてしまうと、ノートにきちんとファイルして、それからあたらしい紙を出して、いちばん上に『いまいましいアステカ族』と書いた。戯曲の提出期限は週末で、いやだろうがなんだろうが、とにかく取りかかって書きあげなきゃいけない。

下で電話が鳴った。

「アンナだ」スカイがいう。ああ、お父さんに、気をつけてっていってあげたい。このままじゃ、とりかえしがつかなくなっちゃう。

ジェーンもスカイとおなじく、おじけづいていた。「このままだと、うそでがんじがらめになっちゃうよ。名誉も何も、永遠に失われちゃう」

「そうだね」

一分後、ロザリンドがドアから顔を出した。「お父さんといっしょにスケートリンクに行ってくるわね。バティとハウンドも来るって。幸運を祈ってて」

「幸運を」ジェーンがいうと、ロザリンドは出ていった。

幸運って何？　スカイは、すわったままいすをうしろにたおして、さらに片側に体重をかけて、一本脚でバランスをとった。数学的にいうと、幸運なんてものは存在しない。あるのは、確率だけだ。そもそもこの世に幸運があったら、デートに行くお父さんなんかいなくなるし、メリッサはこの州に生まれなかったか、少なくともちがう州に住んでただろうし、両足を床からはなしていすの一本脚でバランスがとれるはずだ。スカイは片足をはなし、そしてもう一本もはなした。ドタッ！

「そんなことしたら、そのうち頭がぱかって割れちゃうよ。ま、臨終の告白をしたいなら、わたしがきいてあげるけど」ジェーンがいう。

「告白することなんか、ないし」スカイは立ちあがって、いすを起こした。「あるとしたら、お父さんにとんでもない相手をさがそうなんてアイデア、出さなきゃよかったと思ってることくらいかな。あと、アステカ族なんてたいくつでしょうがないってこと。アステカ族の戯曲を書くなんて、たいくつすぎて死んじゃいそう」

「アステカ族の戯曲を書くの？　いいなあ、うらやましい」

どこがうらやましいんだか。スカイは思った。うらやましいっていわれて当然なことって、たとえば、なんだろう？　ジェフリーがいるボストンに遊びに行くとか。ほかの人にアステカ族の戯曲を書いてもらうとか。あ……スカイは、ジェーンを見つめた。机にむかって、何やら書いている。もしかして、やっと科学の作文を書く気になったのかな。スカイは双眼鏡を手にとって、いすの上に立ち、ジェーンの机に焦点を合わせた。何を書いてるのか、しっかり見える。

科学の作文なんて大きらい。科学の作文なんて大きらい。科学の作文なんて……。

「ジェーン」スカイはいすからおりた。「去年、あたしがジェーンの宿題の風の塔の模型をつくってあげて、かわりに詩を書いてもらったの、おぼえてる？」

「で、二度と宿題をとりかえっこなんかしない、っていってたんだよね」

「あれには理由があったじゃん。先生に、あたしが書いたってなかなか信じてもらえなかったし。なにしろ、『ランランラン、チューリップが咲く。ブンブンブン、ミツバチが飛ぶ。わたしは生きてる、踊ってる。生きているけど、死は近づいている』なんて詩、あたしが書くわけないし。やっと信じてもらっても、学校のカウンセラーと話したほうがいいっていわれた」

「あ、そ」ジェーンは、自分が書いたものを批判されるのはたえられない。

「とにかく、二度ととりかえっこしないなんて、いわなきゃよかった」

ジェーンが答えないので、スカイは足をつけずにいすの一本脚バランスに再チャレンジした。頭がぱかっと割れたら、少なくとも戯曲を書かずにすむ。

「アステカ族、興味あるんだよね」ジェーンがしばらくしていった。

スカイは、いすをバタンとたおした。「あたしは、科学の作文に興味ある。で、どういうテーマ？」

「『科学はどのようにわたしたちの生活を変えたか』」

「それなら、書けるよ。あっという間に、十本くらい書ける。だけど、あたしの戯曲のほう、ランランとかブンブンとかを入れずに書ける？」

「もちろん」

「じゃ、決まり」スカイは、アステカ族の本をジェーンの机の上にどさっと置いた。

「あ、あと、サブリナ・スターもやめてよ」

「わかってるよ」ジェーンは、目をかがやかせながら本をひらいた。

　三十分後、スカイは勝ち誇ったようにペンをほうりなげた。『究極の戦士としての抗生物質』は、かなりの自信作だ。ちょうどいい具合に、科学の要素がもりこまれてる。ああ、はやく見せたい。だけどジェーンはまだ、すごい勢いでペンを走らせてる。アステカ族の文明にすっかり入りこんでる。ジェーンのことは、ほっとこう。スカイは双眼鏡をもって、屋根の上に出た。

　ガーダム通りに並ぶ家に、明かりが点々とともっている。どうしたって、その窓のひとつに双眼鏡をむけてみたくなるというものだ。そしてスカイは、誘惑に勝てなかった。ほんの一瞬だけど、ガイガーさんの家の窓に双眼鏡をむけた。するとたまたまそのとき、ニックが窓の外を見ていた。のぞき見してるのがバレたら殺される。スカイはかわりに、空を見あげた。さっきの雲は消え去り、すっかり晴れている。そして、星がつくる幾何学的図形をさがした。とくに見つけたいのは、最近のお気に入りのひし形だ。斜めになった四角形。こんなにおもしろい形って、ある？

　そのとき、トンという音がした。屋根の上に、スカイ以外の生きものがいる。双眼鏡をおろすと、少し先に、大きい茶トラのネコがいた。トミーとおなじく、木をのぼってきたらしい。

「しっしっ」あー、もう侵入者はうんざり。

　ネコは、ゆっくりとこちらをむいた。大きな黄色い目をして、賢そうな顔をしている。もっともスカイは、ネコに知性があるとは思ってないけど。赤ん坊とおなじくらい、ネコにも興味がない。

「ここはダメ。どっか行かないなら、追い払うよ」

　ネコは、スカイから目をそらさずに、すっとすわって左の前脚をなめはじめた。やれるもんならどーぞ、という顔だ。この手の明らかな挑戦を、無視できるスカイではない。しかも相手はネコだ。そーっと屋根の上を移動して、じりじり、じりじりと近づいたけど、もうちょっとでつかまえられると思ったとき、ネコはスカイのひざにぴょんと飛びのった。

「バカめ」スカイは抱きあげようとした。すると……うわ、なんか、気持ちいい。

　ふと見ると、首輪に名札がついている。「ぼくの名前はアシモフ・アーロンソン」ってことは、アイアンサのところのネコか。バティがいってたような気がするけど、しょっちゅうわけわかんないことといってるし。まあ、とにかく、アシモフにはあたしの屋根から出てってもらわなきゃいけない。いくら天体物理学者のところのネコでも。こんなに大きいネコを動かすにはどれくらいの力がいるだろうと考えてるうちに、アシモフはしばらくここで休むつもりみたいにスカイのひざの上に落ちついてしまった。そのうちゴロゴロいいだしたので、スカイはまた双眼鏡でひし形をさがした。心地いい時間が流れていく。そのとき、星の光より強い光が見えたと思ったら、お父さんの車がもどってきた。

「さ、アシモフ、今度こそどいてもらうよ」スカイはいった。

アシモフは、頭のよさを見せつけるつもりらしく、いわれた通りにスカイのひざからおりて、屋根からぴょんと木に飛びうつり、夜のなかに消えていった。

「二度ともどってこないでよ！」スカイは追いかけるようにいった。感心なんかしないんだからね。そして、窓からベッドルームにもどった。ジェーンは、くしゃくしゃに丸めた紙にかこまれて、まだすごい勢いでペンを走らせている。

「みんな、帰ってきたよ」スカイがいった。

「もう最初の数ページ、書けたよ。タイトルは、『いけにえの姉妹』。はじまりはこんな感じ。『昔々、アステカの土地に、大いなる災いが訪れた。何か月も雨がふらず、作物が育たなくなった。作物が育たず、人々は飢えた』」

「いいね。さ、下に行こう」

「いい？　それだけ？　いい？　これからはじまるドラマには、最高のはじまりだよ！　ふたりの姉妹がおなじ男の人を好きになって、そのうちひとりが、神にささげるいけにえに選ばれるの。で、もうひとりが……」

「ジェーン、戯曲なんてどうでもいいってば！　お父さんが、帰ってきたの！」

　やっと、ジェーンの耳にとどいた。ジェーンはアステカの世界からもどってきて、スカイといっしょに部屋からかけだした。階段をおりると、ほかの家族が玄関から入ってきた。みんな、ムスッとした顔をしている。とくにバティ。あとできいたところによると、スケートのコーチはウサギの毛皮のコートを着ていただけでなく、ブーツの上のふちどりがウサギのファーだったそうだ。

「おかえり」スカイはいった。何があったかききたいけど、なんていおう？「楽しかった？」

「楽しい？　いいや」お父さんは上着をぬいで、いすの上に投げた。娘たちに、やってはいけないといつもいっていることだ。「どうやら、またデートをしなきゃいけないようだ」

「気に入ったの？」ジェーンがきく。

お父さんは、うたがわしそうな目でジェーンを見た。「だれのことだ？」

「だれって……えっと、ほら、お父さんがデートする相手に決まってるじゃん」スカイがいって、ジェーンの足を踏んづけた。「で、ところでそれって、だれ？」

「アンナのスケートのコーチよ。ラーラっていう人」ロザリンドが答える。

「ひぇーっ！　ぜんぜん思いつかなかった！」スカイはびっくりしたフリをした。

お父さんはいすから上着をとって、また放り投げた。「そうだ。だれがスケートのコーチなど、思いつく？　少なくともわたしは思いもよらなかった。アンナを待っているあいだ、何気なく会話をしていただけだ。アンナは行方不明だしな。そのとき、ラーラがクラシックが大好きだといいだして、わたしも好きだといったんだ。そうしたら、今度の木曜日にバッハのコンサートがあるといいだして、社交辞令でそれはいいですねといったら、チケットがあるからいっしょに行かないかといわれて、情けないことに、どうやって断ればいいか、とっさに思いつかなかった」

「だけどお父さん、ほんとうにクラシック好きでしょう」ロザリンドがいう。

「ああ。だが、さっぱりわからないのは、どうしてあの女性が初対面のわたしを誘う気になったのかってことだ。どうせアンナは、きいても何もしゃべらないだろうしな。いや、いやいや、なんでもない。ああ、わたしはなんて疑り深いジジイになってしまったんだ」

「お父さん、そんなことないって」スカイがいう。

「疑り深いほうか、それともジジイのほうか？」お父さんは、かろうじてにっこりした。もし罪悪感に色があるなら――たとえば、紫とすると――ペンダーウィック姉妹は全員、紫色に染まっていただろう。その色が染みだしてきて、家じゅうの何もかもが、一階も二階も、紫色になってしまうくらいに。おそろしいひとときだった。そのあと、ロザリンドの部屋に姉妹が集まったとき、だれもが、こんなにお父さんを愛おしく思ったことはない、といった。

「それなのに、責め苦にあわせてるんだよね」スカイがいう。

「もうやめる？」ジェーンがいった。「責め苦」という言い方をしても、結局は「拷問」とおなじだ。

「勇気をもって『お父さん救出作戦』を決行しなくちゃ。お父さんのためなのよ。ほんとうに」ロザリンドがいう。

「お姉ちゃん、あたし、勇気あるよ」バティがいう。「だけど、ウサギのコートとブーツの人なんか、大きらい」

バティは泣きだした。ウサギが大好きだから。姉たちも、泣きたかった。娘として失格のように感じたから。そして全員、それぞれのみじめさに打ちひしがれていた。

8　ファンティと虫男

バティはやっとのことで、ぬいぐるみをぜんぶ赤いカートにのっけるやり方を考えだした。馬のセジウィックをさかさまにして、青いゾウのファンティをくまのアースラのひざにすわらせる。たぶん、だれもいやがってないはずだ。カートに乗って庭に出るほうが、ベッドの上にじっとしてなきゃいけないより、いいに決まってるもん。ちょっとくらいきゅうくつでも、だいじょうぶ。

もちろん、ぬいぐるみをぜんぶのっけてカートで庭に出るには、階段(かいだん)を何度ものぼりおりしなきゃいけない。なにしろみんな、夜にはバティの部屋にもどらなきゃいけないから——どの子も、あたしがそばにいなかったら、眠(ねむ)れないもん。しかも、ハウンドもいちいちバティといっしょに階段(かいだん)をのぼりおりするので、とうぜんいちいちやかましい音がする。とくに、カートが最後の六段(だん)くらい、勝手にガタガタ落ちていくとき。

もちろん、しきりにやかましい音がするなかで、ラテン語の宿題なんかできたものではない。でもだからって、こわい顔して、世界一やかましい妹だとののしり、人の気持ちを傷つけてもいい理由などあるだろうか？

バティには、理由がわからなかった。あたしのロザリンドが……いちばんやさしいお姉ちゃんが……そんなこと、いままで一度もなかったのに。バティはぬいぐるみをカートに入れて、庭のいちばんむこうまで引っぱっていった。キッチンの窓からいちばんはなれたところだ。キッチンでは、ロザリンドが宿題をやってるから。そして、涙をぬぐった。だけどまだ、理由がわからない。もしかして、あのこわいスケートおばさんとパパのデートに関係があるのかもしれないけど。

「デート、今晩なんだって」バティはハウンドにいった。「だからってあたしは、ハウンドに怒ったりしないよ。ハウンドも、デートのことであたしに怒ったりしないって、約束してくれる？」

ハウンドはどんな理由でもバティに怒ったことなどなかったので、こんな約束は楽勝だ。ハウンドは約束するだけじゃなく、バティの涙をぺろぺろなめて、大きな頭でバティのおなかをつついて、笑わせた。バティは笑ったら気分がよくなってきたので、何して遊ぼうかなと考えた。あたりをきょろきょろしてたら、レンギョウの生け垣のむこうから声がきこえてきた。

「アヒル」ベンだ。ベンが庭にいるんだ。

「『ママ』っていってごらんなさい」アイアンサもいっしょだ。

「アヒル！」

「『ぼく、ベンです』っていってごらんなさい」

「アヒルッ！」

わーい。いままでも何度かとなりの庭をスパイしてきたけど、だれもいないときばっかりだった。今度こそ、草とか木とかじゃなくて、ほんものの人間をスパイするチャンスだ。

バティは、ハウンドにささやいた。「あたしたち、シークレットエージェントなんだからね」

バティとハウンドはレンギョウの垣根（かきね）にそーっと近づいて、はらばいになった。木の枝（えだ）の下から、おとなりさんの足が見える。赤いスニーカーをはいた小さい足が、庭じゅうをぱたぱた走りまわっている。白いスニーカーをはいた大人の女の人が、追いかけている。

「アヒル、アヒル、アヒル！」ベンは大はしゃぎで、どんどんスピードをあげて走っていく。

「もうっ、おバカさんね」お母さんは笑いながら、追いかけっこをつづける。

アイアンサの声って、すてきだな。笑い方も、すごくいい。ベンの声はよくわかんないけど。だって、「アヒル」しかいわないし。

小さな赤いスニーカーがつまずいて、ふいにベンの全身が見えた。バティはぱっと引っこんだし、ハウンドも少しあとずさりしたけど、ベンが気づく前に、お母さんがさっと抱きあげた。

「もう、痛くなかった？　かわいいベンちゃん、ペンペンちゃん、ピョンピョンちゃん」

バティは思わずはっとした。うわー、やさしい声。

「ペンペン、ピョンピョン、かわいいベンちゃん」バティは小声でいってみた。

ベンはちっとも痛くなかったらしく、すぐにお母さんの腕をすりぬけた。そして、足がひとつも見えなくなって、声もきこえなくなった。ふたりとも、家のなかに入っちゃったらしい。

「ペンペン、ピョンピョン、かわいいベンちゃん」今度は、ちょっと低い声を出して、アイアンサのまねをしてみた。うまくいったらしく、ハウンドがうれしそうに鼻をこすりつけてくる。バティはハウンドに飛びついて、いっしょに庭を転がり、赤いカートにぶつかって、ぬいぐるみたちがみんな転がり落ちた。それから、みんなをまた車にのせるのも楽しくて、そうなってくると、けっこういい日かもしれない、って気がしてきた。お姉ちゃんにうるさいって怒られたけど。

そして、もっと楽しいことが起きた。ジェーンが来て、いったから。

「手つだってほしいの」

バティは最後のぬいぐるみを――カメのモナだ――カートにのせて、すっくと立った。手つだってほしいなんて、いわれたことない。「うん、手つだってあげるよ」

「お芝居の台本を書いてるんだけど……。っていうか、ほんとはスカイが書いてることになってるんだけど、タイトルは『いけにえの姉妹』っていって、ちょっといっしょにセリフをいってみてもらえないかなと思って。そうすれば、雰囲気がわかって、スカイに伝えられるから」

お芝居なら、知ってる。前にロザリンドとトミーが、魔法の薬を飲んでわるい人に変身しちゃうお芝居に出たことがある。どうしておぼえてるかというと、見てから一週間、水以外のものを飲めなくなったから。だけどいまはあのときより大きくなったから、お芝居とほんものの区別くらいつく。あたしもお芝居できるなんて、わるくない。「衣装、着るの？」

「衣装はいらないよ。ちょっと通し読みするだけだから」

だけどバティは、トミーがしていた黒いつけヒゲが気に入っていたので、衣装を着ないでお芝居をする気にはなれないし、ハウンドもおなじだとわかっていた。そこでジェーンが家にタオルをとりに行った。

ジェーンは、儀式用のカツラだといって、タオルを自分とバティの頭に巻きつけた。そのあと、ハウンドの頭にものっけたけど、ハウンドは儀式用のカツラをする気分じゃなかったので、庭を走りまわってタオルをふりはらい、かみちぎった。そのころにはもうジェーンは、台本を読みはじめていた。

「『昔々、アステカの土地に、大いなる災いが訪れた。何か月も雨がふらず、作物が育たなくなった。作物が育たず、人々は飢えた』。さ、バティ、コーラスのパート、やって。『ああ、ああ、ああ、わが民が飢えている』っていうんだよ」

「ああ、ああ、ああ、わが民が飢えている」

「『ああ』が多かったかな」ジェーンはメモして、またつづけた。「『偉大な司祭たちは、神が民に怒っているにちがいないと考えた』。はい、ここでいって。『ああ、ああ、神が怒っている』」

「ああ、ああ、神が怒っている」

「『神の怒りをしずめる方法はひとつしかない』」ジェーンは、大げさな身ぶりでいった。

「『血だ』」

「血だ」バティも、おなじ身ぶりをした。シークレットエージェントごっこより、おもしろい。

「『純潔な血だ！』」

「純潔な血だ！」

「うん、いいね！」ジェーンがいう。「今度は、ちがう役をやって。レインボーっていうの。姉のグラス・フラワーが神へのいけにえに選ばれたんだけど、なんとかしてそれを止めたくて、しかも自分の愛する人がたまたまグラス・フラワーを愛してて、それに心を痛めてるから、もう生きていたくないと思ってるの。で、こういうんだよ。『お姉さま。コヨーテはお姉さまを愛しています。わたしがかわりに、いけにえになります』」

「お姉さま。コヨーテは……あと、忘れた」

「『お姉さまを愛しています。わたしがかわりに、いけにえになります』だよ」

「いけにえって？」

「乙女の心臓をささげるんだよ」ジェーンはノートをおろした。「あーあ、バティが字を読めればなあ」

「読めるもん。きのうの夜だってお姉ちゃんに、『クマくんはお昼寝がだいきらい』を読んであげたんだよ」

「暗記してるでしょ。それとこれとはちがうの。ね、わたしが両方のセリフを読むから、感想をきかせてくれる？　まずはレインボー」ジェーンは腕を胸の前で組んで、気高く見せようとした。「『お姉さま。ココーテはお姉さまを愛しています。わたしがかわりに、いけにえになります』」

ハウンドがぴょんぴょんはずんだ。タオルのまだ食べてない切れはしが、口からぶらさがっている。

「ほら、ハウンド。ジェーンがお芝居してるよ」バティがいう。

ジェーンは反対方向に顔をむけた。「で、今度は、グラス・フラワー役だよ。『レインボー、あなたの命をわたくしのかわりにささげるなどということは、いけません』。で、またレインボーね。レインボーは、さめざめと涙を流した」

「さめざめ？　しくしく泣いたってこと？」

「そう。で、いうの。『生きていてもしかたありません。グラス・フラワーお姉さま、ココーテがお姉さまを愛していると知ったいまでは』」

ハウンドがわんわんいう。どうやら、ココーテがふたまたをかけてるっぽいのが気に入らないらしい。

「まだ先があるんだけど。ここまで、どう?」ジェーンがきいた。

「いい感じ」

「いけにえの場面をどうしようか、悩んでるんだよね。もちろん、司祭が乙女の心臓を切り分けるところをほんとうにやるわけにはいかないけど、シーツのうしろで演じれば、観客におそろしい影だけ見えて、そのあと司祭が血のしたたる心臓をもってシーツのうしろから登場して、儀式の舞をすればいいかなって」

ジェーンはオークの木から葉っぱを一枚とって、血のしたたる心臓のかわりにした。そして、身もだえしたり足を踏みならしたりして、それっぽい儀式の舞をした。バティとハウンドもいっしょに踊って、その場面をさらにこわいものにした。

「ここで司祭が切り分ける心臓は、重要人物のものだと困るね」ジェーンは、足を踏みならすのを休んでいった。「わたしが考えるに……っていうか、スカイが考えるんだけど、レインボーをいけにえにするわけにはいかない。このお芝居のヒロインだから。コヨーテがレインボーを救おうとするけど、グラス・フラワーが腕をつかんで、自分の命を危険にさらさないでってたのむの。ここで、稲妻かな。大きな稲妻なら、祭壇を真っぷたつにできるでしょ。で、レインボーの心臓は切り分けられずにすむってわけ」

「稲妻！」バティは最後に身をよじってから、稲妻に打たれて地面にバタッとたおれた。

「うん、それがいい！　司祭も稲妻で死んじゃうの。サイコー！」ジェーンは台本を書きはじめた。すぐに、バティが何度も見たことがある表情が浮かんで、ジェーンはちがう世界に行ってしまった。バティはぴょんと立ちあがって、何度か足を踏みならしたけど、ジェーンが見てないとやる気が出ない。ジェーンは、稲妻がどうのこうのとぶつぶついいながら、家のほうにふらふら歩いていってしまった。

　バティはハウンドのほうを見ていった。「あたしたちもお芝居に出られたらいいのに。ねっ？」

　ハウンドはバティがかぶっていたタオルをくわえて引っぱり、あいた穴をかじった。衣装を着なくてもよければ出てみたいな。そう思っているらしい。

「うん、じゃ、今度は何する？」バティはレンギョウのすきまからのぞいたけど、アイアンサもベンももう出てこないから、シークレットエージェントごっこはできない。バティは頭をひねってから、ハウンドのほうをむいた。「デート行こう」

　デートごっこは、バティとハウンドが最近はじめた遊びだ。バティはさっそく準備をはじめた。シャツをたくしこんで、ひざについた泥を払う。パパ役で、パパならだらしないかっこうでデートには行かないから。それからハウンドの肩にタオルを巻こうとした。ハウンドは、ウサギのコートを着たひどいスケートのコーチ役だ。だけどハウンドにしてみたら、タオルは身につけるんじゃなくて食べるものだ。そこでバティは、ゾウのファンティをスケートのコーチ役にした。

「じゃ、ハウンドは車の運転をしていいよ」バティはハウンドにいった。

赤いカートが車のかわりになる。バティはファンティ以外のぬいぐるみをおろして、レンギョウの生け垣の前にきちんと並べた。タオルの残りをつかって、ハウンドの首輪とカートのハンドルを結び、ファンティのとなりに乗りこんだ。ウインウインというエンジン音を立てると、ハウンドはちゃんと、カートを引っぱる合図だとわかった。

ハウンドは、カートを引っぱるのがけっこうおもしろいと気づいた。しかも、スピードを上げるともっと楽しい。はやく引けば引くほど、どんどん楽しくなってくる。ハウンドは庭をものすごい勢いで走りまわり、カートを引っぱった。バティが、止まってと叫んで、ファンティも必死でつかまっている。

そのうちハウンドはスピードを出すにはこの庭じゃ小さすぎると考え――「止まって、ハウンド、お願い！」の声も小さかった――ガレージの横をかけぬけて、ガーダム通りに出た。バティはパニックを起こしていた。緑色の車が走ってくるのが見える。ぎりぎりのところでハウンドは止まり、カートがたおれて、バティは芝生の上にすとんと転がりおちた。だけどすぐに立ちあがって走りだした。かわいそうなファンティも落ちて、そのままころころ転がっていき、通りをどんどん進んでいく。バティは悲鳴をあげて、ハウンドがわんわん吠(ほ)えて……。

　そのとき、タイヤがキーッという音を立てた。バティの目に飛びこんできたのは緑色の車がファンティの数センチ先で止まるところだった。ああ、よかった！　バティはかけていって、ファンティを抱(だ)きあげ、かわいそうに、大好きだよ、と声をかけ、もう二度とこんな目にあわせないからねと約束した。そして、ファンティがひどいショックから立ち直ったのがわかると、車の運転手にお礼をいわなくちゃと思いついた。

　ファンティが車にひかれそうになるよりおそろしいことがあるとしたら、知らない人にお礼をいうことだ。だけど、ファンティへの母の愛がバティに勇気を出させた。バティは運転席側の窓(まど)に、ずんずん近づいていった。だけど窓(まど)の前まで来て、勇気がしぼんでしまった。運転手が、ただの知らない人じゃなくて、すごーくヘンな知らない人だったからだ。バティは何もいわずに走って家にもどった。そのまま二階までかけていき、ジェーンにぜんぶ話した。

「どんなふうにヘンだったの？」

「帽子(ぼうし)をぐいっと下までかぶってたし、大きな黒いサングラスしてた」

ジェーンは指で丸をつくって、目の前にもってきた。「これくらい？」

「ううん、もっと大きいの」あのサングラス、どっかで見たことある……。あ、そうだ。ロザリンドお姉ちゃんの教科書にのってた、大きな虫だ。「虫の目みたいなの。ジェーン、あれ、きっと、メガネじゃないいんだよ！　虫男なんだ！」

「そんなもの、いないから」

「見たんだもん！」

「どんなしゃべり方だった？　こんな感じ？」ジェーンは、腕をぱたぱたさせながら、ブンブンいった。

「わかんない。何もいってなかった」

「じゃ、証拠ないいね」

「でも、ジェーン……」

「たいせつなのは、ファンティがケガしなかったってことでしょ」ジェーンはまたペンをもった。バティに『いけにえの姉妹』を書いているのをじゃまされたからだ。

バティは、しぶしぶ部屋を出た。だれがなんといっても、ひとつだけはっきりわかることがある。あの人、ぜったいにいい人じゃない。車は止めてくれたけど。あと、もうひとつわかることがある。ハウンドといっしょに、シークレットエージェントの練習をつづけよう。虫男がガーダム通りにもどってくるかもしれないから。

9　パスとピザ

四人姉妹は、お父さんのベッドルームのドアの外にかたまって立っていた。あと十五分で、お父さんはラーラをむかえに出なきゃいけない。

「もう一回、ノックしてみたら」ジェーンがいう。

ロザリンドは、ドアをコンコンした。返事はない。

「具合わるいのかな」バティは心配そうにファンティをぎゅっと抱っこした。緑色の車のことがあってから、ファンティをはなそうとしない。

「具合なんかわるくないわ。デートの準備してるだけよ」ロザリンドがいって、またノックした。「お父さん、ネクタイ選ぶの、手つだう？」

ドアがあいた。ネクタイが三本、首にぶらさがっている。「この前のときみたいにあわててはいない。ネクタイくらい、自分で選べる」

「だけど、どれもスーツに合ってないよ」ジェーンがいう。

「かまわない」お父さんは、バタンとドアを閉めた。

「動揺してるわね。あんなお父さん、めずらしいもの」ロザリンドがいった。

「ストレスだよ」スカイがいう。「とんでもない相手とばっかデートしてたら、頭がおかしくなって、あたしたち、父親なしで生活しなきゃいけなくなるかも」

「四人ばらばらにされて、おなかをすかせて、寒い屋根裏に住まわされて、インド人の召使いをつれたお金持ちのおじいさんにたすけられるかも」ジェーンは、明らかに『小公女』の読みすぎだ。

バティは、おなかがすくのも寒い屋根裏に住むのもいやだと思って、ファンティをぎゅっと抱きしめた。

ロザリンドはもう一度ノックしてみようと思って、やめた。ノックばっかりしてたら、お父さんがイライラするかもしれない。「お父さん、ここで待ってるからね」

ドアがまたあいて、お父さんが今度はネクタイを一本だけさげて出てきた。さっきの三本とはちがうけど、さらに迷走してる。今度のは、スーツに合ってないどころか、かんぜんにちぐはぐだ。

「そのネクタイ……」ジェーンが口をひらいた。

「……いいわね」ロザリンドがジェーンをつついてだまらせる。

「メンダークス・メンダークス・ブラーカエ・トゥアエ・コンフラーグラント」お父さんはいった。「ロザリンド、メンダークスだ。メンダー、ク、ス。あとで辞書を引いておきなさい」

お父さんが階段をおりると、四人もあとからぞろぞろついていった。決まりわるい思いで、顔を見合わせる。ハウンドが階段の下にいて、オエーッという顔をしていた。ここ一時間、タオルを吐きつづけていた。

「ううう」ハウンドが悲しそうにうめく。

「かわいそうなハウンド」バティがいった。

「じつにかわいそうだ」お父さんは、ちっともかわいそうじゃなさそうにいった。「いくらなんでも、タオルを食べてはいけないことくらい、わかるはずだ。さてと、夕食にはピザを注文しておいた。四十五分後に来るはずだ。ベビーシッターに、キッチンのカウンターに配達の人にわたすお金をおいてあると伝えてある」

「ベビーシッター！」四人は同時に叫んだ。ビックリだ。放課後はロザリンドがいればいいってことになったんだから、夜だってそのつもりだった。

「そうだ、ベビーシッターだ」お父さんが明るくいったとき、ドアベルが鳴った。「ほら、来たぞ」

ジェーンがドアをあけると、トミーが立っていた。フットボールをわきに抱えている。

「なんだ、トミー、いらっしゃい。今日はヘルメットはどうしたの？」

「ほら、いわれた通り、バカっぽいと思ってさ」トミーの視線はジェーンを素通りしていた。「やっ、ロザリンド」

「トミーがベビーシッター？　トミーが？」ロザリンドは、プライドがずたずたになっていた。

「ちがう、おれだよ」トミーの大きい版――おなじような長い手足で、おなじようなぼさぼさヘアとにやけ顔――が、うしろからにゅっと出てきた。またしてもフットボールを抱えている。

「ニック」ロザリンドは、うんざりして声をあげた。お兄さんなら、トミーにベビーシッターされるよりはプライドが傷つかないけど、うれしくはない。

「ガイガーコーチと呼んでくれないかな」ニックはバティを抱きあげて、頭の上までもちあげた。バティがきゃあきゃあはしゃぐ。

「お父さん、ニックなんかが来たら、フットボールのトレーニングさせられるよ」スカイがいった。ニックは将来フットボールのコーチになりたがっていて、だれかれかまわずトレーニングを強要する。

「わたしがアンナのスケートのコーチとデートするなら、おまえたちも少しくらいフットボールのトレーニングをしていいはずだ」

「少しじゃすまなそうだけどね」トミーがいう。

「あたらしいパスのパターンを考案中だから、試してみたいんだ。ペンダーウィックさん、びしびしやっていいっておっしゃってましたよね？」ニックがいう。

「ああ、いった。びしびしやってくれ。そして、きみたちはしたくもないデートなどしないと約束してくれ」

「了解(りょうかい)です！」

「だって、お父さん！」ロザリンドが声をあげた。アーモンドクッキーを焼いたりアンナと電話したりして、ゆったりと過(す)ごすつもりだったのに。ガイガー兄弟がフットボールをもって登場したら、台なし。

「問答無用」お父さんは娘(むすめ)たちと順番に軽くハグをして、出かけていった。

「問答無用？」ジェーンが、ほかの姉妹にたずねた。「お父さん、いつからそんなこというようになったの？」

「自分を見失ってるんだよ。だから、いったじゃん。もう少しで頭がどうかしちゃうって」スカイがいう。

「ちょっと、スカイ、やめて！」ロザリンドが声をあげた。

ニックはバティをおろして、バティの巻き毛をくしゃくしゃっとした。「さ、トレーニングの時間だ。みんな、外に出て。アシスタントコーチのガイガー君、手順はわかってるな？」

トミーがシャツのえりもとからホイッスルを引っぱりだして、いきなりピーッと吹いた。ロザリンドは耳に手を当てて、トミーをギロリとにらんだ。この場で殺されなかったことを幸運だと思うのね、という目つきだ。

「ちょっと！　この……クズ！」

「ロザリンド！」ジェーンはぎょっとした。ロザリンドがそんなことをいうなんて。ペンダーウィック姉妹は、友だちにクズなんてことはいわない。

だけど、ロザリンドは気がすんでなかった。イライラして足を踏みならし、それでもこの怒りをあらわしきれてないと思うと、二階にかけあがってしまった。

「おれ、なんかした？」トミーは、情けない顔でロザリンドのうしろ姿を見つめている。

「なんにもしてないよ。ロザリンドならだいじょうぶだから。さ、トレーニングはじめよう」ジェーンがいった。

スカイは、ロザリンドがだいじょうぶとは思えなかった。人をののしったり、足を踏みならしたりするなんて、ロザリンドらしくない。そうやってキレるのは、あたしの専門だ。ロザリンドは、冷静で落ちついた長女と決まっている。だれかようすを見にいったほうがいいんじゃないかな。ほんとうは、感情のもつれ関係はジェーンの担当なんだけど、ジェーンもバティもう、ガイガー兄弟のあとについて外に行っちゃった。残ってるのはハウンドだけ。フットボールのトレーニングをするほど立ち直ってない。スカイが足でつついてみたけど、ふーっと息をもらして、情けない顔をした。まったく役立たずなんだから。あたしが行くしかないか。

スカイは、覚悟を決めて階段をのぼっていった。ロザリンドは部屋にいて、ラテン語の辞書をめくっている。

「スカイ、お父さん、なんていってたかしら？　ラテン語で、メンダークス・メンダークス……？」

スカイはほっとした。感情のもつれより、ラテン語のほうが話しやすい。「メンダークス・メンダークス・ブラーカエ・トゥアエ・コン……とかなんとか」

「コンフラーグラント、だったわね」ロザリンドはページをめくった。「えっと、まずはメンダークスね。うそつきって意味だわ。お父さん、わたしをうそつきって呼んだのよ！」

「ネクタイのこと、いいねっていったじゃん」

「ああ、そうだったわ。ほかの単語も見てみなきゃ。つぎは、ブラーカエね。〝ズボン〟って意味だわ。トゥアエはもう知ってるの。〝あなたの〟って意味よ。あと、コンフラーグラントはぜったい動詞だと思うんだけど……あ、あったわ。〝燃える〟って意味」

ロザリンドは、こわれてるんじゃないかしらというふうに辞書をふった。「おかしいわね。『うそつき、うそつき、あなたのズボンは燃えている』？　どういう意味？」

つまり、お父さんの頭がおかしくなって、それがぜんぶあたしたちのせい、って意味なんじゃないの。スカイはいいそうになったけど、ぐっとこらえた。ロザリンドがだいじょうぶかたしかめに来たのに、よけい怒らせてどうする？　何かしら、なぐさめることをいわなくちゃ。スカイは、おそるおそるいった。「なんの意味もないのかもよ。ラテン語、まちがってるのかも。それか……」あ、いいこと思いついた。「お父さんがいってたラテン語って、いままでもずっと意味なかったのかも。あたしたちがわかんないだけで。もう忘れちゃっていいんじゃない？」

「ほんとうにそう思う？」

「うん」スカイはきっぱりと答えた。しかも、ちょっと誇らしい。ロザリンドに意見をきかれることなんか、めったにないから。

ロザリンドはベッドにぽんと寝ころがって、天井を悲しそうに見つめた。「トミーのこと、クズなんていうんじゃなかったわ」

「でも、まあ、トミーだし」

「わかってるけど」

ロザリンドが別世界に行ってしまったので、スカイは部屋をうろうろしていた。ん？なんかいつもとちがう。家具でも動かした？ちがう。チェックのカーテンもベッドカバーも変わってないし。あっ！わかった、何かが変わったわけじゃない。何かが消えたんだ。お母さんが、まだ赤ちゃんだったロザリンドを抱っこしてる写真がない。

「ロザリンド、お母さんの写真は？」いつもベッドの横に置いてあったのに。夏休みにアランデルにまでもっていってた。

ロザリンドの顔が赤くなる。「引き出しのなか」

「なんで？」

「いまは見たくないから」

なんで？ともう一度ききたいのを、スカイはがまんした。いまのところ、感情のもつれ関係はうまくいってるから、ぶちこわしたくない。しかも、庭からしきりに叫び声がひびいてくるから、トレーニングがはじまったらしい。スカイは、ロザリンドをそっとつついた。

「おなかすいちゃった。ニックは、フットボールをさんざん投げてからじゃないと食べさせてくれないよ」

「しょうがないわね」ロザリンドはしぶしぶ起きあがった。「さっさとトレーニングしちゃいましょう」

姉妹はニックのトレーニングのことではさんざんもんくをいってきたけれど、どういうわけか、秋になるといつもつきあわされてしまう。ピザの誘惑がないときでも。しかも、フットボールだけじゃすまない。冬になると、バスケットボールのトレーニングをさせられる。これにも姉妹は、ぶーぶーもんくをいっていた。しかもある年の夏は、ガーダム通りソフトボールキャンプが行われて、おこづかいで参加費まで払わされたけど、姉妹たちはずっと、ソフトボールなんてフットボールやバスケットボールよりきらいだともんくをいい通しだった。

たぶんがまんできたのは、ロザリンドが学校でも一、二をあらそうバスケ選手で、バスケのことなったらたいていの男子に勝つほどになったからだ。しかもスカイがすばらしいソフトボールのピッチャーになり、さらにすばらしいバッターになった。そして、スカイとジェーンがサッカーをはじめたとき、ニックが必要な技術を教えてくれた。もっともニックは、それまでサッカーには興味なくて、アイスホッケーから氷と興奮をぬいた競技と呼んでいたけど。ともあれ、スカイとジェーンはいまや、すごい選手になった。

バティだけはまだ、ニックのトレーニングで才能を開花させてない。だけどニックは、バティのこともあきらめてなかった。ほかにはだれも気づいてなくても、ニックだけは、バティはすばらしいアスリートになる素質があるといいはっていた。

「バティ、ジェーンがボールを投げてきたら、頭をかくしてちぢこまっちゃダメだ！」ニックが叫んでいるとき、ロザリンドとスカイはちょうど外に出てきた。「背筋をのばして、キャッチしろ！」

「うん、わかった」バティは今度はしゃきっと立って待ったけれど、ボールはもうとっくにバティの頭の上をこえて飛んでいってた。「お姉ちゃん、見て！　あたし、フットボールしてるんだよ！」

ニックはふりかえりもしないで、大声でいった。「ロザリンド、スカイ、遅刻の罰として家のまわりを五周だ！」

「おなかすいてムリ」スカイがいった。

「六周とする！　アシスタントコーチのガイガー君、さあ！」
トミーがホイッスルを吹くと――今度はそっと、しかもロザリンドのほうにむけずに――ロザリンドとスカイは走りだした。スカイは一周ごとにおなかが減ってイライラしてきたけど、ロザリンドは運動して元気が出てきたらしい。ランニングがおわってトレーニングに参加すると、さらに元気よくなった。とくに、トミーにタックルしてたおしたあとは。トミーにタックルをしかえされても、まだきげんがよかった。ただしそのおかげで、ニックにスクワットを十回させられた。やってるのはパス練習で、タックルではないから。

ニックは、定番のパスを練習させてから、オリジナルのパスをやりはじめた。背中合わせになったり、くねくねしたり、回ったりしながら、ボールを手わたす。そのとき、あたらしい選手がふいに登場した。茶色いしましまが、ジェーンがキャッチし損ねたボールを追いかけていく。トミーがホイッスルを吹くと、みんながぴたっと止まった。ネコのアシモフが、ボールに飛びかかって、回転を止めた。

「パス妨害だ」ジェーンがいった。ネコのほうが自分よりボールの扱いがうまいのが気に入らない。

「どこのネコだ？」ニックがたずねる。

「となりの子」バティがしゃがんで、アシモフをじろじろながめた。アシモフも、じろじろ見てくる。

「ハウンドに気づかれないうちに、となりに連れてってくる」スカイがいった。もうおなかがぺこぺこで、トレーニングをぬけられるなら、アシモフを抱っこしたってかまわない。

「ハウンドは家んなかだろ」ニックがいった。

「ネコのにおいがしたら、窓から飛びだしてくるかも。ニック、非常事態なんだよ」

スカイは、その場しのぎでいった。

いいかえされないうちに、スカイはアシモフを抱きあげて、レンギョウの生け垣をぬけた。とっさに、このまま庭において帰っちゃおうかな、と思った。まだアイアンサと話をする心の準備ができてない。しかも、一対一なんて、ムリ。だけど、生け垣のこっち側にいるあいだは、トレーニングをサボれる。

「どうしようか？」スカイはアシモフにたずねた。

「ミャ――ン」アシモフがいう。なんだか品定めをされてるような気がする。しかも、基準値に達してないみたいだ。

「はいはい、わかったよ。家まで連れてってあげる」

「ミャ――ォ」アシモフは、さっきよりやさしい声で鳴いた。

「バカネコ」スカイはそういいながらも、あごの下をかいてやりながら、アイアンサの家の玄関まで連れていった。

ドアベルを鳴らすと、すぐに郵便受けのふたがひらいた。スカイがかがみこむと――郵便受けは、ひざのあたりの高さにあったから――ベンがのぞいていた。

「アヒル」

「はいはい、アヒル。お母さんは？」

ベンが見えなくなって、今度はドアがあき、アイアンサが立っていた。ベンを抱っこして、にこにこしている。スカイはすぐに、賢く見せたいなんていう見栄を忘れてしまった。

「まあ、スカイ？　ペンダーウィックさんのところの二番目の。アシモフを連れてきてくれたのね。助かるわ。ベンがしょっちゅう外に出しちゃうの。そうよね、ベン？」

ベンはものめずらしそうにスカイを見ていた。「キレイ」ベンがいう。

アイアンサは、ベンを落としそうになった。「いま、なんていった？　あなたのこと、きれいっていったわよね？」

「あたしじゃないと思います」スカイは、ちがうってところを見せるために、ヘン顔をしてみせた。

「ううん、たしかに『キレイ』っていったわ！　すてき！　ベン、もう一回いってごらんなさい」

「アヒル」

「まあ、いったことにはかわりないわ。スカイのおかげね」

スカイにしてみたら、赤ん坊にきれいなんていわれるのはまっぴらだ。スカイはアシモフを下におろした。アシモフがさっさと歩いて——ちっとも感謝はしてないらしい——家のなかに入っていくと、ペンダーウィック家の庭からきこえる叫び声がふいに大きくなった。まるで、全員が同時に叫んだりわめいたりホイッスルを鳴らしたりしてるみたいだ。

「フットボールのトレーニング中なんです」スカイは、言い訳をした。「うるさくしちゃって、ごめんなさい」

「いいえ、にぎやかでいいわ。お父さま、フットボールの選手だったの？」

「お父さん？　いいえ、まさか。スカッシュとチェスしかしません」

騒ぎがさらにやかましくなった。「ピザ、ピザ、ピザ！」という叫び声もきこえてくる。夕食が配達されてきたらしい。トレーニングがやっとおわる。

「じゃ、失礼します」

「ええ、そうね。アシモフを連れてきてくれて、ほんとうにありがとう」

スカイは帰ろうとしたけど、なんとなく、ふりかえった。一瞬、アイアンサの顔に浮かんだ表情を見てしまったからだ。この表情、何？　さみしさ？　ああ、ジェーンがいればわかるのに。

「よかったら、うちにいらっしゃいませんか？　ピザたのんだんです。ベンもどうぞ。赤ちゃんがピザを食べられるなら、ですけど」

「ベンはピザが大好きよ。あ、というか、もしおたくの……」アイアンサはふいに恥ずかしそうな顔になった。スカイが初めて会ったときとおなじ表情だ。「おたくのお父さまが、いいっておっしゃればだけど」

「お父さん、いまいないんです。それに、いいっていうに決まってます」決まってるかどうかはわかんないけど、でもぜったいいそうだ。「来てください」


あたらしいおとなりさんに家のなかを見せるのに、いいタイミングとはいえなかった。キッチンの床は、ハウンドがテニスボール追いかけっこゲームの最中に水入れをたおしてしまったので、びしょびしょだ。ジェーンはこの前のサッカーの試合での乱闘の話を大声で話してきかせていたし、ロザリンドはテーブルのセッティングもしてないのにピザに手をつけたトミーをしかりとばしていた。ニックは両手両ひざを床（ゆか）について、バティを背中（せなか）に乗せてロデオごっこをしていたし、ハウンドはそのふたりに飛びかかってたおそうとしていた。それでもアイアンサは、どんなに家のなかがしっちゃかめっちゃかでも気にするようすはなかったし、ハウンドが飛びついてきて顔をべろべろなめてもイヤな顔ひとつしなかった。犬は大好きよ、といってたし、ベンも大よろこびだった。とくにトミーの背中（せなか）に乗せてもらってロデオごっこをしたときは、大はしゃぎだった。床（ゆか）にモップをかけて、テーブルをセッティングして、ピザをとりわけたころには――ピザはあっという間に平らげられた――キッチンは楽しい笑い声でいっぱいだったので、だれもお父さんの車が帰ってきた音をきいてなかった。だから、玄関（げんかん）のドアがバタンと閉（と）じる音と、ラテン語ではげしくののしるような声がきこえてきたときは、全員びっくりした。

「ナム・ムルトゥム・ロクァーケス（よくしゃべるにもほどがある）。いまいましい女だ！　こっちの頭まで空っぽになってしまう。メリトー・オムネス・ハベームル・ネクムータム・プロフェクト・レペルタム・ウッラム・エッセ・アウト・ホディエ・ディークント・ムリエレム・アウト・ウッロ・イン・サエクロー。まったくその通りだ！　女なんて、わたしのエリザベス以外、おしゃべりばかりだ。エリザベスは、オーケストラの演奏中に話などしなかった。一度もだ！」

お父さんはキッチンに入ってくると、ぴたっと口をつぐんだ。髪がつんつん立っているし、ネクタイはポケットに突っこんである。お父さんは、アイアンサを見てあ然とした。

「申し訳ない」お父さんは、少しするといった。「お客さまとは知らなかったものですから」

「何いってるんですか」トミーがいう。「ニックにベビーシッターたのんで、おれもいっしょに来てくれっていったの、忘れちゃったんですか？」

「トミーとニックのことじゃないよ」ジェーンがいう。

トミーは赤くなって、残っていたピザの切れ端を口に押しこんだ。

「お父さん、アイアンサとベンを、夕食に招待したの」スカイがいった。

お父さんは手で髪をささっととかした。なでつけようとしたらしいけど、よけいぼさぼさになった。「もちろん、アイアンサ、いつでも大歓迎です。ただ、ピザなどではなく……」

アイアンサも同時にいった。「勝手におじゃましてすみません。スカイがあんまり親切に……」

ふたりは同時に口ごもって、また口をつぐんでしまった。部屋がしーんとなる。

「ペンダーウィックさん、デートはいかがでしたか?」ニックがいった。

「ぞっとするよ」お父さんはキッチンを見わたして、テーブルの下もたしかめた。ハウンドがピザの箱をかじっている。「アンナは来てないな?」

「うん、お父さん」ロザリンドが答える。

「そうか、アンナにいっておいてくれ。コーチのラーラは、バッハのコンチェルトの一番から五番のあいだじゅう、ずっとしゃべっていたよ」お父さんは、アイアンサのほうをむいていった。「ブランデンブルク協奏曲(きょうそうきょく)です」

アイアンサはうなずいた。「六番は?」

「その前に帰りました」お父さんは、暗く答えた。

ベンは、だれに教えられなくても同情(どうじょう)する心をもっていたので――バッハのことは何も知らなかったけれど――お父さんのところにトコトコ歩いていって、ズボンをつんつん引っぱった。お父さんがしゃがむと、ベンと目と目が合った。

「アヒル?」ベンがいう。

「そうだ、アヒルだ。不正に満ちたデートのカモになど、ならない。それから、ベン、これもいっておこう。デートの心配がいらない気楽な生活は、そうかんたんにぬけだせないぞ」

「アーメン」ニックがいう。フットボールのシーズン中は、恋愛には興味ない。

ロザリンドは、これ以上部屋のなかがしんとしたら叫びだしそうだったので、デザートにしましょうといった。だけどアイアンサが、もうベンが寝る時間をとっくに過ぎているといったので、即席パーティはおひらきとなった。ガイガー兄弟は自分の家に帰り、アイアンサとベンもとなりの家に帰った。お父さんがベンを抱っこして、アイアンサを送っていった。

これで、四人姉妹だけとなった。

「かわいそうなお父さん」ロザリンドがいった。お父さんの「ぞっとする」発言で、心臓をぐさりとつきさされた。もちろん、望んでいたことだけど。

「あたし……」スカイが口をひらく。

ロザリンドがだまらせた。「あたしがいったとおり、はいいっこなしよ」

「ちがうって！　あたし、だれも食べないならデザート食べようかなっていおうとしたんだよ」スカイはアイスキャンディを冷凍庫からとりだして、かじった。

「ロザリンド、お父さんがいってたラテン語、どういう意味？」ジェーンがたずねる。

「わからないわ。教わるのはずいぶん先になりそうだけど、たぶんラーラのことでもんくをいってたんじゃないかしら」

「とにかく、これでふたり却下だよ。あとふたり、見つけなきゃ」

「どうやって?」バティがテーブルの下からたずねた。ハウンドとピザの箱のとなりで丸くなっていた。

「わたしにもわからないわ」ロザリンドも、うんざりしていた。また、とんでもないデート相手を見つけなきゃいけないの?「明日また、話しましょう」

10 大逆転

つぎの日の放課後、姉妹たちはあたらしい相手をだれにしようか相談したけど、いまいちやる気が出ないので、またつぎの日にしようということになった。その日は土曜日でサッカーの試合があり、〈アントニオズ・ピザ〉が勝利して、スカイも一度もキレなかったので、せっかくのお祝いムードを暗い話題で台無しにしたくなかった。その夜、早めの霜がおりて、日曜の朝には、本格的な秋がおとずれた。空は雲ひとつない青で、空気はからっとしていて、カエデの木は赤やオレンジや黄色の葉っぱをつけ、ガーダム通りのあちこちでリスがいそがしそうに走りまわり、木の実を埋めてかくしている。ペンダーウィック姉妹たちも、こんなすばらしい日にモップスをひらいてまじめな話なんかしたら神聖さが汚れると意見が一致して、クイグリー・ウッズでダムをつくることにした。すると、バティが小川の深いところに落っこちた。トミーが引っぱりあげてくれたけど、お礼をいうことを思いついたのはジェーンだけだった(ロザリンドはバティを自分のセーターでくるんで家に連れて帰り、熱いお風呂に入れるのにいそがしかった)。

こうしてまた、週末がおわった。バティはベンに言葉を教えようと決心したけど、アイアンサのところで何日か午後を過ごしたあとも、まだ「アヒル」ばっかりで、たまに「キレイ」というくらいだった。ジェーンは『いけにえの姉妹』を書きおえ、魔法の岩にもっていって幸運を祈ってから、スカイにわたした。スカイは一ページも読まずに提出して、それっきり忘れた。ロザリンドはラテン語のぬきうちテストで二度もAをとり、理科の課題でアンナといっしょに投石器をつくったら、ハウンドのおやつを投げるのにぴったりなものができあがった。そんなこんなで、だれもデートだの継母だのと口にしないまま、一週間がたとうとしていた。ロザリンドもなんとなく、そこまで気にならなくなってきた。だって、ずっと心配してるなんてこと、できないもの。それに、少しは運命を信じることも必要だわ。

ロザリンドはごきげんで鼻歌をうたいながら、キッチンの棚から材料を出してきて分量をはかり、混ぜあわせ、ダークチョコレートバーをおなべに入れて溶かした。ブラウニーをつくっているところで、レシピは暗記している。

「心がおぼえてるの」ロザリンドはつぶやいた。

レシピを暗記できたのは、キャグニーに心を動かされたからだった。アランデルの庭師のキャグニーが、ブラウニーが大好物だといったので、夏じゅう、ロザリンドはブラウニーを何度も何度も、眠りながらでもつくれそうなくらい焼いた。もちろん、いま焼いているのは、遠くはなれたアランデルにいるキャグニーのためではない。中学二年のダンスパーティ『秋の饗宴』が週末にあるので、そのおやつにするためだ。一年生がまとめ役をする決まりになっていて、春には、一年生の『春の饗宴』を二年生が準備する。アンナとロザリンドは、おやつ係に立候補した。アンナはさんざん考えたあげく、ポテトチップに決めた。ロザリンドのぜいたくなブラウニーがあれば、それでもうふたり分になるからといって。

　チョコレートをかき混ぜながら、ロザリンドは『春の饗宴』のようすを思い浮かべていた。クレアおばさんにもらったブルーのセーターを着て、かざりつけされた体育館に入場するの。アンナといっしょに。で、ダンスをする。たぶん男の子とはしないけど。だって、同級生のなかにいっしょにダンスしたい子なんていないから。キャグニーといっしょに体育館でダンスをしているところを想像しようとしたけど、ぞっとしてやめた。キャグニーにしてみたら、子どもっぽくてやってられないでしょうね。

チョコレートが溶けてとろとろになってきたけど、おなべをもったとたん、電話が鳴った。ロザリンドはおなべをおいて、電話に出た。

「ロザリンド、元気？　クレアよ」

まさか、クレアおばさんの声をきいていやな予感がする日が来るとは思わなかった。だけど、どうしても暗い気持ちになってしまう。話がおわって電話を切るころには、いやな予感が当たってたとわかった。安息の一週間は――ばかげた現実逃避だったわ！――おわり、またしても危機がせまっていた。

ふるえる手で、ロザリンドはコンロの火を消した。ブラウニーどころじゃなくなった。やらなくちゃいけないことがある。いますぐ、お父さんが帰ってこないうちに。時計をちらっと見ると、あと四十五分。いつもより時間がある。ワイルドウッド小学校の父母会の日で、お父さんは仕事のあと、ゲバル先生とブンダ先生と面談してるからだ。だけど、四十五分で足りる？

とりあえず招集をかけなくちゃ。ロザリンドは受話器をもってアンナに電話をして、できるだけはやく来てといった。あとは、妹たち。スカイとジェーンは庭でサッカーのトレーニングをしてるし、バティは……えっ？　どこに行ったの？　ロザリンドは一瞬あせった。そして……あ、そうそう、そうだったわ！

ロザリンドは、となりのアイアンサの家まで走っていった。ハウンドはおとなしく、玄関の前に長々と寝ている。ハウンド流の、相手にされない犬のポーズだ。でも、ここでバティを待つのに満足しているのはわかっている。しかも、アシモフが近くの窓にすわってるのが見える。アシモフにしてみたら、ハウンドを監視するのにちょうどいい位置だ。ハウンドがうれしくてしょうがないのは、わかっている。なにしろ、これぱっかりはバティのいうとおりで、ハウンドはアシモフが大好きらしいから。そのとき、べつの窓からも外を見ている顔が見えた。ジェーンの古いサングラスをかけたバティと、バティの古い水泳用ゴーグルをしたベンだ。ロザリンドがドアベルを鳴らすと、ふたつの頭がひょいっと引っこんだ。

アイアンサは、ジェーンのいう〝お星さまの旅の途中〟状態でドアをあけた。つまり、天体物理学の研究をドアベルで中断されてしょうがなく出てきたってことだ。バティとベンが家のなかにいてどうして研究に集中できるのか、さっぱりわからないけど、たずねるといつもアイアンサはおなじ返事をする。バティがいるとベンがうれしいから、それがいちばんたいせつなのよ、と。

「アイアンサ、おじゃましちゃってすみません。バティにいそぎの用事があって」

アイアンサが答える前に、バティがうしろから顔を出した。ベンもついてくる。

「お姉ちゃん、いまはムリ。ベンとあたし、虫男が通りかかるのを見たんだよ。だから、見張ってなきゃいけないの」

バティは今週ずっと、虫男を何度も見たといいはっていて、ロザリンドはうんざりしていた。ロザリンドもスカイもジェーンも、小さいころは想像上の友だちがいたけど、ガーダム通りに半分虫で半分人間の男がうろついてるなんていいだすのは、バティが初めてだ。

「虫男のことは、バティがいなくてもだいじょうぶよ。すぐに帰ってきて」

「だって……」

「バティ！」ロザリンドは、アイアンサにむかって目玉をぐるんとしてみせた。アイアンサはにっこりした。

「バティは、ガーダム通りに二十四時間警備が必要だと思ってるのね」

「ベンもだよ」バティがいう。警備が何かはわからないけど。

「でも、そんなことないから」ロザリンドは、話はおわりよというふうにいった。「さ、アイアンサにおじゃましましたっていって」

「ありがとう、アイアンサ」バティはあきらめて、ベンにバイバイのキスをすると、何やら耳打ちしてから、だまってロザリンドのところへ行った。ハウンドは、最後にひと目、アシモフをうっとり見つめてから、ついてきた。

「ベンになんていったの？」ロザリンドは、自分の家の庭に入るとたずねた。

「ゴーグルをはずしちゃだめ、って」

「どうして？」

「あたしがサングラスして、ベンがゴーグルしてたら、虫男はあたしたちを仲間だと思って、おそってこないでしょ」

一瞬、そうやって小さい子に恐怖心を植えつけるものじゃないわ、ってお説教しようと思った。だけど考えてみたら、バティが小さくて抵抗できないとき、スカイとジェーンがさんざん〝モンスターから赤ちゃんをかくせ〟ごっこをしたのに、バティはなんともなかった。だから、お説教はするとしてもあとにしよう。いまはとにかく、スカイとジェーンを庭から呼びもどさなきゃ。もうすぐ、アンナも来るはずだし。

間もなく、五人がキッチンにそろった。

「クレアおばさんから電話があったの。明日、泊まりに来るって」ロザリンドがいった。

「やったぁ」ジェーンが声をあげる。

「お父さんのデートの進行状況をチェックするつもりよ。進歩なしだったら、相手の候補がいるからって」

「やったぁ、じゃないね」スカイがいった。

「さすがに今度は、最初の人よりはましなんじゃないかな」アンナがいう。

「おばさんがいうには、知的でおもしろくて子ども好きだそうよ。あと……」ロザリンドは、すーっと息を吸(す)った。「高校のラテン語の先生なんですって」

テーブルに、うめき声があがった。

「犬は？」バティがたずねる。

「飼(か)ってたりしてね」スカイがおもしろくなさそうにいった。

「継母(ままはは)界からの脅威(きょうい)にさらされて、姉妹は青白くなった」そういうジェーンも、少し青白い。

「ちょっと待って」アンナがいった。「あきらめが早すぎだよ。候補(こうほ)っていったんでしょ？　ってことは、まだ決まりじゃないよね。おばさんが来るまでに、ちがう相手をさがしちゃえばいいんだよ。一度にふたりとデートはできないから、しばらくは安心でしょ」

「だけど、そんな相手、どこにいるの？」ロザリンドが声をあげた。「前だってさんざん考えたのに、思いついたのはアンナのスケートのコーチだけだったじゃない」

「なら、またさんざん考えればいいじゃん」アンナは、棚(たな)からプレッツェルの袋(ふくろ)をとってきて、テーブルの上においた。「腹が減っては戦はできぬ、ってね」

　そこでみんなは、考えてはプレッツェルを食べ、プレッツェルを食べては考えた。だれも、ひとりも思いつかない。ロザリンドは、あきらめたほうがいいのかもしれないと思いはじめていた。だいたい、お父さんがラテン語の話ができるやさしい女の人とデートしたところで、どんなひどいことが起きるっていうの？　デートしたら、今度はうちに食事に招待して、そのつぎは食事をつくってもらって、キッチンの配置をかえられて、そのうち女の子を育てるにあたってのアドバイスをされるようになって……ギャーッ！

「ね、まだ、うちの母親の友だちのヴァラリアを候補にするほどには、追いつめられてないよね？」アンナがいった。「ほら、マグダラのマリアの生まれ変わりの？」

「ええ、たぶん」ロザリンドはため息をついた。

「うん、まだそこまでじゃない」スカイもいった。

「ヴァラリアに会うだけだったら、楽しいかもね」ジェーンがいった。「前世の話とか、してくれるかもしれないし」

　スカイは、すがるような目でバティを見たけど、バティがたくさん生まれ変わったヴァラリアに賛成も反対もいわないうちに、声がきこえてきて、全員ぎょっとした。

「ただいま！」お父さんが、父母会からやけにはやく帰ってきた。キッチンにぶらぶら入ってくる。「首脳会議か?」

「会議なんかじゃないわ」ロザリンドがいった。「ただ、おしゃべりしてただけよ」

「しかも、お父さんの話題じゃありませんよ」アンナがいった。

「おおアンナ、わたしのことを話題にしていたなどとは、まったく考えていなかったよ」

「よかったです」アンナは、床下にかくれたいみたいな顔をした。

お父さんは、スカイとジェーンのあいだにすわった。「先生とどんな話をしたか、ききたい者は?」

今度はジェーンが、床下にかくれたいみたいな顔をした。ブンダ先生がわたしのことをよくいうなんて、かぎりなく不可能に近い……。だけど、ちがっていた。お父さんがいうには、ブンダ先生はジェーンが数学の成績がよくなったことをほめていたし、この前の科学の作文はとくにすばらしかったといっていたそうだ。

「抗生物質についての作文、だったかな」お父さんはいった。

「たぶん。あ、っていうか、うん、そうそう、抗生物質について」

「スカイ、ゲバル先生にもお会いしてきたよ。おまえが書いた、アステカ族の戯曲に感心なさっていた」

「なんていってた?」ジェーンは身を乗りだして、スカイに足を踏んづけられた。

「想像力（そうぞうりょく）とセンスがすばらしいそうだ。これまでとは見違（みちが）えるようだとね。しかも、課題を出したときはかなり抵抗（ていこう）していたそうではないか。それだけに、よろこんでらしたよ。今年の六年生の学芸会の出し物にするつもりだそうだ」

「えっ?!」スカイはぎょっとした。

「わあっ！」ジェーンが声をあげた。六年生の学芸会は、ワイルドウッド小学校の秋の一大イベントだ。いつもは、先生のおすすめの古くさくてつまんない戯曲（ぎきょく）を選ぶ。なのに今年は、わたしが書いた戯曲（ぎきょく）をやるなんて！　まあ、だれにもわたしが書いたことはわからないけど。

「生徒が書いたものをやるなんて、一度もなかったじゃん。なんでよりによって今年だけ?!」スカイが声をあげた。

「ゲバル先生は、おまえがよろこぶだろうとおっしゃっていたが。うれしくないのか?!」

「プレッシャー大きすぎ」あまりのプレッシャーで、スカイは思わず自分が書いてないことを口走りそうになった。だけどそのことを認（みと）めてしまったら、二度とジェーンと宿題を交換（こうかん）できなくなる。そうなったら、高校を卒業するまでずっと、作文の宿題を自分でやらなくちゃいけなくなる！　高校さえ卒業したら、つまらないごまかしはやめて、正々堂々としてられるようになる。だって大学に入れば、作文なんか書かなくてよくなるから。数学と科学だけやってればいい。「まあ、なんとかなる、かな」

「そうか、ならいい」お父さんはバティをひざの上にのせた。「どうしてサングラスをしているんだ？」

「虫男をスパイしてるの。あのね、パパ、アイアンサがあたしとベンにプディングつくってくれようとしたんだけど、失敗しちゃったんだよ。お料理ヘタなんだって」

「それなのにつくってくれようとしたんだから、やさしいなあ。だろう？　ロザリンドはどうだった？」

「ふつうよ」ロザリンドはテーブルをぐっとつかんで、アンナのほうを見て勇気を出した。「お父さん、クレアおばさんから電話があったの。明日、泊まりに来るって」

「こっちにも電話があったよ。ラテン語の先生とのデートの話はしていたか？　間に合っていると返事をしておいたが」

「間に合っている？」ロザリンドは、くりかえした。わたしのききまちがい？

「ああ。今週末は、すでにデートの約束がある」

「すでに……」ロザリンドは息がつまって、その先がうまくいえなくなった。

「……デートの約束がある。そうだ。明日の夜だ」お父さんがつづけていう。

姉妹たちのショックは、お父さんがサーカスに入団するつもりだといったとしても、これほど大きくなかっただろう。アンナが、だれもきけない質問をした。「お相手は?」

「最近会った女性だ。楽しい人だと思って、もう少し話をしてみようと決めた。よくあることだ。さて、夕食の準備をしたいから、そろそろ解散してくれないか」

だれも、解散しなかった。動けない。だまってすわったまま、頭がこんがらがっていた。お父さん、どうしちゃったっていうの?

「その人の名前は?」ジェーンがやっとたずねた。

「どの人だ?」

「お父さん、その人の名前だよ」スカイがいう。

「ノーメン、ノーミニス」ロザリンドが、泣きそうになりながらラテン語でいった。

お父さんは、あ然とした顔を見わたしていった。「その人の名前は、マリアンだ」

11　挙動不審

つぎの日、クレアおばさんはふだんより遅く来たのに——もう夕食どきだった——焼きたてのデザートもなければ、ベッドの横に花もかざってなければ、あたらしいタオルも用意されてなかった。ロザリンドまで、いない。

「アンナのところに行ったよ」スカイがいった。もちろんみんな、ハグをして、犬用ビスケットとチョコレートキャラメルをもらったあとだ。「ストレスにたえられないんだって」

「なんのストレス?」おばさんがたずねる。

「マリアンとのデートのストレス」ジェーンが答えた。「さすがのレインボーも、勇気が出ないいんじゃないかって不安がってる」

「レインボー?」

「ただのたわ言だから」スカイがいった。『いけにえの姉妹』が上演されるときいてからというもの、ジェーンはまるで自分の分身みたいにレインボーがどうのこうのといっている。まあ、もちろんジェーンが生みだしたキャラクターにはちがいないけど、ほかの人にはわからないことだ。

「たしかにたわ言をいうときもあるけど……」ジェーンがいう。「だけど、おばさん、ストレスのことはほんとだよ。わたしたち全員、ストレスにさらされてるの。しかもお父さん、マリアンのこと、なんにも教えてくれないし」

「電話で、本屋で会ったといっていたけど、わたしもそれ以上はきいてないわ」

「ロザリンドとスカイとジェーンは、パパがマリアンと結婚しちゃうんじゃないかってびくびくしてるんだよ。ね、プレゼントは？」バティがいう。

「結婚！　それはまだちょっと早すぎじゃない？」おばさんは笑った。「あと、そうそう、小さい海賊さん、今日はプレゼント、もってきてないのよ」

「だけど、お父さん、なんかヘンなんだよね。あれじゃ、心配にもなるよ」スカイはおばさんのスーツケースを車のトランクからとってきた。「自分の目で見てきて。二階で準備してるから」

　それから全員でぞろぞろ二階にあがった。おばさんがドアをノックすると、お父さんが廊下に出てきた。とてもデートとは思えないかっこうをしている。

「初デートにその古いセーターを着ていくの？　わたしがこの前のクリスマスにあげたきれいなブルーのシャツがあるでしょう？」おばさんがいう。

「やあ、クレア。あのシャツはフランネルだから。マリアンは、フランネルが好きじゃないんだ」

「フランネルが好きじゃない……」おばさんは、スカイのほうをちらっと見た。スカイは、だからいったでしょ？　という顔をしている。「ってことは、少しはマリアンのこと、わかってるのね」

「ああ、わかっている」

「名字は？」

「ダッシュウッド。マリアン・ダッシュウッドだ」

「めずらしい名前ね」

「おそらく。だが、似合っている」お父さんは階段をおりた。ペンダーウィックの女性陣が、ぞろぞろついていく。半分くらいのところで、お父さんはふりかえり、みんなを押しのけて部屋にもどっていくと、すぐにまたブレザーを着て出てきた。

「どうしてそんなもの、もっていくの？」おばさんが、ブレザーのポケットからはみ出しているオレンジ色の本を指さした。「マリアンに読んであげるとか？」

「いや、まさか」

スカイは気づいた。お父さん、もしかして赤くなってる？　だけど、ちゃんとたしかめる間もなく、お父さんは家からぱっと飛びだしていってしまった。ふりかえりもしないで、スープとサンドイッチが用意してあるとかなんとか、いい残して。お父さんがハグもしないで出かけるのは初めてだ。娘たちは、見放されたような気分で、閉まったドアを見つめていた。

クレアおばさんもおなじ気分だったけど、すぐに気をとりなおして、明るくいった。

「さあ、食事をしながら、何か楽しいことをしましょう。そうね……ボードゲームはどう？　長いこと、クルーをやってないわよね？」

みんな、クルーが大好きだ。ジェーンがおばさんを手つだって食事をならべるあいだ、スカイがボードゲームがぜんぶしまってある廊下の物置きにクルーの箱をとりにいった。そして、サンドイッチのまんなかにボードをおいた。それからみんなで、席がえをして、自分のお気に入りのキャラクターの近くに移動した。ジェーンが選んだのは、ミス・スカーレット。じつはひそかに、ミス・スカーレットみたいなほっそりした長いドレスを着てみたいと思っていたからだ。スカイは、プラム教授。赤毛で、天体物理学の教授だという設定にしている。バティは、何がなんでもミセス・ピーコック。動物の名前がついてるのがくじゃくさんだけだから。残るクレアおばさんは、マスタード大佐はムチをもってるからだれもとらないし、ミセス・ホワイトはビタミン錠のびんのふたで代用してるしで――ほんもののミセス・ホワイトは、ハウンドがずいぶん前に食べてしまった――ミスター・グリーンにした。

「数字の大きい順ね」全員が役を決めると、スカイがいった。そしてサイコロを手にとったとき、ドアベルが鳴った。

ジェーンがドアをあけに走っていった。お父さん、もう帰ってきたの？　愛だの恋だのに目がくらんで、心の鍵がどっかにいっちゃったとか？　だけど、いたのはトミーだった。

「ロザリンド、いる？　ちょっと話があるんだ」

「避難先に行ってる。いいから入って。クレアおばさんが来てて、クルーやってるの」

トミーがためらってると、ジェーンがいった。「サンドイッチ、たくさんあるし」

サンドイッチにつられて、トミーは入った。そして直後には、マスタード大佐になっていた。みんな、ただのかざりならムチをもっててもかまわないという意見になったからだ。トミーの前には、サンドイッチが山とつまれている。そしてみんな、サイコロを二回ふった。バティが合計が十で最高点をとり、クルーがはじまった。

その夜は、六ゲームやった。一回も、ルール通りのゲームはなかったけれど。バティはボードにはないひみつの抜け道を何度もつかうし、トミーとスカイは小さい武器を投げあうし、ジェーンはボードにのってるお屋敷でアランデルを思い出してしまって——もっともアランデルには温室も、たしかビリヤードルームもなかったはずだけど——作戦を忘れてばっかだし、クレアおばさんは勝っちゃわないようにわざとまちがってばかりいた。だけど、ジェーンのいうように、ルールなんて人生の楽しみのうちに入らないし、みんなは大いに盛りあがった。そのうちバティの寝る時間になって、おばさんがバティをむりやりベッドに連れていって、お話を読んで寝かせた。

「今度は何する？」スカイがほかのふたりにいった。

「映画でも観よう」ジェーンは、トミーのほうを見ていった。トミーが近くにいると、映画を観るのがより楽しくなる。

「いいよ。ロザリンドが帰ってくるまではね」

「送ってくださって、ありがとうございます、カーダシスさん。アンナ、おやすみ」ロザリンドはいったものの、車からおりて家に入ろうとしない。車で家の前まで来て真っ先に気づいたのは、お父さんの車がまだもどってないことだった。まだマリアンといっしょなんだ。

「引きかえそうよ。うちに泊まったら。ママ、いいよね？」アンナがいう。

「もちろんよ」

「ありがとう。でも、そういうわけにはいかないわ」アンナの家ですごした夜は、すごく楽しかった。バスケをしたり、音楽をきいたり、キャラメルポップコーンをつくったり。楽しくて、お父さんのことを忘れそうになった。だけど、丸々ひと晩いないわけにはいかない。おばさんが来てるっていうのに。そんなの、冷たすぎるし、わがままだ。

「ロザリンド、お父さまのことは、きっとうまくいくわ。じゃあ、またね」アンナのお母さんがいう。

「はい、そうですね」ロザリンドは、やっと車をおりた。他人から、うまくいくなんていわれたくない。わかるわけ、ないでしょ？

アンナとお母さんの車が走りだすと、ロザリンドは玄関のほうに歩きながら、だれとも口をきかないでベッドルームに行く方法を考えていた。お父さんが出かけたときの話なんて、ききたくもない。帰ってくるのを待つのもいやだ。今日だけは、これ以上心をざわざわさせないでベッドに行けたらどんなにいいかしら。

ロザリンドはそーっと家のなかに入って、リビングをのぞいた。おばさんがソファで映画を観ている。古いイギリス映画らしい。ジェーンとスカイは床に寝ころがって、ぐっすり眠っていた。おばさんはロザリンドに気づくと、投げキッスをした。ロザリンドは手をふって、そーっとはなれた。いまのところ、うまくいってる。このまま二階に行って、バティのようすをのぞけばいい。ところがキッチンの前を通りかかると、冷蔵庫のドアが閉まる音がした。えっ、だれ？　まさかバティが起きてきてひとりで冷蔵庫をあさるわけがないし。

トミーだ。容器から直接アイスクリームを食べている。まだこっちに気づいてないから、このままそーっとはなれちゃおうと思ったけど、急にアイスクリームが食べたくなった。

「ふつうはボウルをつかうのよ」ロザリンドはいった。

トミーは、ばつがわるそうな顔でこっちを見た。なんだかかわいそうになって、ロザリンドは食器棚からボウルをふたつ出してくると、スプーンでがばっとすくってトミーのボウルに入れ、その半分くらいを自分のに入れた。

「サンキュ。あの映画観てたら、腹へってきちゃってさ」

「何見てもおなかすくんじゃない」

「たしかに」トミーのボウルが手からするっとすべって、テーブルの上にさかさまに落ちた。アイスクリームがびちゃっとこぼれたけど、ほとんどはトミーのシャツにくっついた。

トミー、どうしちゃったのかしら。まさか、あがってるなんてことはないでしょうけど。ロザリンドはタオルをぬらしてトミーのシャツをとんとんしてから、またアイスクリームを入れてやった。「だいじょうぶ？」

「もちろん」証明するみたいに、トミーはボウルをぴしっとテーブルの上においた。

「ロザリンド、トリルビー・ラミレス、知ってる？」

「知ってはいるわよ」中二で、腰のあたりまであるストレートの黒髪で、体操部にいる。平均台の上でかんぺきな開脚をするのを見たことがある。

「明日の夜、『秋の饗宴』にいっしょに行かないかってさそわれた」

「えっ、うそでしょ？」あ、失礼なこといっちゃった。ロザリンドはいいなおした。

「えっと、どうして？」

「さあ」トミーも、ロザリンドに負けずにおどろいているらしい。「おれのこと、好きなんじゃねえかな」

ロザリンドはまた、どうして？　ってききたいのをがまんした。まあ、考えてみたら、トミーを好きになる人がいてもおかしくはない。「そうね、うん、好きなんじゃない？　ただ……」ロザリンドも前に平均台で開脚をしようとしたけど、落ちてひじをすりむいた。「えっと、なんていえばいいのかしら。その……行くの？」

「さあ。行くべきだと思う？」

「行けばいいんじゃない？」ふいに、ロザリンドはうんざりしてきた。トミー、早く帰ってくれないかしら。トミーも、トリルビー・ラミレスも、長い黒髪も、どうでもいい。

「考えてたんだけど、もしロザリンドが……」トミーは、スプーンで頭をコツコツやって、顔をしかめた。ヘルメットをしてないことを忘れていたらしい。

「わたしが、何？」

「いや、べつに。つーか、ほら、ロザリンドも行くんだったら、気が楽かなと思ってさ」

「気が楽、ね」ロザリンドは立ちあがって、ボウルをシンクにおいた。「だって、わたし、中二のパーティには招待されてないし」

「わかってるよ。カリカリすんなって」

「なんでわたしがカリカリしなきゃいけないの？　今日はつかれてるだけ」

トミーも立ちあがった。「じゃ、そろそろ帰ろうかな。アイス、ごちそうさま」

「どういたしまして」

「おやすみ、ロザリンド」

わけのわからない男たちのせいでイライラが頂点に達したロザリンドは、返事もしなかった。背中をむけたまま、トミーが帰るのを待つ。あーもう、ほんとうにくたくた。だけど、寝る前にバティのようすをみにいかなくちゃいけない。ロザリンドはそーっと二階にあがり、バティの部屋に入った。目をさまして、もっとお話きかせてっていいませんように。うん、だいじょうぶ。バティはぐっすり眠っている。上掛けから手足がでてるし、ぬいぐるみはほとんど床に落ちてるけど。ところが、ハウンドが起きていた。ベッドの足元のほうにごろんとなって、眠そうに――そして決まりわるそうに――ロザリンドのほうを見てまばたきをする。

「おりなさい」ロザリンドは小声でいった。

ハウンドは床にすとんとおりた。残っていたぬいぐるみも、いっしょに落ちる。それからハウンドは、定位置の部屋のすみっこに行った。

「そこにいなさい」ロザリンドはきっぱりいったけど、いるわけがないのはわかっている。

上掛けとぬいぐるみをぜんぶ、バティを起こさないようにそーっとちゃんとした位置にもどしてから、ハウンドにもう一度――いちおう形式上――ギロリとにらみをきかせる。廊下に出ると、玄関のドアがひらく音がした。お父さん、帰ってきたんだ。デートの話なんか、ぜったい、何があっても、ききたくない。だけど、こわいもの見たさもあって、ロザリンドは階段のてっぺんのものかげから動けなかった。

クレアおばさんがリビングから出てきて、スカイとジェーンを起こさないように小声でしゃべっている。「どうだった？」

「楽しかったよ」お父さんも、小声で答える。

ロザリンドは思わず、身を乗りだして耳をすました。

「すごく楽しかったの？　それともまあまあ？　楽しくてまた会いたいって思った？」

「たぶんね」お父さんがあくびをする。「魅力的な女性だ。散歩が好きでね」

「兄さん、散歩に連れてったの？　それがデート？　本を読んであげるのとたいしてかわらないじゃない」

「クレア、わたしのことはほっといてくれないか。何もかも、だいじょうぶだから」

ロザリンドはよろよろと部屋に行った。だれかに、何かに、やつあたりしたい。あ、あった！『秋の饗宴』のために焼いたブラウニーが机の上にのっている。妹たちに食べられないように部屋にかくしておいた。

バン！　バン！　バン！　ロザリンドは、ブラウニーをこなごなにした。それから窓をあけて、外に投げすてた。

「中二にわたしのブラウニーを食べさせるなんて、もったいないわ」ロザリンドはいって、手についたくずをはらった。

窓を閉める前に、ロザリンドは、ガイガー家のほうにむかって舌をべーっとつきだした。わたし、どうしてイライラしてるのかしら？　べつにどうでもいいのに。気にする価値もないほどつまらないことばっかりだわ。

12　ジェーンの大芝居

スカイは、ワイルドウッド小学校の正門から飛びだして、あたりをきょろきょろした。なんとしてでもジェーンを見つけなきゃ。あたりには何十人も人がいるけど、ジェーンがいない。どこにいるの？　どこ？　どこ？　いますぐ見つけなきゃ。ジェーンのやつ、ただじゃおかない。

「スカイ、明日ね！」友だちのジュネヴィーヴが、走りだしたスクールバスから手をふった。スカイも、やる気がなさそうにふりかえす。この先、やる気なんか出ることあるのかな。

「やっ、ペンダーウィック。駐車場まで競走だ」ゲバル先生の授業で斜め前にすわっているピアソンが、腕をつねってきた。

「しない」スカイもつねった。競走をことわることなんか一度もなかったのに。だけど、今日はピアソンにかまってる場合じゃない。

　そのとき、メリッサが来た。スカイは、メリッサを透明人間みたいに無視した。透明人間だったら、口もきけないよね。だけど、そううまくはいかない。

「スカイ、おめでとう。きっと、うまくいくわね」メリッサがいった。

「どうも」スカイはつぶやいた。ジェーンをぼこぼこにしたら、つぎはメリッサだ。牢屋に入るなら、ひとりぶちのめしてもふたりぶちのめしてもおなじだし。これから先のことを考えたら、牢屋に入るのもわるくない。

　あっ、ジェーンだ！　やっと見つけた。友だち数人といっしょに、ぶらぶら出てきた。スカイはそっこうでジェーンの腕をつかみ、友だちから引きはなして連行した。

「イタタタ。ちょっと、はなしてよ」

「いいから。話があるの」

　ジェーンは真っ青になって、手にもっていたバックパックを落とした。「どうかしたの？　お父さんになんかあった？　バティ？」

「みんな無事だよ。あたし以外はね。あたしは、ぜんぜん無事じゃない。先生が今日、芝居の配役をしたの。だれがレインボー、やると思う？」

「ケルシー」

「ちがう」

「イザベル？　マヤ？」

「ちがう。よく考えてみて。ちがう方向で」

「まさか、メリッサが主役なんていわないよね？」

「ちがう。メリッサは、グラス・フラワー役」

「それなら、ま、いっか。グラス・フラワーって、ちょっと頭弱いから。だけど、メリッサにわたしが書いたセリフを読まれるのは、いやだな。いくら頭弱い役でも」ジェーンは、また考えた。「うーん、で、だれ？」

「あたし」

えっ、うそ。ひゃーっ、そういうことか。スカイは、運動方面ではだれよりも大胆不敵で勇かんだけど、舞台にあがるのは大きらいだ。一年生のときの経験がトラウマになってる。ハワイが舞台の寸劇をやってるとき、フラ用スカートが落ちて、それ以来、二度と舞台にはあがらないと決心した。「ゲバル先生に話してみた？」

「話したよ。だけど先生、あたしが自分で書いた脚本を演じるのを恥ずかしがってると思ってるの。そこは関係ないなんていえないし。そもそもジェーンが書いたんだからとか。しかもね……」スカイは、飛びかかりそうな勢いでジェーンにむきなおった。「コヨーテ役、だれだと思う？　ピアソンだよ！」

「へえ、ピアソンならうまくやりそう」

「ジェーン、うまいかどうかなんて、どうだっていいの！　愛だの恋だのってセリフあるの、忘れちゃった？　あれをあたしがピアソンにいわなきゃいけないんだよ！　あんた、あんなセリフ書いて、何考えてたの？」

「スカイがあのセリフをピアソンにいうとは考えてなかった。そもそもスカイがあのセリフをいうとは考えてなかった。わたしだったら、スカイをあの役にしないし」正直、『いけにえの姉妹』を書いたとき、ジェーンは自分がレインボー役をやるところを想像していた。最高の役だ。

「どうすればいいの？　作物がどうのとか、自己否定がどうのとか、あんなセリフ、ぜんぶ覚えらんないよ。素数だったら、いくらでも覚えるけど。幾何の公式だって、すでにたくさん覚えてるし。いい？　横断線から二本の直線が切りとる線分の両端に……」

ん？　なんだっけ？　ど忘れしちゃった！　ストレスで、脳がやられてる！

「落ち着いて。バス待ってる子たちがこっち見てるよ」バスを待つ子たちのなかには、メリッサもいる。こっちを見てるだけじゃなく、話をききとろうとしてる。

「うん、足を骨折しよう。ジェーン、それがいい。うっかりのふりしてわざと、ガレージの屋根から落ちて、足を折るの。骨折したら、だれも無理やり芝居に出そうとはしないよね？」

「まあね。だけど、足が折れてたらサッカーもできないよ」

「じゃ、肺炎とかマラリアとか結核とかは？」

「おなじでしょ」あの勇かんな姉がこんな低レベルなことを考えるなんて、ジェーンはショックだった。「スカイ、そこまで心配することないよ。セリフ覚えるの、手つだうし。ね、だいじょうぶだって。とにかく帰ろう」

　スカイはおとなしく歩きはじめたけれど、帰り道ずっと、六年生の学芸会は何人くらい観にくるのか、計算していた。六年生全員がなんらかの形で参加してるから、家族はみんな来る。ってことは、一クラス二十六人生徒がいて四クラスあるから、ひとりの生徒につき家族がふたり……ううん、三人くらい、来るとして、あと先生方もいれて、五年生もいるから……。

「四百人」スカイは、お葬式みたいな声でいった。「少なくとも四百人が、あたしが恥をかくのを目撃するってこと」

「四百人」ジェーンもいったけど、決して暗い声ではない。そのときになってやっと、たくさんの人が自分が書いたお芝居を観るってことに気づいたからだ。うわあ、スゴい。

「吐(は)きそう」スカイはほんとうに顔色がわるくなっていた。家に着くと、さっさと二階にあがっていく。

「四百人」ジェーンはまたいいながら、スカイのあとをついていった。ワイルドウッド小学校の講堂(こうどう)のようすを想像(そうぞう)して、うっとりする。ほんもののステージがあって、大道具やらなんやらとか、びらびらの幕(まく)とかもある。集まった四百人が拍手(はくしゅ)かっさいして、舞台(ぶたい)に立つわたしが脚本家(きゃくほんか)としておじぎをして、大きなバラの花束を受けとり……あ、ううん、観客席からバラを投げてもらうほうがいいかな……一年生に投げる役をしてもらって、で、わたしは……。

「あっ、ダメだ」ジェーンは妄想(もうそう)をやめた。わたし、脚本家(きゃくほんか)としておじぎなんかできないんだ。やるのはスカイ。しかも最悪なのは、本人がぜんぜんよろこんでないってこと。あーあ。ま、いっか。これからも脚本(きゃくほん)を書いて成功するだろうし。とりあえずいまは、おなかがすいた。ジェーンがキッチンに行くと、ロザリンドとアンナがラテン語の宿題をしていた。

「クイー、クアエ、クオド」ロザリンドがいう。「クイウズ、クイウズ、クイウズ」

「クイ、クイ、クイ、クエム、クアム、クアド」アンナがいう。

「クアドじゃないわ、クオドよ。あ、ジェーン、やっと帰ってきたのね。お父さんに電初から」

「あっ、ほんとだ。クオド。もう一度最

話して」

「えっ、ほんと？」アンナが教科書をながめる。

　ジェーンはカウンターからおやつのレーズンの箱をとると、大学にいるお父さんに電話をかけた。留守番電話になったので、全員無事に帰ってきたことをメッセージで残した。うしろでラテン語が飛びかってて、ちゃんときこえたかどうかは不明だけど。電話を切って、部屋にもどろうかなと思ったとき、ラテン語が中断されて、きき覚えのある名前がきこえてきた。

「えっ、いまなんていった？」ジェーンはアンナにたずねた。

「トリルビー・ラミレスが、トミーをものにしたって話」アンナは、ぽかんとしているジェーンに説明した。「土曜の夜、ふたりで『秋の饗宴』に行ったらしいよ。うわさじゃ、トミーはダンスもしたんだって。そもそもトミーがダンスできるってことがオドロキだけど」

「つぎは複数よ」ロザリンドがいう。「クイー、クアエ、クアエ、クオールム、クアールム、クオールム」

「どういうこと？」ジェーンが口をはさんだ。「ね、ロザリンド、トミーがカノジョにしたくて追っかけてるのは、ロザリンドじゃなかった？　トリルビーなんて名前の子じゃなくて」

「わたし、追っかけられてなんかいないわよ。どっちにしても、ムリだし」ロザリンドは、バカにしてふんっといった。「何年もたってからじゃないと、そういうのはムリ。そのときがきても、相手はトミーじゃないし」

「それにしても、なんでトリルビー？」アンナがいった。「あの子、頭のなかがすっからかんだし、めちゃくちゃ弱虫だし。女子ロッカーにクモが出たとき、本気で気を失ったんだよ」

「かなり大きいクモだったって話よ」ロザリンドは冷静にいった。「クイブス、クイブス、クイブス」

「ロザリンド、気にならないの？」ジェーンは、ロザリンドがあんまり無関心なのに、びっくりしていた。もしわたしがもっと大人で、トミーがあんな目でわたしを見てたら、ぜったいにトリルビーなんて名前の子にとられない。

「なんで気にしなくちゃいけないの？　クオース、クアース、クアエ、クイブス、クイブス、クイブス、クイブス、クイブス、クイブス。アンナ、最初からもう一回よ。クイー、クアエ、クオド、クイウズ……」

ジェーンは、ペンダーウィック家のデート問題について考えながら階段をあがった。自分の部屋に入ると、スカイの『いけにえの姉妹』の台本が床に投げすててあって、スカイの姿はない。やれやれ。最近この家、問題が多すぎる。窓の外をのぞくと……いたいた、スカイが屋根の上で、むすっとした顔で双眼鏡で雲をながめている。

「そっち行っていい？」

スカイがうなずいたので、ジェーンはおそるおそる窓から出た。となりの家では、ヘンなメガネをかけた顔がふたつ、二階の窓からのぞいている。ジェーンが手をふると、ベンはふりかえしてきたけど、バティはぱっと引っこんで、ベンもいなくなった。どうやら、バティがベンを引っぱって窓から引きはがしたみたいだ。やれやれ、ここにも若くていたいいけな者たちがいた。「いたいいけ」っていうのは、最近のジェーンのお気に入りの言葉だ。『いけにえの姉妹』にも、なんとか入れようとした。

「レインボーがグラス・フラワーのことを『いたいいけ』って呼ぶ場面、覚えてる？」ジェーンがスカイにたずねた。「あそこ、いいと思わない？」

スカイは双眼鏡をおろした。「セリフがいいかどうかなんて、どうでもいいの。覚えられないし、覚えられたとしても、演じるなんてムリ。最初の場面を二、三、読みあわせしてみたんだけど、あたし、最悪だった」

「わたしが教えてあげるよ」うん、そうだ、わたし、演出家役をすればいいんだ。ハットをかぶって、ディレクターズチェアにすわって、ぎっしり書きこみのある台本を手にして。そのためなら、理科の授業をサボってもいい。スケジュールが調整できればの話だけど。「ね、スカイ、お願い、わたしにやらせて。楽しそう」

「どこが楽しいんだか」スカイはいったけど、ジェーンにさんざんせがまれると、窓からベッドルームにもどり、台本を手にとった。しょせん、いま以上にわるくなるなんてこと、ありえないし。

　それからの三十分は、ふたりにとって苦痛でしかなかった。スカイの読み方があまりにも平たんな——気持ちもこもってなければ表情もない——ので、ジェーンは自分の書いたセリフに問題があるんじゃないかとまで思った。そこで、スカイのセリフまわしを活気づける言葉があるんじゃないかと期待して、少し書きかえてみた。だけど、さらにスカイをイラつかせただけで、こんなにしょっちゅうかえられたら覚えられっこないじゃん、とキレられた。困り果てたジェーンは、色えんぴつでスカイの顔にアステカ族ふうのラインを描いてみた。舞台用メイクでもすれば、その気になるかなと思って。すると、一行だけものすごく気持ちのこもったセリフがきけた。

「『お姉さま、お忘れですか？　わたくしがどんなに弓矢とナイフさばきが得意かを』」

「それ、気持ちこもりすぎ。なんか、こわい」ジェーンがいった。

「そういう気分だし！」

「だけど、スカイ、この場面は……」

「こんな芝居、大っきらい！　大きらい！　大きらい！」スカイは台本を床に放り投げて、いまにも踏みつけそうな勢いだったけど、ちょうどそのとき、お父さんが下から呼ぶ声がした。仕事から帰ってきて、話があるという。

最近、なんだか話ばっかりきかされてる気がする。どうせまた、デートのことに決まってる。それだったら、ききたくない。とはいえ、芝居の練習をつづける感じでもないので、スカイの顔の線をぬぐって、ふたりはキッチンにおりていった。アンナはもう帰っていて、ロザリンドがとなりからバティを連れてきていた。これで四人姉妹がテーブルのまわりに集まったので、お父さんは上着を脱いで、すわった。

「午後、大学にチャーチーから電話があったんだ」

デートの話じゃないらしい。チャーチーというのは、ミセス・チャーチルのことで、アランデルの家政婦をしている。ジェフリーの育ての親だ。この夏、知り合いになって、みんなチャーチーを大好きになった。だから、いっせいに質問を浴びせた。何か事件？　ジェフリーがどうかした？　チャーチーに何かあったの？　それともキャグニー？

お父さんは手をあげて、静かにさせた。「みんな、元気だよ。チャーチーが今週末、ジェフリーのところに行くそうだ。夜はボストンに住んでいる娘さんのところに泊まる予定だが、部屋がひとり分、あまってるから、おまえたちのうちひとり、いっしょに行かないかという誘いだよ」

ふたたび、やかましくなった。全員でいっせいに、だれが行くのかと騒いでいる。お父さんは、耳に手をあてた。ようやく静かになると、お父さんはいった。「チャーチーは、こちらで決めていいといっている。バティ、バティはまだ小さいからだめだとはいわないが……」

「小さくないもん！」

「だが、ハウンドはいっしょに行けない、とはいっておくよ」

「ううう」バティがいう。

「ひとり脱落」スカイがいった。

「ほかに、興味がない者はいるか？」お父さんがいった。「ロザリンド、宿題の進行状況は？」

ロザリンドが顔をしかめた。「行きたいけど、来週提出の宿題がたくさんあるの」

「ふたり脱落」ジェーンが意気ごんでいった。「スカイ、決闘だね」

「決闘する必要はない」お父さんがいった。「チャーチーがいうには、そのうちまた機会があるから、交替で来ればいいそうだ」

「そのうち？」スカイは、そのうちは永遠にないと思っている。「じゃ、決闘以外にどうする？」

「〝ハウンドのくじ引き〟だ」お父さんがいった。「ハウンドに選んでもらおう」

「だって、ハウンドはあたしを選んだこと、ないじゃん！」スカイはかがみこんで、テーブルの下にいるハウンドを見つめた。ハウンドは、ばつがわるそうな顔でスカイを見た。

「あるわよ」ロザリンドがいって、くじ引きの準備をはじめた。

「ううん、ぜったいない。統計的な変則だね」スカイがジェーンにいった。

ジェーンは、統計的な変則のことはよくわからないけど、たしかにハウンドは、スカイと書かれた紙のところに最初に行ったことは一度もない気がした。今度こそわからないよ、といってやりたいけど、今度も行きませんようにと内心願っていた。だって、自分が選ばれたいから。

あっという間に準備が整った。二枚の紙と――それぞれの名前が書いてあって、外からは見えないように折りたたんである――くだいた犬用ビスケットをひとつのボウルに入れて交ぜる。ロザリンドがそれをぜんぶ床にぶちまけて、バティがハウンドを、行っといでと押す。ビスケットを目指して歩くハウンドをみんながじっと見つめて、ハウンドの大きな鼻先が紙をつつくのを待つ。

「勝者が決定しましたー！」ジェーンが、紙を床からひろって、ひらひらふる。「ボストンに行けるのは、ジェフリーとチャーチーに会えるのは、最高にラッキーで、めちゃくちゃついてて……」

「早く読んで！」スカイが叫んだ。

「あ、うん」ジェーンはもう一度だけ紙をひらひらさせてから、呪文をかけるようなふりをして、ゆっくりとひらき、読んで、にっこりした。やった。〝そのうち〟を待たなくていい。

　ところが自分の名前を読みあげる前に、顔をあげたジェーンは、スカイの表情に気づいてしまった。ものすごく期待に満ちた、楽しみにしてる表情。アステカ族ふうのラインがほっぺたにうすく残っていて、その緑色が目に入ったとき――ほんとうにうっすらだったけど――レインボーのセリフが勝手によみがえってきた。「わたしの血を流して、雨をふらせ、作物を育て、人々に食物を与えましょう」。なんて悲劇的にうつくしいセリフ……。そう思ったとき、気づいたら口走っていた。

「スカイ。ハウンド、スカイを選んだよ」

　スカイはわっとよろこんで、みんなにハグをした。ハウンドにも、バティにも。ハグの嵐のなか、だれもジェーンがキッチンから姿を消したことに気づかなかった。とくにスカイが気づくわけはなく、ジェフリーに電話をかけて、いい知らせを伝え、そのあとチャーチーに電話をかけて、お礼をいい、つぎにサッカーのコーチに電話をかけて、土曜日の試合に出られないことを連絡した。

「宿題はさぼるなよ」電話がおわると、お父さんがいった。「いますぐにでもはじめて、前もって片づけておくように」

　宿題を前もってやるくらい、なんでもない。スカイは一段ぬかしで階段をあがり、部屋にかけこんだ。そして、ぴたっと止まった。ジェーンが掃除をしている。すでにベッドを整えて、いまは机の上を片づけている。なんか、いやな予感がする。ジェーンが掃除をするのは、泣けないくらい落ちこんでるときだ。ああ、なんてことしちゃったんだろう。浮かれるあまり、ジェーンががっかりしてることを思いやれなかった。

「ジェーン、ごめんね。あたしが行くことになっちゃって」スカイはいった。

「いいよ」ジェーンはせっせとほこりをふいている。「そのうち、ジェフリーのところには行けるだろうし」

〝そのうち〟なんて、永遠に来ない。かわいそうなジェーン……。スカイは、なんとか埋め合わせをしたくなった。「あと、さっき、脚本のことであんなこといっちゃって、ごめん。本気じゃないから」

「ほんと?」ほこりをふく手が、ちょっとだけゆっくりになった。

「ジェーンがいってくれたこと、ほんとに助かった。だから思ったんだけど……」スカイは、できる限りの熱意をこめていった。「ボストンに行く前に、セリフ、暗記しちゃいたいんだ。あと五日あるから、かなり練習できるよね。っていうか、ジェーンさえよければ、だけど」

「いいよ。サブリナ・スターは、義務を怠ったりしないから」

「だって、ほんとによく書けた脚本だし。ダメなのは、あたしだから」

「わかってる」ジェーンは、ほこりをふいていた布を、床に落とした。「じゃ、はじめようか」

13 ニェット！

ロザリンドにはずいぶん前から、クイグリー・ウッズにお気に入りの場所があった。お母さんといっしょに、ふたりだけでよく散歩にきた。スカイとジェーンも生まれていたけれど、ふたりがどうしてたのか、思い出せない。おぼえてるのは、お母さんをひとり占めできるのがうれしかったことだけ。ふたりで小川のほとりを歩き、しゃべったり笑ったりしてるうちに、低い石壁に着いた。あのときは秋で、ちょうどいまとおなじ季節だった。お母さんが落ち葉を壁の上から払いおとして、ふたりですわって、さらさら流れる小川をながめた。ロザリンド、春が来たら、ふたりでここへピクニックに来ましょう。そうお母さんは約束した。だけど春になる前にお母さんは……。

ロザリンドは、はっと我に返った。このお気に入りの場所に来たのは、思い出にひたって暗くなるためじゃない。最近、そんなことばっかりしてるし。そうじゃなくて、バティとベンを連れてここに来たのは、家から避難するためだ。ジェーンとスカイが『いけにえの姉妹』の練習をしていて、そのことでしょっちゅうけんかしている。今週はずっとだから、明日、スカイがボストンに行ってくれて、ほっとする。これで丸二日間、アステカの話をきかなくてすむ。

「血を！　乙女の血を！　ベン、いってみて」

「バティ、そんなの教えないで！」ロザリンドは落ち葉をざくざく踏みながら、バティとベンがハウンドを赤いカートに押しこめようとしてるところに行った。

「だけど、あたらしい言葉を教えなくちゃ」

「ちがうのにして」ロザリンドはベンを抱っこして、ぷにぷにのほっぺたにキスをした。「ベン、『犬』っていってごらんなさい。『ハウンド』って。『バティ』でもいいわよ。だけど、『血』はやめてね」

　バティは口をつぐんだままだ。

「じゃ、『レインボー』は？　ベン、『レインボー』っていってみて」バティはいった。

「それもダメよ」ロザリンドは、ベンにむかって首を横にふり、アステカ族のことを忘れさせようとした。ベンはロザリンドの顔を楽しそうにたたき、地面を指さした。

「おりたいって」バティがいう。

ロザリンドはベンをおろして、石壁のところにもどり、シェイクスピアの詩集をひらいた。英語の授業で暗唱をしなきゃいけない。ほとんどが愛の詩だと知らずに、この課題を選んでしまった。「私に欠点があるから見捨てたのだといいたまえ」とか、「君が彼女を手に入れたことを必ずしも嘆くものではない」とか。そんなこと人前で口にしたくないので、ロザリンドはむずかしくて愛についていってるのかどうかわからない部分をさがした。本のページをめくる。あ、これなんかどうかしら。「あんなにもいい天気を約束してくれたから、外套ももたずに旅立ったのに……」

　そのとき、ロザリンドはぱっと顔をあげた。ハウンドがカートをたおした音がしたからだ。ハウンドは戦闘態勢をとって、ガーダム通りではなくクイグリー・ウッズのほうに鼻先をむけて、うなっている。

「バティ、どうしたの？」バティとベンも、ハウンドの横ではらばいになって、おなじ方向に鼻をむけていた。

「だれかが来る音がしたの。たぶん、虫男」

　ロザリンドには何もきこえなかった。「バティもベンも、しばらくべつの心配したら？　ほら、たとえば、宇宙から来るエイリアンとか」

「だって、ガーダム通りには宇宙からエイリアンは来ないもん」バティは、じれったそうにいった。

「じゃあ、虫男だって……」ロザリンドは、ぴたっとだまった。たしかに音がする。ドスドスという足音だ。たくさんの人が走ってくるみたいな音。あれが虫男だったら、ムカデってことになる。ほかにも虫男をたくさん連れてきたのならべつだけど。

足音といっしょに、声もきこえてきた。なんていってるのかしら？

ハウンドはもう、うなるだけではなく、わんわん吠えている。バティとベンは、石壁のうしろにかくれていた。だけど、ロザリンドはかくれるわけにはいかない。両手を腰にあてて、お気に入りの場所にずかずか入りこんでくる侵入者と対決するために、ハウンドのとなりにすっくと立っていた。どんどん近づいてくる。声がはっきりきこえてきて、それがただのアルファベットだということがわかった。

「C－H－S……キャメロン・ハイスクール」ロザリンドはいった。

フットボールのユニフォームを着た背の高い男子たちが、長い列になって木々のあいだを走ってきた。ドス、ドス、ドス。ロザリンドはハウンドを引っぱって自分もいっしょに小道からはなれた。ランニング中の三十人くらいの高校生男子になんて、まったく用はないし、会いたくもない。それどころか、バティやベンといっしょに壁のうしろにかくれたいくらいだ。だってあのヘルメットをかぶった大男のうちひとりがニック・ガイガーで、ちょっかいを出されるかもしれないから。

「ロザリンド！」

あーあ。列の先頭にいたニックだけじゃなく、選手全員が止まった。

「あら、ニック」ロザリンドは思わず赤くなってしまい、自分に嫌気がさした。

「全員、休憩だ！」ニックが叫んだ。「それから、ロザリンドにあいさつを！」

何十人もの男子たちが、やあとかなんとか口々にいう。ああ、ニックの頭に木でもたおれてくればいいのに。

「何してるの？」ロザリンドはぶっきらぼうにたずねた。

「不整地トレーニングだよ。おれなりの理論をトミーに実践させてたんだけど、コーチが興味もって、チーム全員で試そうってことになったんだ。だれも手足を折ったりしなければ、って条件でね」ニックはふりかえって、ほかの選手たちにまた叫んだ。「どこか折った者は？」

また声があがる。今度は、否定の返事だ。

「ニック」ロザリンドは、ゆっくりとていねいにしゃべった。英語がわからない相手にしゃべってるみたいに。「あのね、そうじゃなくて、どうしてニックは……。ニックのチームは、ここで止まったの？」

「きみがいたからだよ。ふたりで話したいことがあったのを思い出したんだ」

「ふたりで？」

「あいつらのことは気にしなくていい」ニックはへらへらといって、ヘルメットをはずした。「きみは中一だから、みんな、きみがここにいることさえ意識してないよ」

たしかに。ニックのチームメイトはひとりもこっちに注目してないどころか、ハウンドと遊んでるのまでいる。ロザリンドは、少しほっとした。「話したいことって？」

「トミーとトリルビー問題だ」

ああ、そのことね。アンナから、いろいろきいている。トミーとトリルビーは、学食でも図書館でも体育館でもいっしょにいる。ランチもわけあって食べ、うっとりと見つめあい、手をつないでいるらしい。ほんと、吐き気がする。「ニック、わたしには関係ないことだわ」

「だけど、ロザリンド、トミーにはきみの助けが必要なんだ。トリルビーのやつ、トミーとつきあってるっていいふらしててさ。毎晩電話してきて、それが二度三度のときもある。サイアクなのは、トミーのフットボールの練習についてきて、応援するんだ」ニックはかん高い声を出した。「トミー、がんばってーっ。トミー、サイコー！」

「うんざりするのはわかるけど、わたしに何ができるっていうの？」

「トミーと話してほしいんだ。おれも話してみたけど、きく耳もたないから」

「わたしのいうことだってきかないわよ。しかも、話をするだけでデートをやめさせられるなら、お父さんのことで苦労しないわ」

「ペンダーウィックさん、気の毒に。マリアンと二度目のデートはしたのかな？」

「まだよ」ロザリンドは、きっぱりといった。お父さんはまだ、今週末の予定については何もいってない。だから、まだどうなるかわからない。

「最後の審判がせまってるんだろう？　同情するよ」ニックはほんとうに同情してるみたいで、そこは、ありがたい。だけど、だからといってトミーと話をしなくてもいいよ、とはならないらしい。「ロザリンド、いいか？　トリルビーはトミーに、記念日を祝えといってるんだ。つきあって一週間記念。そんなの、男として、ガイガー家の人間として、情けないにもほどがある。たのむよ。トミーが正気にもどれるよう、話してみてくれ」

「ムリよ」だって、わたしがトミーのことを気にしてるって思われたらどうするの？　もちろん、そんなことないし。

「それが答え？」

「ええ」

「そうか、わかった。じゃあ、こんなことはしたくなかったんだけど、仕方ないな」そういって、ハウンドのまわりに集まっている選手たちを呼んだ。「ジョージ、ここへ！」

ばかでかいのがひとり、のしのし歩いてきた。「なんだ？」

「ロザリンドに、トリルビー問題についてトミーと話すようにいってくれ」

「トリルビー問題についてトミーと話してくれ」ずいぶん上のほうからジョージの声がする。

「ありがとう」ニックはジョージをかえして、つぎにべつの巨人を呼んだ。「つぎはラハラン！」

ロザリンドは、降参というふうに両手をあげた。「もうっ、ニック、わかったわよ」このままじゃ、ひとり残らずやってきて、頭がおかしくなっちゃう。

「よし」ニックはいって、ラハランにもういいという手振りをした。「ではロザリンド、トリルビー問題についてトミーと話をすると約束してくれ」

「強要されてしかたなく、約束するわ」ロザリンドは、ニックをにらんだ。「トリルビー問題についてトミーと話をします。どう、満足？」

「よかった。ペンダーウィック家の名誉にかけて、最大限の努力をしてくれることを期待してるよ」ニックはヘルメットをぐいっとかぶった。「ロシア語で何かいってやってくれ。トミー、ロシア語が好きだから」

「わたしが知ってるロシア語って、〝ニェット〟だけよ。ノーって意味」

「それでいい。とにかく話してくれ」ニックはふりかえって、チームにむきなおった。

「休憩終了！　全員、整列！」

　ずらっと列になった選手たちが、またかけ声をかけはじめた。「C－H－S！　C－H－S！」そして、どすどすと走っていった。最後のひとりが見えなくなって、うるさい声が遠くに消えていくと、ロザリンドとハウンドは石壁のむこうをのぞいた。バティとベンは、落ち葉の山の上に楽しそうに丸くなっている。

「ただのニックと友だちだったわ」ロザリンドはいった。「こわがるようなことはなかったわよ」

「あたしたち、こわがってないもん。ね、ベン？」

　ベンはあくびをして、こぶしをポンッと合わせた。

「賛成って意味なの」

「おなかすいたって意味かもしれないわよ」ロザリンドはベンを抱きあげて、しっかりかかえた。やわらかくて気持ちいい。「さ、おうちに帰りましょう」

　バティはカートに乗りこんだ。道は、来たときよりガタガタになっていた。フットボール選手たちが、踏みあらしたせいだ。落ち葉がつぶされて、かさかさとすてきな音がしなくなった。あちこちで木の枝が折れている。肩幅がとくに広いラインバッカーがいたせいだ。クイグリー・ウッズのほうは、不整地トレーニングで状態がよくはなってない。フットボールチームのほうも、あやしいものだわ。ニックの理論って、いつもそうだから。いいアイデアなのかもしれないけど、ちょっと浅はか。今日のことだって、どうかしら。わたしがトミーに話をしてみるなんて、まちがいなく、浅はかなアイデアだわ。トミーは人から指図されるのがきらいだもの。ずっとニックにいばられてるんだから、当然よね。こんなの、うまくいくわけない。

　アイアンサの家に着くと、ロザリンドはベンについた落ち葉や泥をはらった。ひとりでベンを家の外に連れだしたのは初めてだから、きれいにして帰したい。念のため、バティもはらってきれいにして、ハウンドと自分もはらった。それからやっと、ドアベルを鳴らした。

　ドアをあけたアイアンサは、赤ペンをもっていた。さらに何本か、耳の上と、シャツのポケットにもさしている。

「じゃましちゃいましたか？」ロザリンドはたずねた。子どもたちを外に連れだしてアイアンサを休ませてあげたかった。バティがさんざん遊びに来てるから、どれだけ迷惑をかけているか、わかったものじゃない。「ちょっともどってくるの、早かったですね」

「いいえ、ちょうどいいタイミングよ。元同僚がもんくをいうために何度も電話してきて。その彼の相手をする合間に、学生のレポートを読んでたものだから、もう限界。どうやら何人か、ハッブル宇宙望遠鏡を、ふつうにお店で買えるものだと思ってるらしいの。さ、さ、入って」

ハウンドは、赤いカートのわきの玄関先の踏み段の上に落ちついた。大好きなアシモフの姿が見えるのを期待しているらしい。ほかのみんなは、なかに入った。ロザリンドは、この家に来るとなんだかまだヘンな感じがする。前に住んでいた人が社交的ではなくて、とくに子どもがきらいだった。この家にうっすらでも印象をもっていたとしたら、いつもブラインドがおりている灰色でうす暗い家っていうだけだ。それが、アイアンサが引っ越してきてから、がらっと変わった。壁はぜんぶあわいグリーンかアイボリーで、ブラインドはなく、うすいカーテンを引いて光をぜんぶ入れている。しかもいいにおいがする……ロザリンドは、鼻をくんくんさせた。オレンジ、かしら?

アイアンサがベンとバティをキッチンに連れていっておやつをあげているあいだ、ロザリンドはリビングを見てまわって、家族写真をながめた。ベンの写真が何枚かある。赤い毛がぽしゃぽしゃっと生えたぷくぷくの赤ちゃん。すでに全力でニカーッとしている、丸々と太った六か月くらいのとき。少し丸さがなくなってきた、一歳くらいのとき。あ、アイアンサが背の高いブロンドの男の人と手をつないでいる。ロザリンドは思わず身を乗りだしてじっくりながめた。

「夫のダンよ」アイアンサが、バティとベンといっしょにオートミールクッキーをもって入ってきた。あ、オレンジももってる。

「あ、ごめんなさい。勝手に見ちゃって」

「いいのよ。はい、おやつ」

「ハンサムな方ですね」

「ええ。ハンサムなだけじゃなくて、頭もよかったわ。どうして亡くなったと思う？酔っ払い運転の車が、ダンの運転する車にぶつかってきたの。ベンが生まれる半年前だったわ。それがいちばんの心残りね。ベンに会えなかったこと」

「あの、それって……」なんてきけばいいんだろう。「それって、慣れましたか？」

「ええ」アイアンサはにっこりした。「時間はかかったけど」

ベンとバティは窓のほうに行って、ひそひそ話をしている。アシモフが、ふたりの足のあいだを歩いている。また虫男とかいいださないといいけど。だけど、少ししてバティが見つけたのは、虫男のほうがまだましな相手だった。

「トミーだ！　トミーが帰ってきたよ！　ロザリンド！」バティが呼ぶ。

「きこえてるわ」窓が閉まっててよかった。でなかったら、トミーにきこえてたかもしれない。いくら通りをはさんでるとはいえ。

「いい子よね、トミーって。見かけもいいし」アイアンサがいった。「ガイガー兄弟は、ふたりともカッコいいと思う。ね、そう思わない？」

「まあまあ、ですね」ロザリンドは、ガイガー兄弟の見かけなんて、気にしたことがない。「でも、イライラさせられっぱなしです。とくに今日とか。ニックに、むりやりトミーと話をするって約束させられたんです。そんな話、したくないのに。だいたいトミーだって、わたしのいうことなんかきくわけないし。さんざんな結果になるに決まってるのに。しかも、どうやって切りだせばいいのか、わからなくて」

「練習してみる？　わたしをトミーだと思って」

ロザリンドは、アイアンサをじっと見て、トミーだと思おうとしたけど、ムリだった。いくらなんでもそんな想像力はもってない。「ダメそうです」

「じゃ、これならどう？」アイアンサは近くにあったランプからシェードをはずして、頭にかぶった。「これで、フットボールのヘルメットをかぶったトミーよ。さあ、『こんにちは、トミー』からはじめてみて」

「こんにちは、トミー。わたし……」ロザリンドは笑って先がつづけられなかった。

「ロザリンド、集中が足りない！」

「集中してます！」ロザリンドは、笑いがおさまらなくなった。

　笑い声をききつけて、バティとベンがこっちに走ってきて、ふたりを見物した。観客がいるせいで、ロザリンドはよけい考えがまとまらなくなった。しかもアシモフがいすからジャンプしてアイアンサがかぶっていたシェードに飛びついてきたので、ロザリンドはもうがまんできなくなり、げらげらと笑いころげた。

「おとなしくトミーのところに行って、すませちゃいます」ロザリンドは、やっと呼吸（こきゅう）が整うといった。

「ほんとうに？　もっと練習してもいいのよ」

「もうムリです。だいじょうぶ」

「じゃ、がんばってね。きっとうまくいくわ」

「ロザリンド、あたしも行く」バティがいう。「トミーは、友だちだもん」

　ただでさえトリルビーの話なんかしにくいのに、バティがいたらさらにめんどうだ。

「バティ、今日はいいわ」

「なんでー？」

「バティ、いい子ね。わたしとベンといっしょにここで待ってましょう」アイアンサがいう。

「でも、なんで?」

「姉って、妹がいないところで人と会わなきゃいけないことがあるのよ」

アイアンサにいわれて、さらにバティは質問の嵐をあびせたけど、アイアンサが引きうけてくれたので、ロザリンドはこっそりぬけだすことができた。通りをわたってガイガー家に行き、裏口にまわって、キッチンのドアをノックする。これまでにも何度もやってきたことだ。だけど今日は、ドアをあけたのはガイガー家の人ではなかった。トミーのフットボール仲間のひとり、ブレンダンだ。もうフットボール選手は見あきてるのに。しかも、なかにいたのはブレンダンだけではなかった。キッチンは、男子でぎゅうぎゅうだ。サイモン、ジョシュ、カリム、ホン、バイロン、ジャック。しかも、大量の食べものを消費している。テーブルには一面、ミルクパックやらチーズやら冷めたピザやらフルーツやらその皮やら、得体の知れないビンやら、パンやらが広げられていた。

「おっ、ロザリンド。サンドイッチ食うか?」トミーがピーナツバターサンドを部屋のむこう側からひらひらさせた。

「いいえ、いらないわ。あのね、話があるの」

「うん」トミーはサンドイッチをひとつ食べおわると、また手にとった。

「あのね、ふたりで話したいんだけど」

ブレンダンが、ひゅーひゅーといってふざけたけど、ロザリンドはひるまずにギロリとにらみつけてやった。ほかの男子たちは、こんなこわい目でにらまれたくないので、通り道をつくって、サンドイッチをもったトミーを廊下に押しやった。

「あのね、トミー。わたし……」わたし、何？　ああ、いまさらだけど、やっぱり練習しとけばよかった。ロザリンドは言葉につまって、トミーを見あげた。「また背、のびたのね」

「ああ」

「まだやせすぎだけど」

「わかってる」トミーはサンドイッチの残りを口のなかに押しこんだ。「マジでなんも食わなくていいのか？」

「うん。ほんとうにいらないわ。ありがとう」

「じゃ、なんなんだ？」トミーは、冷静にたずねた。

ほんの一瞬、ランプシェードを頭にかぶってほしいとたのもうかと思った。あーっ、もう、とにかく切りだすしかない！「わたしね……」

二階のどこかで電話が鳴った。トミーは廊下を歩いていって、上にむかって叫んだ。

「おふくろ、出るなよ！」

だけど、トミーのお母さんはきこえてなかったらしく、すぐに受話器をもっておりてきた。「まあ、ロザリンド、いらっしゃい。ほんとうに、見るたびにきれいになるわね」

「おふくろ？」トミーが受話器を指さす。

「ああ、そうそう、またトリルビーからよ」お母さんは受話器をわたすと、ロザリンドに手をふって、また二階に行った。

トミーが電話に出てるあいだ、ロザリンドは天井を見つめて、なるべくきかないようにしていた。だけど、どうやらしゃべってるのはほとんどトリルビーらしく、たいしたことはきこえてこない。十回かそこら、返事ともつかないうめき声のようなものを発したあと、トミーは電話を切って、ロザリンドのほうに情けない顔をむけた。おかげで、話しやすくなった。

「トリルビーだったのね。しょっちゅう電話してくるの？」

「たぶん」

「めんどくさくない？」

「そうでもねえよ」トミーは答えて、いきなりかたまった。石像みたいだったわと、あとでロザリンドはアンナに話した。

「めんどくさいに決まってるじゃない」ロザリンドは、やる気がなさそうなトミーをせきたてた。「電話とか、フットボールの練習の応援とか、つきあって一週間記念日とか、あと、いろいろ。よく平気でいられるわね」

「いろいろ？」

「よくわかんないけど、いろいろ」

トミーは腕を組んで、さらに石像チックになった。「焼きもちやいてんのか？」

「焼きもち？」何いってるの？　バカじゃないの？　「ニェット！　ニェット、ニェット、ニェット、ニェット！」

「じゃあ、おまえには関係ないだろ」

「ないわよ。その通りよ。まったく関係ないわ。なんでわたしが、あなたのことなんか気にしなくちゃいけないわけ？　ニックにもそういったんだけど、無理やり……」

「ニック？　おまえとニックで、おれの話をしてたのか？　賢くてできのいいロザリンドが、賢くてできのいいおれの兄と、おれがどうすべきか、話し合ってたっていうのか？」トミーはぐるぐる歩きまわってから、ロザリンドをにらみつけた。「ムカつくったらねえぜ！」

挑戦(ちょうせん)されたら――ロザリンドは、明らかに挑戦(ちょうせん)されたと感じていた――こっちだって、にらみ返してやるわ。その日のふたりのにらみ合いは、かなりのものだった。どちらも引く気はなく、やる気満々で、このまま何時間でもにらみ合いがつづきそうだったけど、そのときサイモンがぶらぶら廊下(ろうか)に出てきた。

「ガイガー、ピーナッツバターが切れてるぜ」そういって、すぐに引っこむ。いきなりふたつのこわい顔が自分のほうをむいたからだ。「いや、べつにいいんだけど」

サイモンがいなくなると、ロザリンドはもうにらむ気も、しゃべる気もなくした。だいたい、最初からばかげてたのよ。ニックに約束したのがばかだったわ。何もかも、ばかげてるわ。

「じゃあね、トミー」

「ああ」トミーのほうはまだ、にらみ足りないらしい。

「帰るわ」

「ああ」

男子がぎゅうぎゅうのキッチンを通るなんてありえないので、ロザリンドは玄関(げんかん)から外に出た。悪気はないつもりだったけど、ドアがバタンという音を立てた。

14　グリルドチーズサンド

ジェーンは、悲しいことばかりの日なんてないと信じていた。サブリナ・スターにだって悲しい日なんか送らせないし、レインボーにしてもそうだ。司祭に心臓を切り分けられそうになる日はべつだけど。でもけっきょく、心臓はとられないし、それ以降のレインボーは最高の日々を過ごすことになる。みんなが偉大な英雄みたいにあつかってくれるし、コヨーテも自分が愛してるのはレインボーだと気づくし。

なのにどうしていま、わたしはこんなに悲しい日を過ごしてるの？　こんなに努力してるのに。まず、スカイがチャーチーといっしょにボストンに出発するのを見送った。ほんとうだったら、ボストンに行くわたしを見送るのはスカイのはずだったのに。レインボーがいけにえのことで気高い態度なんかとってなければ。書いてるときは気づかなかったけど、いまにして思うと、レインボーのしたことは、やりすぎかもしれない。やっぱり、サブリナ・スターくらい軽いほうが、わたしは好きだ。つぎに〝ハウンドのくじ引き〟をやるときは、レインボーじゃなくてサブリナ・スターの声をきこう。

そして、つらい見送りがすむと、リーグ最下位の相手とのサッカーの試合があった。ほんとうだったら――スカイがいなくても――楽勝だったのに、一対〇で負けた。〈アントニオズ・ピザ〉にとってはかんたんなゴールを二回もしくじったのはだれかというと、こうして自分をあわれんで、試合のあとみんなでピザを食べにいくのもことわった女の子だ。だれかというと……。

「ジェーン・レティシア・ペンダーウィック」ジェーンは、ベッドルームの天井にむかってつぶやいた。「ひとりでベッドに寝ころがって、みじめな自分を嘆いている」

いまごろ、スカイは何してるだろう。チャーチーとスカイはもう、ボストンに着いてるはずだ。ジェフリーといっしょに、ステキなレストランでランチしてるかな。それとも――どうしたって期待しちゃうけど――ジェフリーは、来たのがスカイでちょっとだけがっかりしてるかな。ジェーンはベッドの下に手をのばして、青いノートとペンを引っぱりだすと、書いた。

「ジェフリー、うれしい。やっと会えたね」スカイがいった。

「うん、うれしいよ」ジェフリーは顔をそむけて、悲しみをかくそうとした。

「えっ、なんなの？　あたしに会えてうれしくないの？」

「そんなことないよ、スカイ」ジェフリーはスカイのほうに真顔をむけた。「だけど、ぼくはやっぱり、うつくしくて才能あふれる妹のジェーンのほうが、好きなんだ」


「ははは、ばからしい」ジェーンは、書いたものをざざざっと線で消した。「わたしのことをそんなふうにいう人、いるわけないし」

　さて、どうしよう？　一日じゅう、こうやってごろごろしてるわけにもいかないし。いっそのこと、掃除でもする？　このくもった目でも、部屋の自分側がひさんな状態なのはわかる。ジェーンはしぶしぶベッドからおりて、うろうろしながら、ものをあちこちに押しやってみた。気づいたら机の前にいて、読んでいた本が目に入る。『エグザイル・イン・ラブ』のページがひらいておいてあった。片づけるまでは見ない！　そういいきかせたけど、ついつい手にとってしまい、気づいたらベッドに転がって、話に夢中になっていた。そして、あっという間に読みおわった。本を閉じて、本棚にもどす。ああ、やんなる。大好きな本なのに、読みおわっちゃった。もう一度読むには、少なくとも二、三か月あいだをおかなきゃいけない。これは週に二回、『ヴァリアス』を読んだあと、ジェーンが自分で決めたルールだ。一度にチョコレートケーキを三切れ、たいらげてしまったような気分だった。

じゃ、何を読もうかな。学校の課題なんか、読みたくないし。ジョージ・ワシントンがヴァリーフォージで野営をした冬について書いた小説。あんなの、物語のふりをしてるけど、けっきょく歴史的なお説教だ。ジェーンは本棚の本と床に重ねてある本に指を走らせたけど、めずらしく一冊も読む気になれない。ふらふらと窓のほうに行くと、晴れて気持ちのいい天気で、空を雲がふわふわとただよい、地面は落ち葉でいっぱいだった。

もうすぐハロウィンか……。仮装の準備でもしようかな。去年はサブリナ・スターになって、銀色の星がちりばめられた黒いマントを着た。楽しかったな。今年は、えっと……なんにも思いつかない。

「想像力にまで見捨てられた」ジェーンは、窓に鼻をぎゅっと押しつけた。

ずっとそうしていたら、さすがに自分をあわれむのにもつかれてきて、部屋を出て話し相手になる姉か妹をさがそうとしたけど、だれもいない。いたのは、お父さんだけだった。書斎でレポートの採点をしている。

「みんな、どこ行ったの？」

「ロザリンドはアンナの家で、バティはとなりにいるよ。だが、わたしはここにいるぞ。何か用か?」

「べつに」

「何かあったら知らせてくれ」

お父さんはまた採点をはじめた。ジェーンは机によりかかって、お父さんの本をあさった。ほとんどが、植物学の専門書で、『マグノリオピタ・カリオピッリダエ・パートI』とかいうタイトルだ。うー、ぞっとする。無人島に流れついて手元にこんな本しかなかったら、読書そのものをやめるしかない。山積みになった本の下に、一冊だけ植物学じゃないものがある。オレンジ色の背表紙で、表紙には昔ふうの服を着た若い女の人がふたりいる。

「『分別と多感』。お父さん、これ読んでるの?」

お父さんはぎくっとして顔をあげると、ジェーンの手から本をとって、引き出しのなかにいれた。「ああ、たまにな。おまえたちのお母さんが好きだった本だ」

植物学よりはまだましとはいえ、『分別と多感』ってタイトルも、あんまりおもしろくなさそうだ。大人の本ってたいてい、タイトルがつまらない。たとえば、『エミリー・オブ・ニュームーン』とか、『ザ・ファントム・トールブース』とかみたいなおもしろいタイトルは、大人の本にはない。これもまた、あんまりはやく大人になりたくない理由のひとつだ。だけど、お父さんの本にもんくをつけるのは失礼だ。とくに、お母さんが好きだったとなると。

　ジェーンは今度は、郵便物の山に目をむけた。本に負けずつまらない。請求書と、科学系の会報ばっかり。あ、だけど、ひとつだけちがうものがある。キャメロン大学の行事の招待状だ。科学のあたらしい校舎ができるので、オープニングセレモニーがあるらしい。

「あっ、アイアンサの名前がのってる。スピーチするの？」

「天体物理学の部門の代表だ。そのリスト、もう少し下まで見ると、わたしの名前ものっているよ。植物学の代表だ」

　あ、あった。ドクター・マーティン・ペンダーウィック。「わあ、お父さん、すごーい。スピーチ書くの手つだってほしかったら、いつでもいってね。あ、ね、ほら、この招待状で同伴者をひとり連れてけるよ。だれを連れていくか、決めたの？」

「まだ何週間も先だ」

「マリアン、とか？」

　お父さんは招待状を手にとって、本といっしょに引き出しにしまった。「ジェーン、てきてる。

「ううん」そういいながらもちらっと外を見ると、さっきよりも天気がわるくなってきどうだ、外に出てしんせんな空気でも吸ってきたらいいのではないか?」

「落ち葉を集めたらどうだ。楽しいぞ」

「ひとりじゃつまんないよ」

「じゃ、だれかさがしていっしょにやればいい。トミーとかニックとか」

「ニック!?」

「それなら、トミーでいいじゃないか。さあ、行っておいで。ヌンク・ケレリテル(さあ、早く)」

そこでジェーンはぶらぶらと外に出て、通りをわたった。トミーたちのお母さんが庭で、つぶれた植物を悲しそうに見つめている。

「こんにちは、ガイガーさん。気持ちのいい日ですね」

「せっかく育てたキクを踏みつけられなかったら、もっと気持ちがよかったはずね」お母さんはキクがまだ回復するかどうか、つついてたしかめた。「ジェーン、いいこと教えてあげるわ。花を咲かせたかったら、息子が生まれたときにフットボールをやらせないことね」

「わかりました。うるさいのはごめんです。作家には、プライバシーが必要ですから」

「キクとおなじね」

「そうですね」ちがうと思うけど。「トミー、どこですか？」

「ガレージじゃないかしら」

ジェーンはガレージの横のドアからなかに入った。ニックのいう、〝ガイガー・ジム〟のなかだ。この前の夏、ニックとトミーは草むしりをして貯(た)めたお金をつぎこんで、トレーニング器具を買い、このガレージにぜんぶ設置(せっち)した。トミーは、ジェーンが見たところかなりのウエイトがありそうな重りのついたバーをあげていた。

「なんか、めちゃくちゃ強そうになってきたね」ジェーンはいった。つぎのサブリナ・スターの本には、サブリナが強さにさらにみがきをかけるためにウエイトトレーニングをするシーンをいれようかな。

トミーは最後にもう一回バーをあげると、台に置いた。「チームでおれよりプレスが強いのは、ひとりだけなんだ。これ、もってってくれるか？」

トミーのいう〝これ〟とは、サンドバッグのことだ。ジェーンのからだくらいある大きな灰色(はいいろ)の袋(ふくろ)が、天井(てんじょう)からフックでぶら下がっている。トミーがボクシング用グローブをつけると、ジェーンは腕(うで)でバッグをかかえて、身構(みがま)えた。それでもトミーがバッグにパンチしはじめると、思ってたより揺さぶられてびっくりした。トミーって、ほんとうに強いんだな。ヒーローものを書くときは、いいモデルになる。

「今年のハロウィンは、ボクサーにしようかな」ジェーンは、あこがれのまなざしでいった。トミーがパンチをやめたので、やっとひと息つけた。

「ボクサーだと短パンだ。寒いぞ」

寒いのはやだな。あ、じゃあ、いいこと思いついた。「フットボール選手は？　そうだ、トミー！　古いユニフォーム、貸してくれない？」

「いいよ」トミーはバッグをさらに数回たたいた。「ロザリンドは、何になるのかな？」

「知らない」ジェーンはてきとうに答えた。ショルダーパッドをつけた自分の姿を想像してたからだ。ニックに教えてもらった背中合わせのパスをしよう。サイドステップ、サイドステップ、前進、一回転、サイドステップ、サイドステップ。「トミーは？」

「トリルビーがぜんぶ準備してる」トミーはまた、バッグをさらに強くパンチした。

「おれはスーパーマンで、トリルビーは恋人のロイス・レーンだ。トリック・オア・トリートをするのは、トリルビーの家の近所限定って条件つきでね」

「ガーダム通りではやらないの？」トミーがいないハロウィンなんて、考えられない。

「このあたりでタイツとマント姿なんか見せられると思うか？」トミーが強くパンチし

たので、ジェーンはたおれそうになった。「ロザ……みんなに、一生笑われるよ」

「じゃあ、マントとかじゃない仮装にすればいいのに」

トミーはぶすっとした顔でバッグをたたこうとして、ねらいをはずした。ジェーンは、だんだんイライラしてきた。こんなのって、ぜんぜんヒーローらしくない。

「のほほんとしてたら、つかまえられないよ。わかってる？」ジェーンはいきなり、バッグをもつ手をはなした。

「つかまえるって、だれをだよ？」

「わかってるくせに。ガツガツいかなきゃ、逃げられちゃうよ。女の子ってそういうもんだから」

「キャグニーみたいに、ってことか？」トミーは、「キャグニー」というときに皮肉っぽく笑おうとしたけど、情けない感じにしかならなかった。「おまえに何がわかるんだよ。まだ十歳のくせに」

「わたし、作家だから。作家は、人間の感情の動きがよくわかるんだよ」

「くだらねえ」

「くだらないのはそっちだよ」ジェーンは、涙があふれてくるのがわかった。「じゃ、スーパーマンにでもなんにでもなれば？　ガーダム通り以外の場所なら、うまくいくんじゃないの。わたしだって、まだ十歳だし、べつにトミーがいなくてもさみしくないし」

　ジェーンは走って通りをわたり、ガレージから熊手をとってきた。いまさらだけど、トミーをさそうの、忘れてた。だけど、しょうもないスーパーマンなんかといっしょに落ち葉かきなんて、したくない。とにかく、これで好きなだけ泣ける。ジェーンは落ち葉をあちこちから集めてきて、下にもぐってかくれられるほどの山をつくろうとした。だけど、涙がどんどん出てきて、それさえままならない。とうとうジェーンはぱたっと地面にたおれて、顔の上に落ち葉をのっけて、わんわん泣いた。そのうち涙もかれはてたけど、それでもまだそうしていた。このまま永遠にここに寝てたら、虫や葉っぱといっしょに朽ちはてるかもしれない。そうしたら少なくとも、芝が育つのに役に立てる。

　ガーダム通りで朽ちはてようとしても、そうかんたんにはいかない。虫が一匹もやってこないうちに、もっと大きくて黒いものが落ち葉をジェーンの顔からはらいのけて、今度は顔をぺろぺろなめだした。

「あっ、ハウンド」さがしてもらえるって、うれしいものだ。いくら相手が犬でも。

　だけど、いたのは犬だけじゃなかった。ハウンドが顔をなめおわったのでからだを起こすと、アイアンサがいた。バティがアイアンサの片方の手にしがみついてて、もう片方にはベンがぴとっとくっついている。ふたりとも、シークレットエージェントごっこ用のメガネをしている。

「だいじょうぶ?」アイアンサがたずねた。

「死んじゃったかと思った」バティがいう。

「死んじゃったとは思ってないけど、ただ……」アイアンサが、口ごもる。

「みじめだったから」ジェーンが、かわりにいった。

「ええ。そうなんじゃないかと思って。よかったら、グリルドチーズサンド、食べない?　ちょうどつくろうとしてたところなの」

「チョコレートミルクもね」バティがいう。

ジェーンは自分でもビックリしたけど、グリルドチーズサンドとチョコレートミルクときいたとたん、いま欲しいのはまさにそれだと思った。そしてみんなでアイアンサのキッチンにもどるころには、少し気分をもちなおしていた。アイアンサがグリルドチーズサンドをこがしてしまい、ジェーンは少しこげてるほうが好きだといいはったのに――バティとベンはチーズをおたがいにぬりたくるのに夢中で気にしてなかった――すごく申し訳なさそうにしてるので、ジェーンは気をそらそうと思い、話をはじめた。

スカイがボストンに行っちゃったし、サッカーの試合はさんざんだったし、トミーはなんにもわかってないし……。アイアンサがあんまり熱心にきいてくれるので、ジェーンは思わず『お父さん救出作戦』の話までした。ロザリンドがすごく心配してることも。

「あなたは心配じゃないの？」アイアンサがきく。

「心配だけど、ロザリンドほどじゃないかな。ありえないくらい、気にしてるから」

「かわいそうに」

ジェーンは、チョコレートミルクをのみおわった。「アイアンサがひどい人じゃなくて残念。だって、お父さんとデートしてもらうのにちょうどいいのに。しかもロザリンドが、ガーダム通りの人だと決まりがわるいからダメだって。とんでもないデート相手を見つけるの、ほんとたいへんなのに」

アイアンサはにっこりした。笑うと、めちゃくちゃきれいだな。だれかに似てる……だれだろう？　アイアンサを見てると、だれかを思い出す。『魔法の城』に出てくるフランス語の家庭教師、かな。アイアンサ、フランス語はしゃべれたっけ？

電話が鳴って、アイアンサがとなりの部屋で電話に出ているあいだ、ジェーンはひとりでキッチンを見まわしていた。うちのキッチンとは大ちがいだ。あったかくていごこちがいいのはおなじだけど、めちゃくちゃ散らかってる。楽しい感じがしてわるくないけど。たぶん、あんまり料理はしてないんだろうな。カウンターにノート型のコンピュータがのってて、アヒルのシールが貼ってある。スパイス棚は、ベンのおもちゃのトラックでいっぱいだ。料理の本は一冊もない。思想家のキッチンだ。わたしも、料理なんかしないことにしようっと。

人の電話を立ちぎきしてはいけないと教えられてきたので、アイアンサの声が大きくなっても、きかないように努力した。ベンとバティも、耳に手をあててきかないようにしている。だけどたぶん、ふたりの場合は、アイアンサが怒ってるのがわかるせいだろう。アイアンサは、あきらかにキレていた。

「いいえ、ノーマン、じょうだんじゃないわ」アイアンサがいっている。「こんなことつづけるなら、通報するわよ。もう切るわ。えっ？　何？　切られた！」

受話器が床にたたきつけられる音がして、アイアンサがずんずんもどってきた。目がぎらぎらしている。髪がいつもよりくるくるしてるのも、怒りのせいかもしれない。ベンが耳から手をはなした。

「アヒル」

「そうね」アイアンサはベンを抱きあげて、背中をとんとんした。「ジェーン、きこえたでしょう？　ごめんなさいね。ノーマンっていうのは、元同僚なんだけど、わたしが自分の研究を盗んだって言いがかりをつけてくるの。あなたの研究なんて欠陥だらけでだれも盗もうとはしないって何度説明しても、あのバカ……あっ、いけない。またやっちゃった、ごめんなさいね」

「だいじょうぶです。人がキレるの、慣れてるから。何しろスカイといっしょに住んでるし」

「やさしいのね。さ、楽しいことをして、ノーマンのことは忘れましょう。バティ、実験をつづける？」

　実験というのは、アシモフに、犬はわるい生き物じゃないといいきかせることだった。とくにハウンドとは友だちになれるよ、って。アイアンサとバティはここ数週間、実験をつづけていて、冷蔵庫の横にグラフを貼って、進行状況を記録している。ゆっくり、計画的に進めていて、まずはハウンドを二分間、玄関に入れて、アシモフを二階のバスルームに入れておき、ドアはあけておく、とかそういう手順だ。いまのところ、追いかけっことかバトルとかは起きてない。今日は、大きな一歩を踏みだす予定だ。ハウンドをリビングに入れて、アシモフはキッチンにいさせる。フロアはいっしょで、仕切りはなしだ。

　げらげら笑ったりおだてたりしながら、アイアンサとバティは、アシモフをお気に入りのタオルの上から引きずりおろし、抱っこしたまま下の階に連れてきて、キッチンのカウンターの上におろした。アイアンサとベンがアシモフの前に立ち、ジェーンとバティが玄関のドアをあけてハウンドをなかにいれ、いい子にしてなかったらただじゃおかないと脅した。ハウンドはリビングにトコトコ入ってきて、アシモフがどこにいるかはわかってるのに――鼻をキッチンのほうにしっかりむけている――そのまますわって、一度も出ようとしないで丸々五分間、そうしていた。「タイムアップ！」というアイアンサの声がキッチンからすると、ジェーンとバティがハウンドをまた外に出した。みんな、大はしゃぎで成功を祝った。

ジェーンは、考えてみたらずいぶん長い時間がたっていることに気づいた。お父さんが、心配してるだろう。「そろそろ帰らなくちゃ」

「気分は？」アイアンサがたずねる。

「すっかりよくなりました。ありがとう」ジェーンはアイアンサにハグをした。ハグをしていいものかどうか、考えもせずに。

ジェーンは、バティとハウンドといっしょに浮かれながら家に帰った。そして、さらにうれしいものを発見した。玄関前の踏み段に、「ジェーンへ」と書かれた紙袋がおいてあって、その上におんぼろのヘルメットがのっかっていた。

「バティ、わたし、ハロウィンはフットボール選手になるんだ。すごくない？」

「かいじゅうほどじゃないけどね」バティは毎年、いろんな怪獣の仮装をしている。

「たしかにね。だけど、今度のは、怪獣よりすごいよ。まあ、見てなって」

15　バティのミッション

日曜の朝までには、ロザリンドは英語の授業で暗唱する詩を選びおわっていた。ベッドに寝ころがって、冒頭の部分をつぶやく。

否、時よ、驕るな、私は心がわりなどしない
当代の技術を凝らして建てたというオベリスクも
私にとっては目新しくも、珍しくもない
そんなものは昔の光景の焼き直しに過ぎない

うん、これならだいじょうぶ。みんな、わたしが何いってるか、ちんぷんかんぷんだろうし。愛について語ってるなんて、わかりっこない。だけど、ひとつだけ問題がある。

ただ暗唱するだけじゃなくて、先生は表情豊(ひょうじょうゆた)かに暗唱するようにといっていた。わたしだってぜんぜん意味がわからないのに、どんな表情(ひょうじょう)をすればいいの？　おごそかな顔？　大いなる知恵(ちえ)を中一の子たちにさずけてるみたいな顔？　そんなの、バカみたいに見えるに決まってる！

じゃ、どうすればいい？　歌をうたうみたいに？

「否(いな)、時よ、驕(おご)るな、私(わたし)は心がわりなどしない」うわ、ひどい。歌はぜったいだめ。アンナにどうすればいいか、きいてみなくちゃ。アンナはぜんぜん苦労してないから。ルイス・キャロルの『鏡の国のアリス』に出てくるジャバウォックの詩を選んで、もとからほんとうに意味なんかないから、いくらでも好きなように暗唱できる。それに、まちがいなく、ぜったい、愛の詩じゃないし。いいなあ。

ロザリンドはシェイクスピアの詩集を閉(と)じて、立ちあがった。これからアンナの家に行って、暗唱の練習をしようっと。いまのところ、だれもわたしに用はないはずだし。お父さんが家にいるからバティをみててくれるし、スカイはまだボストンだし、ジェーンはさっき見かけたらひとりでフットボールのトレーニングをしてた。出かけるにはちょうどいい。お父さんにいっとかなくちゃ。どこにいるのかしら。

お父さんはキッチンで、電話をしていた。ジェーンもいて、ひざの屈伸(くっしん)をしている。

クレアおばさん。ジェーンがお父さんを指さしながら口パクでいった。

どちらにしても、電話の相手がだれかは、会話の内容ですぐにわかった。

「いいや、もうデートを設定してもらう必要はない。そうだ、まだマリアンと連絡をとりあっている……げんに今日の午後も……ああ、そうだ、二度目のデートだ……楽しみだなあ。そうそう、思い出した。ランチをする約束だったんだっけ。もうこんな時間だから、切ってしたくをはじめなければいけない」

お父さんは、ガチャンと電話を切った。「いいことを教えてやろう。なるべく妹はもたないようにしなさい」

「お父さん、もう遅いよ」ジェーンがいった。

「たしかに。そうだな。ネーモー・モルターリウム・オムニブス・ホーリス・サピト。またはわたしの場合は、めったにないといっていい。ああ、ロザリンド、心配はいらないよ。訳すから。『どんな人間もつねに賢くはいられない』」

「心配なんかしてないわ」そういったものの、ロザリンドはめちゃくちゃ心配していた。手がぶるぶるふるえるほど。週末のほとんどを、デートの話題を出さずに過ごせたので、マリアンはもう消えたものだと期待していた。前世がマグダラのマリアやらなんやらのヴァラリアが、デート相手の候補に再浮上していたくらいだ。数週間後にあるキャメロン大学のパーティに連れていく相手として。だけどいきなり、謎のマリアンが帰ってきてしまった。

「お父さん、出かけるの?」ジェーンがたずねる。

「ああ、マリアンをランチに連れていくから、出かけなければいけない」お父さんは、時計をちらっと見た。「あと十五分で出なきゃな。ロザリンド、一時間くらい、留守番をしてもらってもいいか?」

　よくない。ぜんぜんよくない。アンナの家に行けないからじゃない。シェイクスピアの詩なんか、いつでもいい。そうじゃなくて、二度目のデートってのが、よくない。二度目があるってことは、三度目がある可能性が高いし、そうなったら四度目、五度目とつづき、継母へのカウントダウンも近いってことになる。

「ええ。だいじょうぶよ」ロザリンドはいった。

「よかった。助かるよ。では……しゃれこむとするかな」

　お父さんがいなくなると、ロザリンドはどさっといすにすわった。悪夢だわ。ロザリンドは、ジェーンにそういった。

「なんかさ、お父さん、たしかに挙動不審だよね」ジェーンがいって、最後にもう一度ひざの屈伸をすると、いすにすわった。「スカイがいってた、お父さんがそのうち頭がおかしくなるっていうの、当たってたのかな？　だけど、デートのストレスのせいってのはちがうよね。お父さん、恋に目がくらんじゃってるのかな？　大人って、恋に落ちるのにどれくらいかかるんだろう？」

「わからないわ。なんにもわからない」ロザリンドはテーブルの上につっぷした。楽な姿勢とはいえないけど、だからこそ、こんなときにぴったりだ。「マリアンのことだって、何ひとつ知らないし。フランネルがきらいで、散歩が好きってこと以外は」

「あと、電話帳に名前をのせてないってこともね。このあたりには、マリアン・ダッシユウッドって人はいないよ」ジェーンがいう。

「電話帳、調べたの？」ロザリンドは顔をあげた。すごい、ジェーンってさすがだわ。

「前にスカイといっしょに、『いけにえの姉妹』の練習にあきたときに見たんだ。電話会社に電話して、確認までした。まったく情報なし」

「いい、ジェーン。お父さんがその人とデートを重ねるつもりなら、何かしらの情報を得る必要があるわ。または……。うー、いやだけど、じっさいに会うとか。知らない相手とはたたかえないもの」

「神出鬼没ってわけか」ジェーンは、神出鬼没の雰囲気を出そうと両腕をばたばた動かしたけど、陸にあがったアザラシみたいになった。

「じゃあ、どうすればいいの？」ロザリンドがきく。

「うーん、そうだな」ジェーンはアザラシのまねをやめて、作戦を考えようとした。だけど、思いつかない。ロザリンドも何も思いつかなくて、とうとういった。「お父さんを直接問いただしてみるしかないかもしれないわね」

「情け容赦なくきびしい尋問をして、ぜんぶ白状させる」

「そう。情け容赦なしよ！」ロザリンドは、やる気が出てきた。「ボストンからもどってきたら、スカイにも念をおしとかなきゃいけないわ」

「やるっきゃないね」

「ペンダーウィック家の名誉にかけて」

ふたりは、握手をした。


あとで、バティはぜんぶハウンドのせいにしようとした。だってほんとうに、ハウンドがかくれんぼの途中で寝ちゃったりしなければ、キッチンのほうき入れのなかでずっと待ちぼうけをくらうなんてことはなかった。ほうき入れのなかにいなければ、キッチンでの会話をきいちゃうこともなかった。とくに、ロザリンドとジェーンの会話を。

だけど、パパの車にこっそりかくれるっていうアイデアを考えついたのがハウンドだ、とまではいえない。じっさい、ブランケットを——下にかくれるために——車のうしろの席にのせようとしたときも、すっかり目をさましたハウンドはかんだままはなさなかった。どんなに引っぱっても、ハウンドはブランケットをはなそうとしない。

「はなしてくんなきゃ、こまるの」バティはいった。「この下にかくれて、ロザリンドとジェーンのためにマリアンをスパイするんだから。お姉ちゃんたち、きっと感心してくれるよ」

だけどハウンドのほうは、ちっとも感心してなかった。そんなこと、ロザリンドが許すわけないと知ってたのかもしれないし、たんに車のなかに閉じこめられるなんてよくないと思っただけかもしれない。とにかく、ブランケットをがしっとかんだままはなさなかった。

バティはむきになった。もうお父さんが来ちゃう。ブランケットは一枚あればいい。バティは奇襲作戦で、ハウンドの頭の上にちがうブランケットを投げた。思ったとおり、ハウンドがかんでいたブランケットをはなす。バティはそれをつかんで、車に乗りこむと、ドアを閉めた。窓からながめていると、ハウンドはブランケットをどかそうともがいて、やっと振り落とした。視界がクリアになると、あちこちうろついて、バティをさがした。そして、バティが車のなかにいるとわかると、めちゃくちゃ吠えながら車に飛びかかってきた。

バティはブランケットの下にもぐろうとした。それであきらめてくれるかと思ったら、ハウンドはバティが見えなくなったことでさらに大きな声で吠えはじめた。あー、もう、どうしよう。ほんもののシークレットエージェントは、かくれ場所をバラしちゃうような犬なんか連れてない。バティはあきらめて、ドアをあけると、ハウンドに乗っていいよといった。ハウンドはくーんと鳴いて、しばらく地面をかりかりしていたけど、自分がいっしょに行くか、バティをひとりで行かせるかの二択だとわかると、飛びのってきた。自分のぶんのブランケットも引きずっている。

「だけどあたしたち、シークレットエージェントなんだからね」バティはハウンドを床におろして、ブランケットをかけた。「おとなしくしてなきゃダメなんだよ」

「くぅーん」

これでもう、あとはシートベルトをしめて、ブランケットをかけて、待つだけだ。マリアンのすごい情報を仕入れれば、お姉ちゃんもパパの心配ばっかりしなくてもすむ。早く前とおなじお姉ちゃんになってほしいもん。やさしくて、アンナと電話ばっかりしてるせいで寝る前のお話の時間を忘れたりしないお姉ちゃんに。かわりにパパがお話を読んでくれても、お姉ちゃんみたいに上手じゃない。

とうとう、パパが車のドアをあける音がした。バティはブランケットのなかにうずくまって、足でハウンドをつつき、静かにしてるんだよと念をおした。あれ、だけど、どうしたんだろう？　パパがまた車の外に出ていった。どこに行くの？　バティは待って、待って、待ちくたびれて、もうダメかと思ったとき、やっとパパがもどってきた。今度は車に乗って、エンジンをかけ、ラジオをつけた。車が動きだして、バティのスパイとしての初ミッションがはじまった。ベンもいたらよかったのに。あとでぜんぶ話してきかせなきゃ。ベン、ビックリするだろうなあ。

車はどんどん走っていく。バティはすぐに、おなかがすいてることに気づいた。食べるものをなんにも、クッキーさえもってこなかった。ほんもののシークレットエージェントには、ミッションに出るときにもっていくクッキーを用意してくれる人がいるんだろうな。しかも、ブランケットの下にいると、ものすごく暑い。ハウンドは足元でもぞもぞしてるけど、なんとかおとなしくしてる。それでバティも、がんばって静かにしていられた……はずだったのに、犬の毛がふわふわ鼻の前に飛んできて、くしゃみをしてしまった。どうしよう？　バティは手を口元に当てたけど、もう間に合わない。パパにきこえちゃったはず。だけど、パパはラジオの音量をあげただけで、運転をつづけた。

車がやっと止まったとき、バティは初めて気づいた。このミッション、失敗だったかも。パパは車をロックしたまんまマリアンのところに行っちゃって、何時間も帰ってこないかもしれない。ハウンドが、うなってる。わかってるよ、だから止めたのにっていいたいんでしょ。ああ、しかも、どんどんおなかがすいてきた。どうすればいいの？

どういうわけか、パパは車からおりようとしない。だまって運転席にすわって、ラジオをきいてるみたいだ。こんどは、窓をあけたのがわかった。めちゃくちゃおいしそうなにおいがただよってきたからだ。あっ。あっ、あっ、あーっ！　ピザだ！　さっきまでおなかがぺこぺこというなら、いまはもう、飢え死にしそう。スパイって、めちゃくちゃたいへん。ほんもののシークレットエージェントって、どうしてるの？

すると、パパがしゃべりだした。「さーて。アントニオズ・ピザの前で車を止めたぞ。だれか、いっしょにパイナップルピザを食べてくれる人がいればいいのになあ」

あああ……世界じゅうのピザのなかで、パイナップルピザがいちばん好き！　とくにアントニオズ・ピザのは、パイナップルとチーズがたくさんのってるから、パイナップルがチーズのなかに埋もれて、チーズが甘いパイナップルのまわりにくっついて……あーもうたまらない。パパが、おいしいものを食べようと考えてるときの、むむむーって声を出しはじめた。あー、もう、ミッションなんか失敗してもいいや。ロザリンドとジェーンに感心してもらえなくてもいい。パパに怒られてもいい。もうそんなのどうでもいいから、パイナップルピザが食べたい！　バティは、ブランケットを振り落とした。

「パパ！　あたしが食べる！」

「おお、これはおどろいたな」パパはちっとも怒ってないみたいだ。ついでにいうと、おどろいてもいない。

「ハウンドもいるよ。床に寝てる」バティはハウンドのブランケットもはがした。

「そりゃ、そうだろう。おまえがいるところには、ハウンドもいる。さあ、ピザを買いに行こうか」

その日、店内は混んでいたので、車のなかでピクニックをすることになった。ピザを食べられるのに負けずにうれしい。バティはほとんどこぼさずに食べた。パイナップルのかけらがひとつだけ、車の床に落ちてつぶれちゃって、もうとれなくなった。ふたりが食べおわって、ハウンドも残ったピザ生地をもらうと、お父さんはバティをナプキンでごしごしふいてから、いった。「さて、ここからはまじめな話だ。ロザリンドに、車にかくれることをいってきたのか？」

「ううん、ひみつのミッションだもん」

「では、おまえがいなくなったことを知ったらロザリンドがどんなに心配するか、考えなかったんだな？」

ロザリンドがあちこちさがしまわってるところが目に浮かぶ。「電話して、あたしはだいじょうぶだっていったほうがいいかな」

「いや、じつは、家を出るときにロザリンド宛てにメモを残しておいた」

「ありがとう、パパ。だけど、なんであたしが車に乗ってるってわかったの？」

「後部座席にブランケットでくるまれた山がふたつ、とつぜん出現する理由は、それくらいしか思いつかなかったからな」

なーんだ、がっかり。あたしのかくれる技って、思ったほどじゃないみたい。

「まあ、そうがっかりするな」お父さんは、バティのあごについたトマトソースをぬぐった。「わたしがこれほど賢くてものがわかっていなければ、だませていたはずだ。だが、教えてくれ。なんでかくれてたんだ？　また家出か？　またウサギが逃げたか？」

お父さんがいってるのは、この夏、アランデルでバティが家出したときのことだ。キャグニーが飼ってるウサギを一匹、逃がしちゃったとかんちがいしたからだ。「ううん、ちがう。ウサギじゃない。パパをスパイしてたの。あ、っていうか、マリアンを。ロザリンドとジェーンが、マリアンのことをなんにも知らないっていってたから、あたしが調べて教えてあげようと思って。それで……」バティはふいに口ごもった。ペンダーウィック家の名誉のことを思い出したからだ。

「それで、なんだ?」

お父さんは、イライラしてるわけじゃなくて、本気で知りたがってた。なんといっても、お父さんだから。「だってね、お姉ちゃんたち、お父さんがヘンだから、頭がおかしくなっちゃったんじゃないかって思ってるみたい」

「おまえはどうなんだ? わたしがおかしくなったと思うか?」

「ううん」

「これならどうだ?」お父さんは、目玉をぐるんとさせて、鼻をぎゅっとすぼめて、口をがばっとあけてニヤニヤ笑いをした。バティはきゃあきゃあよろこんで大笑いをした。するとお父さんがバティをくすぐって、バティもお父さんをくすぐろうとして、ふたりでげらげら笑った。ハウンドもわんわん吠(ほ)えて、ピザの箱やらナプキンやらがちらばって、そのうちふたりとも息が切れて、満足してシートにすわりなおした。

そして、お父さんがいった。「お姉ちゃんたちにマリアンのことを報告(ほうこく)したいんだな? じゃあ、こんなのはどうだ? 分別があって聡明(そうめい)で、何に対しても一生懸命(いっしょうけんめい)である。悲しいにつけ、うれしいにつけ、節度というものを知らない」

「せつど? 何それ?」

「ロザリンドがわかるはずだ。暗記してもらおうかな」

そして、お父さんはバティに暗記をさせた。バティはつっかえずに、ぜんぶすらすらいえるようになった。

「……節度というものを知らない！」バティはいいおわって、勝ち誇った。

「かんぺきだ！　クレアおばさんにきかれたら、おなじように答えてくれ。さて、バティ、どうだろう？　おまえもわたしも、ずいぶん長いこと、ふたりっきりの冒険をしてない気がしないか？　これから、冒険をしようじゃないか。どこへ行きたい？」

「わーい、パパ、知ってるでしょ？」

たしかに、知っていた。そして、そこへむかった。


「で、どこに行ったの？」ロザリンドがたずねた。ジェーンとふたりで、バティが帰るとすぐ、連行して質問攻めにした。

「まず、ニンジンが売ってるお店に行ったの。それから、エレノアとフランクリンに会いに行った」バティが答えた。エレノアとフランクリンというのは、近くの農場に住んでいる馬で、バティはずいぶん前からお父さんといっしょにたまに会いに行っている。

「あたしとハウンドに会えてうれしがってたよ。エレノアがニンジンをほとんど食べちゃったから、フランクリンのためにクローバーをつんであげたの。で、ジェフリーの話をしてあげたんだよ」

「で、マリアンは？」ジェーンがたずねる。

「いなかった」

「それはわかってるけど」ロザリンドがいう。「ジェーンがきいたのは、お父さんとマリアンのデートはどうなったのかってこと」

「わかんない」

「キャンセルの電話とかしてた？　お父さん、何かいってなかった？」

「ううん」そうだった……。幸せがしゅーっとしぼんでいく。デートのことなんて、すっかり忘れてた。あたしって、だめなシークレットエージェント！　あ、だけど、ひとつだけちゃんと仕事したんだった。パパがいってた、マリアンのこと。バティは、ふたりに話してきかせた。

「分別があって聡明で、何に対しても一生懸命である？」ジェーンがくりかえす。「悲しいにつけ、うれしいにつけ、節度というものを知らない？」

「なんか、お父さんの言葉じゃないみたい。ほんとうにお父さん、そういったの？」ロザリンドがきいた。

「暗記させられたもん」

「暗記？　どうして？」ロザリンドはジェーンのほうをくるっとむいた。「どういうことか、わかる？」

「ううん」

「こまったことになったわね」

「うん、たしかに。お父さん、まちがいなくおかしくなってきてるよ」

16　星と星のあいだ

スカイはその夜、ボストンからもどってきた。ジェフリーが前もって、家族全員におみやげを送っておいてくれた。お父さんには、あたらしいメガネケースだ。

「お父さんがメガネをしょっちゅうどっかにやっちゃってるから、ってさ」スカイがいった。「なくすのがケースに入ったメガネになるだけだって、ジェフリーにいったんだけど、やってみる価値(かち)はあるって」

「すばらしい」お父さんは、あたらしいケースをほれぼれとながめた。

ロザリンドには、バラ用のはさみだ。「アランデルからもってきたバラの木用にって。あ、あとチャーチーがいってたけど、キャグニーが一月から学校の先生の研修(けんしゅう)をはじめるんだって。ロザリンドがよろこぶんじゃないかって」

「うれしいわ」ロザリンドはにっこりした。夏の夜、キャグニーが先生になりたいという夢を語るのをさんざんきいたっけ。ああ、大人の男の人としゃべるのって、ほんとうに楽しい。あんな、どこかの子どもっぽい中学生とはちがって。

スカイはまた袋のなかに手をのばして、ハウンド用に大きな骨をとりだした。ハウンドはだれにもとられないように、すぐにソファの下に押しこんだ。つぎにとりだしたのはネクタイの束で、スカイはそれをバティにわたした。

「ジェフリーのお母さんが、デクスターとハネムーンに行った先々でネクタイを買って送ってくるらしいよ」スカイは言葉を切った。みんな、デクスターとミセス・ティフトンのハネムーンを想像して、ぷるぷるふるえた。しかも、ふたりでいろんな国に行ってるなんて……ぞっとする。「ジェフリーはネクタイなんかしないし、バティならよろこぶんじゃないかって」

バティはたしかに、ネクタイがたくさんあるのをおもしろがった。さっそくずらっとならべて、それぞれのおもしろい絵をながめている。そのうち、小さいエッフェル塔が描いてあるのを選んで、ハウンドの背中にかけた。

残るはジェーンだけだけど、袋はどう見ても空っぽだ。ジェフリー、わたしのぶんだけ送ってくれなかったの？　ジェーンは泣きたくなった。だけど、レインボーは司祭がナイフを胸に当てたとき、泣いただろうか？　ううん。だからわたしも、泣いたりするもんか。

　スカイが袋をたたんで、自分のズボンのうしろポケットから封筒をとりだした。

「これ、ジェーンにって」スカイは、封筒をジェーンにわたした。

　封筒のなかには、楽譜が入っていた。音符がえんぴつで書いてあり、てっぺんに、ジェフリーの手書きでタイトルがある。

「『サブリナ・スターへの前奏曲』」ジェーンは、なんの楽譜かわからないまま、読みあげた。

「ジェフリー、ジェーンのために、ピアノ曲を書いたんだよ」スカイは無意識に、ジェーンのひどく傷ついた心に薬をぬっていた。「あたしじゃなくてジェーンが行ってたら、演奏するつもりだったんだって。だけど、ジェーンが来られなかったから、楽譜だけ送ってくれたんだよ。ジェーンは音符読めないっていったんだけど、とりあえず送るって」

「音符の読み方、おぼえる！」ジェーンは楽譜をたいせつそうに抱きしめた。わたしのこと、忘れてなかったんだ！　「ずっと大事にする！」

「スカイは何もらったの？」バティがたずねた。

　スカイは、もごもごいってごまかした。ひとり占めしたいけど、うそはつきたくない。

だれもスカイがはぐらかしたことに気づかなかった。みんな、それぞれのことに夢中だったから。お父さんは、あたらしいケースに入れるためにメガネをさがしていたし、ロザリンドは必死でトミーのことを考えないようにしていたし、ジェーンは音符のうつくしい謎を解こうとしていたし、バティはどのネクタイをお気に入りにしようか考えていた。小さいチューリップのにしようかな。それとも、小さい塔？　小さいチーズの絵もいいな。

　スカイはチャンスだと思って、部屋をそっとぬけだし、階段をのぼった。ボストンでの週末は最高に楽しかったけど、やっぱり自分の部屋がいちばんだ。少なくとも、ドアをあけるまではそう思っていた。そしてなかに入ると……えっ、何これ？　ジェーンがぽいぽいちらかした紙くずやがらくたが、スカイの側にも侵入してきている。いつかほんとうに、部屋のまんなかに白線を引いてやる。スカイは誓った。だけどいまのところは、どうしてものぶんだけジェーンの側に押しやると、ちらかった部分は見ないようにした。

「さてと」

　プレゼントは、スーツケースのなかにある。薄紙でていねいにつつんであるのは、ジェフリーの学校の名前入りのマグカップだった。〝ウェルボーン・ヒューズ〟。スカイはカップを袖口でささっとみがいて、靴下が入ってる引き出しをあけた。ここにかくしておけば、だれにも見つからない。これで飲みものなんか飲まれたら、最悪だし。あたしだって、じっさいには使わないつもりなのに。この週末の思い出として、一生とっておくつもりだ。何もかもが、最高だった。地下鉄に乗って、チャーチーとはぐれそうになった。ジェフリーが何度も車両をうつってスカイに見つけさせるからだ。生まれて初めて食べたポテトパンケーキ。あの小さいデリで、ジェフリーはサーモンとクリームチーズのベーグルを五つも平らげた。科学博物館へ行って、ジェフリーとチャーチーはプラネタリウムのショーを二回もつきあって観てくれた。ジェフリーの寮の廊下でサッカーをした。そのあと、寮長が廊下でサッカーをするふとどき者はいったいどこだとさがしまわっているあいだ、ジェフリーのベッドの下にふたりでかくれた。ああ、なんて楽しい週末だったんだろう。ありえないくらい、かんぺきだった。

　スカイは靴下の下にマグカップを入れた。ぎりぎりセーフ。ちょうど引き出しをしめたとき、バティがファンティといっしょにやってきたから。ファンティは、エッフェル塔のネクタイをしている。ハウンドがすぐうしろからついてきた。ネクタイを四本ほど、引きずっている。

「プレゼント、すっごくうれしい。ジェフリーにあたしのこと、話しといてくれた？」

バティがいった。

「うん」スカイは、スーツケースの中身を出しながら答えた。

「あたしが赤いカートをもらったことは？　ハウンドもあたしも、すごく気に入ってるってことは？」

「うん、話した」ほんとうは、カートがお気に入りってことじゃなくて、カートがじゃまでしょうがないって話だけど。

「あたしとベンで、虫男をスパイしてることは？」

「うーん、ふしぎなことに、話し忘れた」

「ハロウィンにあたしがかいじゅうになるっていってくれた？」

「まだハロウィンの話をするには早いよ。ずいぶん先じゃん」

「先じゃないよ」

「先だよ。さ、もう寝なよ。話しに来てくれてありがとうね」スカイは、バティとファンティとハウンドを部屋から追いだすと、ドアを閉めた。

ううう、ハロウィンか。バティのせいで、思いだしちゃった。ボストンでのすばらしい週末は、ほんとうにおわっちゃったんだ。これでもう、つらい現実生活に引きもどされた。つらいのは、ハロウィンじゃないけど。そう。ハロウィンのつぎの日の夜にひかえてるイベントのせい。

「六年生の学芸会」スカイはうめき声をあげた。ボストンでは一回も思いださなかったけど、こうして帰ってきても、少しもおそろしさは減ってない。

ふいに、新鮮な空気が吸いたくなって、スカイは双眼鏡をもって窓から屋根に出た。暗いガーダム通りを、ぼんやりと見つめる。『いけにえの姉妹』、どうしよう？　月をじっと見あげても、なんにも答えは出てこない。バティにはああいったものの、ハロウィンと、そのあとの恐怖は、そんなに先の話じゃない。六年生の学芸会まで、あと二週間半しかない。正確にいうと、あと十九日。もっと正確にいうと、十八日と二十三時間。だけど、たとえ十八年と二十三日先でも、レインボーとして舞台に立つ心の準備なんか、ぜったいにできない。せっかくボストンに行く前になんとかおぼえたセリフだってすでに、忘れかけてるし。思いだしたとしても、「舞台後方をドラマチックに指さす」とか、「グラス・フラワー（メリッサじゃん！）を抱きしめる」とか、「コヨーテ（ピアソンじゃん！）を愛情をこめて見つめる」とか、「司祭がいけにえの準備をしているあいだ、気高くふるまう」とかは、どうすればいい？

「アステカのバカ。いけにえのバカ。学芸会のバカ」スカイは口に出していった。「ジェーンのバカ」

ジェーンをバカあつかいするのが筋ちがいなのは、わかってる。わるいのは、あたしだ。もともと脚本を書いてくれってたのんだのは、あたしだし。あんまりうまく書いたせいで六年生の学芸会で上演することになったのだって、ジェーンがわるいんじゃない。あたしをレインボー役にしたのだって、ゲバル先生がわるいわけでもない。もっともゲバル先生は、自分を責めてるだろうけど。稽古のたびに、頭痛がしてるみたいだから。

スカイは、頭痛に苦しむゲバル先生の顔まねのつもりで顔をしかめてみた。「スカイ、少しは声に感情をこめられないのかね？　いいか、きみは姉のために命をぎせいにしようとしてるんだぞ。どんな気持ちがするか、想像してみなさい！」

そんなの、想像できるわけないじゃん。命をぎせいにする気持ちを想像できる人なんて、いる？　しかも相手は、メリッサだよ？　しかも、サイアクなのはまだほかにある。ラストシーンで、ピアソンに、いままで愛した人はあなただけだし、これからもあなたしか愛せない、なんてセリフをいわなきゃいけない。まあ、それだけじゃなくて、自分の命は国民にささげなきゃいけないから、どうぞ愛するお姉さまのグラス・フラワーと結婚してください、ともいうんだけど。だからって、恥の帳消しにはならない。

「愛するお姉さま……きいてあきれる！」スカイは双眼鏡でにらむように星を見つめながら、やっぱり屋根から落ちるのもありかな、と考えていた。

だけど、足を骨折するプラス面マイナス面を考えてるうちに、となりでトンという音がして、アシモフが暗がりから出てきた。スカイのひざに、ごろごろいいながら顔をこすりつけてくる。

「バカネコ。なんで、あたしがあんたのことをきらいだってわかんないの？」スカイはいいながら、アシモフの耳をかいた。「また家まで送ってもらえるなんて思わないでよ。今日はサボりたいトレーニングとか、ないんだから」

サボりたいものなら、ほかにあった。しばらくすると、ジェーンが窓から顔を出して、声をかけた。「『いけにえの姉妹』の練習、再開できる？」

「うーん、したいんだけど、アイアンサのネコを連れてかなきゃなんだよね」

「じゃ、帰ってきたら、かな」

「かな」

スカイはアシモフを肩の上にひょいとのせると、木のほうにじりじり近よった。この木なら何百回もおりてるけど、デブネコを肩にのせておりたことはない。まあ、おりるときに引っかかれたりしたら、びっくりして木から落ちて足を折るかも。そうなったら、わざと落ちる手間が省けて、問題が一気に解決するってものだ。だけど、アシモフは引っかきたい気分じゃなかったらしく、スカイは無事に着地できた。

「いまからでもおそくないから、かみついてくれてもいいよ。傷からばい菌が入って感染症になるかも。そんなんで、レインボーはできないし」スカイは、期待をこめてアシモフにいった。

でも、アシモフはかみつきたい気分でもなかったらしい。気づいたらもうスカイは、どんよりしたまま、無傷で、となりの家のドアベルを鳴らしていた。アイアンサがドアをあけた。パジャマ姿のベンを抱っこしている。

「アシモフ、連れてきました。またうちの屋根の上にいたんです」

「まあ、アシモフ！　ベン、いってやりなさい。わるい子って」

ベンにはベンのいいたいことがあった。「キレイ！」ベンはいって、スカイを指さした。

「もう、それはやめてってば」スカイはアシモフをおろして、なかに入りなさいと押した。

「でも、きれいだもの」アイアンサがいう。

「やめてください」スカイはとっさにいって、失礼だと気づいた。「あ、ごめんなさい。ただ、ホントにきれいだなんて思ってなくて。べつに気にしてないし。どっちかというと、すごく知的になりたいんです」

「マーティンが……あなたのお父さまが、あなたを知的だっていってたわよ」

「ひいき目です。断言(だんげん)できます。えっと、バティのことは、なんかいってましたか?」

「未開発の創造的(そうぞうてき)な才能(さいのう)をもっているって」

「ほらね? どうしようもないひいき目です」スカイはため息をついた。アイアンサみたいに、自分がすごく知的だってわかってたら、どんなにいいだろう。天体物理学者をアステカ族のお芝居(しばい)に出させようとする人なんて、どこにもいないし。

アイアンサは、ため息に気づいたらしく、ドアを大きくひらいて、スカイになかに入るようにいった。スカイは、なかに入った。パジャマ姿(すがた)のベンといっしょにいなくちゃいけなくても、家に帰ってお芝居(しばい)の練習をするよりはましだ。

「ボストンは楽しかった? ジェーンから、お友だちのジェフリーのところに行ったたってきいたから」

「はい、楽しかったです」そして、そんなつもりはなかったのに、思わず口走った。

「ホント、帰ってきたくなかった!」

「あら、まあ」

「家族がいやとか、そういうんじゃないんです。約十九日後に、お芝居(しばい)に出なくちゃいけなくて、それがいやでしょうがなくて」

「アステカ族のお芝居ね。ジェーンから、その話もきいてるわ。すごくよく書けた台本だそうね」

「そりゃ、ジェーンはそういうでしょうね」スカイは、イライラ解消のために何か蹴るものはないかとさがしたけど、人の家に蹴っていいものなんてあるはずがない。家に帰って、ジェーンのものでも蹴るしかない。「なんか、感じわるくてすみません。もう帰ったほうがいいですね」

「もう少しいてちょうだい。見せたいものがあるの。ベンを寝かせてきちゃうから、ちょっとだけ待っててくれるなら、だけど」

ベンがぷっくりした指でスカイをさして、いった。「アヒル」

「それとも、かわりにベンを寝かせてきてくれる？　そのあいだに、用意しちゃうから」アイアンサはベンをスカイの腕にひょいっと抱かせた。「ベンの部屋は、階段を上がったところよ。おわったら、庭に出てきてね」

うそでしょ……。スカイはぞっとしながら、アイアンサがほかの部屋に行くのをながめていた。赤ん坊なんて、どうやって抱っこすればいいかもわかんない。抱いたことがあるのはバティが生まれたばっかりのときだけだし、それだってできるだけ避けてた。なにしろバティはスカイが抱っこするといつも、ぎゃんぎゃん泣いてたから。ベンが泣きだしたら、どうすればいいの？スカイはそーっと、ベンを肩の上までずらした。ベンがスカイの肩にぎゅっと抱きついて、ググッとのどをならす。まさか、吐くんじゃないでしょうね。スカイがたしかめると、どうやらうれしいときに立てる声らしい。ってことは、ここまでは問題ない。だけど、これから二階まで運んでかなきゃ。スカイはおそるおそる階段をのぼった。いつ爆発するかもしれない爆弾をかかえてるみたいに。のぼりきると、ほっとしてふーっと息をついた。もう少しでベンの部屋に着く。それで責任を果たせる。

ベンの小さい部屋は、明るいブルーで統一されてて、天井には金色で星座の絵が描かれていた。棚は、アヒルがいっぱいだ。大きいのも小さいのも、ありとあらゆる色のアヒルがいる。だけどスカイは、目的地である部屋の角のベビーベッドしか目に入らなかった。できるだけさっさと、ベンをベッドに寝かせたい。そーっと、そーっと、ここにも一羽いるアヒルのとなりに寝かせた。小さな白いアヒルが、おとなしくご主人が帰ってくるのを待っていた。

「あんたのこと、好きになれなくてもわるく思わないでね」スカイはベンにいった。ああ、よかった。何ごともなく寝かせられて。

「赤ちゃんなのは、どうしようもないしね」

ベンはスカイにむかって目をぱちくりさせて、白いアヒルのくちばしを握ると、目を閉じた。で、どうすればいい？　スカイはあたりをきょろきょろした。どうしよう？　あ、このベッドの柵にかかってる黄色と赤のチェックのキルトって、ベンがいつもかけてるのだよね。スカイはキルトを広げて、かけてやった。もう眠ってる。スカイは思わず身を乗りだして……ん？　あたし、何してるの？　スカイはぱっと背筋をのばして、二歩、あとずさりした。

あたし、どうかしてるんじゃないの？　もしかして、ベンにおやすみのキスをしそうになってた？

スカイは部屋の電気を消して、階段をかけおりた。不覚にもキスしそうになったとはいえ、気持ちが軽くなっていた。アイアンサが庭で何を見せてくれるのか、すごく知りたい。なんだかわからないけど、めちゃくちゃおもしろそう。天体物理学者が、つまらないことをするわけないし。

ああ、やっぱり！　アイアンサは、望遠鏡を設置していた。三脚やらなんやらがついてる本格的な望遠鏡だ。スカイは、庭にかけだした。「わあ、アイアンサ！」

「まだこの時間じゃ、ちょっと明るいのよね。とくに街に近い場所だと。でも、目的のものは見られるはずよ」

「何？」スカイは息をはずませた。べつになんでもいいけど。望遠鏡を通して見られるなら、なんだってうれしい。

アイアンサはレンズをのぞきながら、位置を調整した。そしてからだを起こすと、スカイに見てみてと手ぶりでいった。

スカイはかがみこんで、のぞいた。わあ、うつくしい！　レンズ一面が、光り輝いている。

「金星よ」アイアンサがいった。「アステカ族は、『ケツァルコアトル』と呼んでいたわ。『羽のはえた蛇』っていう意味よ。死と再生の象徴だったの」

「アステカ族……」ここ数週間で、その言葉をぞっとしないで口にできたのは初めてだ。どうしていままで、アステカ族も空を見あげてたってことを思いつかなかったんだろう？　あたしが屋根でやってるみたいに。

アイアンサはつづけていった。「プレアデス星団も見せてあげたかったんだけど、この時間だとクイグリー・ウッズのかげにかくれちゃってるの。アステカ族は、その位置で、いついけにえの儀式を行うかを決定していたの。もっとも、あなたのお芝居ではいけにえは行われないのよね。ジェーンが、天候不順だって説明してくれたわ」

スカイは長いこと、金星をながめていた。きらきら光ってて、なんてきれいなんだろう。それから、やっとからだを起こした。「ありがとうございます」

「少しはお芝居のこと、いやじゃなくなった？」

「いいえ」がっかりさせるのは申し訳ないけど。「すごく感謝してます。だけど、いやなのはアステカ族じゃなくて、演技することなんです。いやっていうか、もうぞっとしちゃって、恐怖でしかないんです」

アイアンサはまた、望遠鏡をのぞきこんだ。あちこち動かして調整して、また焦点を合わせる。「小学四年生のとき、学校の劇で花の役をすることになったの。セリフもなくて、すぐにしおれちゃうから、気絶しなくちゃいけなかったのよ」

スカイは、アイアンサの小さいときを想像してみた。ベンを大きくして、髪を長くして、花びらの帽子を頭にかぶってるアイアンサが、しおれていく姿を。

「気絶するのって、むずかしいですか？」

「それってふつう、自然にするものじゃないかしら。さあ、ほら、見てみて」

スカイは、望遠鏡をのぞきこんだ。今度は光る星は見えない。ひたすら真っ黒だ。

「なんにも見えないけど」

「ええ、そうよ。それが、暗黒物質」

アイアンサは説明をはじめた。スカイは断片的にしか理解できなかったけど、すっかり心を奪われてしまい、いつまでもきいていたくなった。用語が頭のなかをぐるぐるする。〝エーテル〟、〝無〟、〝電磁波〟、〝高温ガス〟、〝ビッグバン〟。〝暗黒物質〟というのは、星と星のあいだに光学的には観測できない物質が広がっているという理論だ。それからアイアンサは、自分の研究の話もしてくれた。暗黒物質について重大な発見をしたので、もうすぐ科学雑誌に論文を発表する予定だそうだ。そうすれば、世界じゅうの天体物理学者にあらたな知識がくわわる。天体物理学はずっと、どのように宇宙がはじまって、どのように広がっていくのかを解明しようとしていて……。

「あと、どうやって宇宙がおわるのかもね」アイアンサがいった。「なんだか、しゃべりすぎちゃったわ」

「いいえ！」こんな話だったら、いくらでもききたい！「アイアンサって、すごい。それに、あたし、元気出てきました。だって……宇宙が数週間でそんなに拡大するなら、いまある命だっておわっちゃうかもしれないし、そうなったらあたし、お芝居に出なくてすむかも！」

「そんなこともあるかもしれないわね」

「あります。あります、あります、あります」

そのあとすぐ、スカイは走って家に帰った。アステカ族のおそろしいプレッシャーが、ふいに軽くなった。たしかに、宇宙の拡大は長い目で見なくちゃいけない。だけど、十八日と二十三時間もあれば——あ、二十二時間になっちゃったけど——なんだって起きる可能性がある。そう、なんだって。

17　ハロウィン

それからの十八日間、たしかにいろんなことがあった。バティとアイアンサは、ハウンドとアシモフを一分間ノンストップで直接対面させることに成功した。ロザリンドは、シェイクスピアの詩を暗記しおわって、だれにも愛の詩だってことをさとられずにクラス全員の前で暗唱した。〈アントニオズ・ピザ〉はなん試合か行って、全勝し、スカイは一度もキレなかった。バティが保育園のジャングルジムで高くのぼりすぎて鼻血を出した。そのあとまた、カートに乗って虫男をスパイしてるときに引っくりかえって鼻血を出した。ロザリンドはあとしまつにうんざりして、虫男をスパイすることも話に出すことも禁止した。ジェーンはブンダ先生に作文をふたつ提出した。ひとつは中国における生態環境について、もうひとつはエリー運河についてで、サブリナ・スターについては一度も触れなかったので、そうとうつらかった。

それだけいろいろあっても、ひとつだけ起きないことがあった。宇宙は、『いけにえの姉妹』の上演をとりやめなくてはならないほどのスピードで拡大したりはしなかった。ジェーンは、そんなことはこれっぽっちも期待してなかったので、スカイが悪夢を切り抜ける手つだいに必死だった。放課後はいつも練習に参加して、スカイのためにせっせと大量のメモをとり、夜はそのメモを参考にしながらセリフを何度も何度も練習させた。そのうちスカイは、眠っててもセリフがいえるようになった。演技はひどかったけど、ゲバル先生が頭痛に苦しむことはなくなってきた。

それから、もうひとつ、起きなかったことがある。お父さんはそれからも何度かマリアンとデートをしたけど、あたらしい情報は得られなかった。みんな、それはそれは努力した。だけど、質問がきびしく、容赦なくなってくればくるほど、お父さんの返事はあいまいになってくる。そのうち、わざとじゃないとは思えなくなってきた。するとロザリンドは、作戦を変更した。マリアンのことをきくんじゃなくて、会いたいといってみた。最初はなんとなくほのめかして、そのうちていねいにたのんでみて、最後にはずばりお願いした。だけど、お父さんはいつも何かしら、理由をつけてくる。マリアンはいまものすごくいそがしいとか、マリアンは風邪をひいているとか、マリアンはロンドンにいるとか。ロザリンドはもうむきになって、何がなんでも会ってやるとかたく決心した。

そして、具体的な要求をつきつけた。もうすぐハロウィンで、そのつぎの日の夜は六年生の学芸会、その数日後には、キャメロン大学のオープニングセレモニーがあって、お父さんとアイアンサがスピーチをすることになっている。そんなたいせつなイベントがつづくんだから、さすがにマリアンだって一度くらい、姿をあらわすはずだ。これでだめなら、もう打つ手がない。泣きわめくしかなくなる。そんなの、ぜったいにイヤ。

ロザリンドは、ハロウィンの数日前からマリアンが来られないかときいていた。だけど、十月三十一日の日が暮れても、まだ答えはもらえなかった。


ロザリンドは、怪獣の頭をバティの肩の上にそーっとおろした。

「見える？」

「ううん」こもった声がする。

頭を数センチ、ずらしてみる。「これでどう？」

「見えない。ライオンにしようかな。ハウンドみたいなの」

「ライオンの衣装、用意してないもの。しかも毎年、怪獣じゃない」ロザリンドは怪獣の頭をしっかりと固定した。「ね、ちゃんと口のところから見てる？」

怪獣の頭がちょっとかたむく。「ちょっと見えるようになった。あたし、こわい？」

「ぞっとしちゃうわ。さ、尻尾をふる練習してみて」

小さな緑の怪獣が、あっちこっちむきをかえた。最初はおずおずとだったけど、ふいに大胆になって、尻尾をハウンドに思いっきりぶつけた。ハウンドは首のまわりに巻かれた黄色いふさふさをはずそうともがいていた。不満そうにわんわん吠えると、バティにガーオと吠えられて、取っ組み合いになった。あっという間に怪獣の頭がはずれて床に転がり、鼻がちょっとつぶれた。

「はいはい、もう練習はいいわ」ロザリンドはバティとハウンドを引きはなして、自分が身に着けている白いシーツの、これで何十回目かになる調整をした。アンナといっしょにローマ神話の女神になってトリック・オア・トリートする予定だけど、すでに着心地のわるさにうんざりしていた。歩くたびにつまずいてたら、女神になる意味なんてない。

ロザリンドはバティにまた怪獣の頭をかぶせて、キャンディを集める袋をわたすと、手を引いてそーっと階段をおりた。お父さんは廊下にいて、窓にかざったかぼちゃランタンの明かりをつけている。

「おっと。うちの娘たちはどこに行っちゃったんだ？」

「パパ、あたしだよ」怪獣がいう。

「だれだ？」

「バティ！」

「おお、そうだったのか」お父さんは、メガネの位置をなおした。「まったくわからなかったよ」

「お父さん」ロザリンドは、イライラして咳払いをした。「マリアンのことだけど」

お父さんが返事をする前に、ドアベルが鳴った。おなじくシーツを巻きつけたアンナだ。バティがはしゃぎながら飛びかかろうとしたけど、ハウンドにつまずいて転んで、さらに鼻をつぶした。

「もう走っちゃだめよ」ロザリンドがバティを起こしてやる。

「また女神のおでましか」お父さんがアンナにいった。

「あたし、ヴィーナスなんです。愛の女神」アンナはロザリンドにウィンクした。

「オミッテ・ヌーガース」ロザリンドはウィンクを返さずに、よけいなことはいわないよう、ラテン語でくぎをさした。アンナにこれ以上ふざけたことをいわれたらこまる。とくに、スケートのコーチとのデートのこととか。

「パパ、お姉ちゃん、なんていったの？」バティがきく。

「アンナに、ふざけっこなしだといったんだ。ロザリンド、上達したな」

「ラテン語の授業でまちがえるたびに、スミス先生がそういうわ。まちがいといえば……」ロザリンドは、言葉を切った。これじゃ、いつまでもマリアンの話ができない。

「お父さん、ねえ、今夜、マリアンを招待したの？」

玄関のドアがぱっとあいて、スカイとジェーンが入ってきた。ガーダム通りの両側にある家から集めたキャンディで袋がほぼいっぱいになっている。ジェーンはフットボールのユニフォームを着てる。大きすぎるみたいだ。シャツには大きく赤で86の番号がついている。

「トミー！」アンナがさけんだ。「ずいぶんちっちゃくなっちゃったね」

「今夜はトミーの仮装なんだ」ジェーンがいう。「本人は悲しいことに、この通りには姿をあらわさないから」

「いなくて悲しんでるの、ジェーンだけよ」ロザリンドにしてみたら、六歳以上のスーパーマンの仮装なんて、目をとめる価値もない。

「それはなんの仮装？」アンナがスカイにたずねた。黒いデニム、黒いセーター、黒いスニーカー、黒いハットというかっこうだ。

「暗黒物質。それが何かはきかないで。説明しすぎて、もうつかれたから」

「わたしが教えてあげる。宇宙の謎だよ。五次元世界みたいな」ジェーンがいう。

「五次元とはぜんぜんちがうから。なんもわかってないくせに」

「暗黒物質は、アイアンサの専門分野だ」お父さんがいう。「アイアンサは、その分野での第一人者なんだ」

「知ってるよ、お父さん」スカイがいう。

「少なくとも、そうきいている。さて、女神たち、出かける準備はいいか？」

「ええ、だけど、お父さん……」ロザリンドは、返事をきくまでは出かけないつもりだった。「マリアンは？　今夜、会いに来てくれるの？」

「ロザリンド、招待し忘れていた。すまない」

「忘れてた？」ロザリンドは、ふいに怒りがこみあげてきて、どなりだしそうだった。

またドアベルが鳴った。おぼれそうなところを助けられたみたいな顔で、お父さんがドアをあけると、小さいオバケ軍団がさけんでいた。「ばあ！」アンナがチャンスだとばかりにロザリンドと妹たちを外に連れだした。

「忘れてた？」ロザリンドは、オバケ軍団のわきを通りすぎると、またいった。

「お父さん、わたしたちに会わせたくないのかもよ」ジェーンがいう。「雑誌に書いてあったけど、離婚したり妻に先立たれたりした男性は、あたらしい女性とつきあうときは子どものことを秘密にしとくものなんだって」

「秘密にする？」ロザリンドは、そんなこと考えてもみなかった。「マリアンがわたしたちのことをどう思うか、心配だとでもいうの？」

「まさか」アンナがいった。「明日のスカイの芝居には来るかもよ」

「うぐぐ」スカイは、息がつまって死にそうな声をだした。顔もそんな感じだ。

「お芝居のことは話題にしないでやって」ジェーンがいった。「かなりせんさいな問題だから」

　ロザリンドは、どうしてスカイの出るお芝居のことを話題にしちゃいけないのかとたずねたかったけど、そのとき、怪獣が一匹いないことに気づいた。「バティは？」

　バティはまだ家のなかで、ハウンドとつらいおわかれをしていた。ライオンの仮装をしてても、ハウンドはトリック・オア・トリートには行けない。バティは、理由は理解できても——ほかのトリック・オア・トリートをしてる子たちに吠えまくるから——ハウンドを置いていきたくなかった。だけど、ロザリンドがむかえに来てくれると、しぶしぶ外に出た。

　ハウンドはいないけど、バティはやっとハロウィンらしくなってきて、うれしかった。ハロウィンは、パパのデートの心配をする日じゃない。キャンディをもらえて、いつもより遅い時間に出かけてもよくて、あたらしい怪獣の衣装を近所の人たちに見せられる日だ。こうして外に出てみると、ライオンじゃなくて怪獣にしてよかったと思った。衣装にすっぽりくるまれてるから、あったかいしなんだか安心だ。あんまりよく見えないけど。バティは怪獣の頭をあっちこっちにかしげながら、かぼちゃランタンのなかでちらちら揺れるキャンドルとか、風にふかれる落ち葉とかをのぞきこんだ。あとは……あっ！　あれ、なんだろう？　ガーダム通りを幽霊みたいなのが行ったり来たりしてる。わあ、すごい。ハロウィンは、こうでなくっちゃ。

一行は、まずはアイアンサの家に行った。バティはアイアンサとベンに怪獣の仮装のことを話しておいたけど、アイアンサはドアをあけた瞬間、「トリック・オア・トリート！」と叫ぶみんなの姿をみても、だれだかわからなかった。バティがガオーッというと、アイアンサはやっと気づいたけれど、ベンは――全身オレンジだ。スナック菓子のチーズドゥードルズの仮装らしい――えーんと泣きだした。そこでバティが何度もくりかえし、ベン、バティだよといい、やっと涙が止まって、それからアイアンサがみんなにキャンディやらチョコレートやら、ハウンドへのおみやげにかぼちゃ形の犬用クッキーやらをくれた。めちゃくちゃ楽しかった。

ほかの家も、やっぱり楽しかった。ガイガー夫妻は、仮装を見てきょとんとしてた。

ジェーンのことをトミーとかんちがいしたし、バティがだれだかわからなくて、ガオーッと吠えてもまだ気づかなかった。角のコークヒル家では、例年どおりお手製のバタースコッチブラウニーをくれて、バティに、食べたかったらその場で食べてもいいといってくれた。タトルさんの家では、木にオバケがぶらさがっていて、うーってうなり声をあげてたけど、バティはちっともこわくなかった。もっとも、ロザリンドが枝にテープレコーダーがおいてあるのを見せてくれたからだけど。ボスナ姉妹はもう大人なので家にいて、バティを見て大よろこびして、とくべつにチョコを多めにくれた。バティはもう、一生ぶんのチョコをもらったんじゃないかと思った。

そのあと、とくべつに楽しいことがあった。ニック・ガイガーがからだの大きい仲間をたくさん連れて、バティたちをとりかこんで、やいのやいのとちょっかいを出してきた。でもバティにしてみたら、ニックたちの仮装はイマイチおもしろくなかった。〝ニクソン〟とかいう名前の人の顔マスクとふつうの古い服だったから。ニックが「スウィッチ！」とかけ声をかけると、みんなはマスクをとりかえて、今度は〝クリントン〟とかいう人になり、またニックが「スウィッチ！」とかけ声をかけると、またみんなはマスクをとりかえた。今度はバティの知らない人だ。ニックがいうには、マスクをかえておんなじ家になん度もいくらしい。スカイが、おかげでいいお菓子をぜんぶとられたと怒って、男子のひとりがジェーンにボールを投げると、いきなりフットボールがはじまり、みんなで通りを走りまわった。ロザリンドとアンナはシーツをたくしあげなきゃいけなかった。

バティは今度はあんまり楽しめなかった。怪獣の仮装でフットボールをするのはむずかしい。そのうち男子のひとりがバティの尻尾につまずいて、じゃまだといわれたので、バティは、じゃまにならないようにどこうとした。だけどそのとき、ちがう通りからオバケの一団が来たので、恥ずかしくて話しかけられないから、かくれるのにちょうどいい木の茂みを見つけた。ここならまだお姉ちゃんやみんながフットボールをしてる声がきこえるし、茂みのうしろは真っ暗だけど、安全だ。

だから、怪獣の尻尾が何かに当たって、その何かから「おっと」って声がして、それが何かじゃなくてだれかだってわかったとき、ものすごくこわかった。その人は、怪獣の尻尾にぶつかったことにビックリしてるみたいだった。一瞬バティは、ニックの友だちのひとりだと思った。だけど、大人の男の人の声でしゃべりだしたので、ものすごくこわくて、しかも何をいってるかわかんないから、よけいこわい。すっかりおびえたバティは、じりじりとあとずさりして、怪獣の口からその人の姿をちらっと確認した。もう、心臓がとんでもなくばくばくいいだして、二度と、シークレットエージェントごっこなんかしないと誓った。だって、月の光で、その人の正体がわかっちゃったから。サングラスはしてないし、どういうわけか耳がとがってたけど。バティはキャンディの袋を力いっぱい投げつけて、通りにむかっていちもくさんにかけだした。キャアキャア悲鳴をあげて走ってたら、だれかにひょいっと抱きあげられて、それでよけい悲鳴をあげたらニックだよといわれて、バティはぐったりして、今度はすすり泣きはじめて、ずっとしくしく泣いてたらニックが家に連れて帰ってくれて、それでもバティが泣きやまないので、お父さんがリビングに運んでくれて、ソファに寝かせて怪獣の頭をはずした。まだバティは泣きつづけて、お父さんがブランケットをかけてくれて、ハウンドに顔をなめられて、ロザリンドが走ってきて、心配そうな顔をしていたけど、それでもバティは泣いて泣いて泣きつづけた。

ロザリンドは、バティは永遠に泣きやまないんじゃないかと思ったけど、やっとバティもつかれて、涙でぐしょぐしょの顔のまま目を閉じてぐったり横になっていた。そのころには、お父さんがアンナを家まで送っていき、スカイとジェーンに寝るようにいった。だけどニックは、残っていた。自分の仲間が小さい怪獣をじゃまだからどっかに行けと追い払ったときいたからだ。バティが茂みに入ったのは自分の責任だといって、無事をたしかめるまでは帰らないといいはった。

　やっと、バティが目をあけた。

「やっ、バティ。気分はどうだ？」お父さんがいう。

「だいじょうぶ」涙（なみだ）の最後のひと粒（つぶ）が、ぽろりと落ちる。「チョコレート、ぜんぶなくしちゃった」

「わたしのをあげるわ」ロザリンドがいう。「ああ、バティ、目をはなしちゃって、ごめんね」

「バティ、何があったのか、教えてくれるか？」お父さんがたずねた。

「虫男が、木のうしろにかくれてたの。で、尻尾（しっぽ）が当たっちゃったの」

　ロザリンドは、今夜はもう虫男の話はききたくないと思った。「バティ、何いってるの」

「虫男だったんだよ。ほんとに。だけど、耳がとんがってた。おれは靴下（ソックス）だっていってた」バティはきょろきょろして、ニックもいることに気づいた。顔マスクをつけてないので、ほっとする。

「バティ、叫（さけ）び声（ごえ）、なかなかイケてたよ」

「ありがとう」

「で、その男が靴下だといったところから、きこうか」お父さんがいう。

バティは、眉をよせていっしょうけんめい思いだした。「その人……。虫男は、靴下だっていって、それからプラスチックが踊ってるっていってた」

「意味がわからないわね」ロザリンドがいう。

「いや、わかるかもしれない。耳がとんがってるっていったよな？　スタートレックのヴァルカン人の仮装してるやつがうろうろしてるのを、たしかに見た」

「バティ、ひょっとしてその人、靴下じゃなくて、スポックだっていってたんじゃないかな？　エンタープライズに乗ってると？」

「そうかも」

「ほかに何かいってたか？」

「わかんない」バティは、もうくたくただった。「ヴィンチデーテットされるっていってた」

「だれか、ヴァルカン語、話せないのか？　ロザリンド？」ニックがたずねる。

ロザリンドは、だまってて といったけど、口調はやさしかった。ものすごくほっとしてたから、ニックがどんなバカをいっても気にならない。バティはたしかにものすごくこわい思いをしたけど、その人は——だれだかわからないけど——危険というより、ただのヘンな人みたいだ。もう少し質問をして、お父さんもどうやら納得して、すぐにニックを家に帰らせた。スポックをさがしだしてとっちめてやろうなんて考えはぜったいに起こさないように、と念をおして。それから、お父さんがバティをベッドに運んでいるあいだ、ロザリンドはバティが無事だと知らせるためにスカイとジェーンの部屋に行った。

だけど、ひと言もいわないうちに、ロザリンドはフットボールのヘルメットにつまずいた。

「泥棒！」ジェーンが叫んで、スカイが電気をつけた。

「わたしよ」ロザリンドはヘルメットをどかした。というか、蹴とばした。たぶん、ヘルメットのもち主がそこにいたら、そうやって蹴とばされていただろう。「起こしちゃってごめんね。バティはだいじょうぶだって伝えたくて。スポックの仮装をした人にビックリしちゃっただけなの」

「ま、寝てなかったけどね。明日のお芝居のセリフの練習してたから」ジェーンがいう。

「スカイ、さすがにもうおぼえたでしょう？　だいじょうぶよ」ロザリンドは、本心をかくして自信たっぷりにいった。

「うぐぐぐ」

「さ、スカイ。レインボーがグラス・フラワーに、かわりにいけにえになるっていうところからだよ」ジェーンがいった。「グラス・フラワーはいう。『あなたの命をわたくしのかわりにささげるなどということは、できません』。で、レインボーはさめざめと涙を流して、いうの……」

「いいたくない。ねえ、ジェーン、いいたくないよ！」

「『生きていてもしかたありません。グラス・フラワーお姉さま……』ほら、この先は？　スカイ、いえるってば！」

「『生きていてもしかたねーよ。アホのコヨーテがアホのお姉さまを愛していると知ったいまでは』」

ロザリンドはやれやれと首をふって、ふたりを残して部屋を出た。

18　いけにえの姉妹

スカイはベッドルームの窓辺に立って、外をながめていた。雨がふっている。冷たい雨だ。あたしの心にふる雨といっしょ。足も手も、胸のあたり以外ぜんぶが冷たい。胸だけは、冷たいんじゃなくて、船酔いしてるみたい。なんでこんなにサイアクな状態かというと、もうすぐお父さんに車で学校まで送ってもらったら、ジェーンに手つだってもらってレインボーの衣装を着てメイクをしなきゃいけないから。そうしたらもう、舞台に立って、おそまつな自分をさらすことになる。ううん、おそまつならまだいい。情けないことになる。総勢四百人の観客が、先生たちも家族もふくめてみんな、あたしをかわいそうに思うだろう。ほかの出演者まで、あたしをあわれむはず。衣装を着てリハーサルをしたとき、ピアソンから、演技のことなんかなんにもわかってないくせに、セリフをいうコツを伝授された。それに、メリッサのことを考えると！　メリッサの目にあわれみが浮かぶのを、たしかに見た。メリッサにあわれまれるなんて、無念どころじゃない。

スカイは窓に背をむけて、ベッドにごろんとなった。まあ、少なくともひとりだけは、あたしをかわいそうに思わない。クレアおばさんだ。仕事でコネティカットをはなれられないって、電話でさんざんあやまられた。あたしが、そもそもだれにも来てほしくないとも知らずに。で、メッセージつきの大きなバラの花かごまで送ってきた。「お芝居が見られなくて残念です。明日のサッカーの試合、楽しみにしてます」

ああ、はやく明日のサッカーの試合にならないかな。メリッサの〈キャメロン・ハードウェア〉が相手とはいえ、今夜にくらべたら天国みたいなものだ。そして試合がおわれば、週末はずっとなんでも好きなことができる。アステカ族とか芝居とかとは、もう一生かかわらないつもりだ。ああ、タイムトラベルができたら、一気にいまからサッカーの試合までとぶのに。そのせいで未来を変えちゃったって、かまわない。

どうして、たかが芝居でこんなにビクビクしてるんだろう?　こんなに何かがこわいなんて、初めてだ。五歳のときにトミーのスケボーに乗ってニックがつくった大きな斜面にチャレンジしたときだって、こんなにこわくなかった。おととしの夏、海でゴムボートに乗って波に運ばれて遠くに行きすぎてライフガードに岸まで連れてきてもらったときだって。この前の春、クイグリー・ウッズの橋からジェーンに足首をつかんでもらってさかさまにぶらさがって、下の岩場にはまったサッカーボールをとろうとしたときだって。そんなんでよければ、何百回だってやれる。それでレインボーとして舞台に立たなくてすむなら。

だけどあたしは、どうしてもレインボーとして舞台に立たなくちゃいけない。うそをついて、具合がわるくてムリだっていわないかぎり。っていうか、ホントに具合わるいし。あたしがいなければ芝居が成立しないってわけでもないし。だれかがあたしのセリフをかわりに読んでくれればいい。あたしよりはうまいはずだ。あれだけ練習したのに。あたしがこのまま家にいたら、だれが困るっていうの？　そんなにいけないこと？

ドアをノックする音がして、お父さんが食べものをトレイにのせて入ってきた。

「何も食べたくないだろうけど」お父さんがいう。

「食べたくない」朝からずっと、何も食べたくなかった。きのうの夜から、何も食べてない。このぶんだと、二度と食欲なんてわかない気がする。

「だが、たいせつな役を演じるんだから、何かおなかに入れておいたほうがいい。そうだ、レインボーという名前がどれだけすばらしいか、いったことがあったかな？　ラテン語では、プルウィウス・アルクスという。プルウィウスというのは、〝雨〟の形容詞で、アルクスというのはもちろん、〝カーブ〟とか〝アーチ〟とかいう意味だ。しかもプルウィウスという単語はそのままの意味で英語に入ってきて、プルウィアルになったんだ」お父さんはそこで言葉を切った。「ああ、わるかったな。語源の話をきく気分じゃないだろうな」

「でも、おもしろかったよ」

「いやいや。さ、スカイ、少し食べなさい。神経もしずまるぞ」

「でも正直、おなかすいてない」

「それなら、ここにおいていくから、食べる気になったら、何かしらつまんでみなさい」お父さんはトレイをおいて、出ていこうとした。

「お父さん、ありがとう。でも、待って。ききたいことがあるの。マリアンは今夜、来る?」

「いいや、来ない。がっかりしないでほしいんだが」

「ううん、よかった」マリアンのことでうれしいなんて、初めてだ。「この芝居が第一印象になったらたまんないし」

「スカイ、おまえが思ってるほど、ひどいことにはならないと思うがね」

「あたしがどんなにひどいか、知らないから。あと、もうひとつききたいことがあるの」これが最後の望みだ。お父さんは、あたしが知ってるなかでいちばん正直な人だから、もしお父さんが逃げ道をつくってくれたら、どんなにせまい道でも、あたしはそこにむかう。「うそって、ぜったいにいけないもの？　だれも傷つけないほんの小さなうそでも？」

「やれやれ、スカイ、それは哲学者にきくべき質問だよ。植物学者じゃなくて」

「どうしても答えてほしいの」

「わかった」お父さんは、しばらく考えた。「いいや、うそは必ずしもいけないものではない。たとえば、無実の者を救うためのうそなら、ついてもいい。どこかに危険にさらされてる無実の人でもいるのか？」

「あたし？」スカイは、じょうだんだよというふうににっこりしたけど、うまく笑えない。

「そうか。では、いい方をかえよう。ざっくりいうと、どんなに小さなうそでも、ついてはいけない。わがままや、弱い心のせいでつくうそだったら。これで答えになったかな？」

「うん、たぶん」ただひとつの逃げ道が弱虫になることだったら――レインボーを演じることを考えると、スカイはとんでもない弱虫になってしまうけれど――そこに逃げこむわけにはいかない。「ジェーンに、もうすぐ出かけられるって伝えてくれる？」

「さすがはわたしの娘だ。アウダーケース……」

スカイはすかさず口をはさんだ。「お父さん、アドバイスには感謝するけど、いまはラテン語はききたくない」

「そうか、しかたないな」お父さんはスカイにキスをした。「車を出す準備をしてくるよ」

スカイはレインボーの衣装とメイク道具をバッグにつめて、お父さんのあとをついて階段をおりた。運命は定まった。この瞬間から、芝居をやりとげるという決心は、ぜったいにゆるがない。車のなかで、スカイはバッグを握りしめて、セリフや立ち位置をジェーンといっしょに確認した。かなりのスピードでぜんぶ通せたので、もう一回最初からやろうとしたとき、学校に着いた。スカイはそれでもセリフをぶつぶついいながら、雨のなかを走って校舎に入り、講堂にむかった。

「『コヨーテ、ありがとう。雨はふりそうにないわ。この国はもう飢え死にしてしまいます』。メリッサを無視して、ピアソンを見つめる。ピアソンがうなずいたら、観客のほうを指さす。『外の世界の知らせとは何？』。で、兵士についてえんえんと説明されて、つぎにあたしが……」

「あっ、見て、プログラム！」ジェーンがロビーにあったテーブルからとってきた赤い表紙のパンフレットを指さした。

ゲバル先生がプログラムを用意するといってたけど、スカイは不安が大きすぎて細かいことは気にしてなかった。ジェーンが一冊わたしてくれたけど、スカイは衣装の袋につっこんで、歩きつづけた。「つぎにあたしがいう。『まさか兵士たちが、いけにえをさがしにこの小さい村に来るはずがないわ』。メリッサがおびえた声を出すと、ピアソンが手をメリッサの肩におく」

「ね、『いけにえの姉妹』のページ、見たくないの？」ジェーンがまたプログラムをわたしてきた。今度は、まんなかのページをひらいて。書いてあったのは……。

いけにえの姉妹
原作・脚本　スカイ・ペンダーウィック

「ジェーン！」スカイは廊下のまんなかでぴたっと止まった。「あたしの名前、こんなとこにのってる」

出演者が何人か、くすくす笑いながら通りかかった。ジェーンはスカイの前に立ちはだかって、みんなにスカイのぞっとした顔を見られないようにした。「当たり前でしょ。何考えてるの？」ジェーンはささやいた。ほんとうだったら自分の名前がのるはずなのに、とはいわずに。

「なんも考えてなかった」スカイはうめいた。「なんも、考えてなかった。ジェーン、うそにうそが重なって、このプログラムを読むたくさんの人にまでうそつくことになっちゃった。ぜんぶでどれだけうそついたことになる？　あたしの名誉なんて、もうゼロだよ。それどころか、マイナスだよ」

　また出演者がピアソンも含めて数人、廊下のむこうにいるのが見えた。ジェーンは、あたりをきょろきょろした。こんな状態のスカイを見られるわけにはいかない。あ、すぐそこに、女子トイレがあるからふたりともかくれられる。ほとんど引きずるようにして、ジェーンはなんとかスカイをトイレに連れていった。

　無事に女子トイレのなかに入ると、スカイはタイルの壁にぐったりもたれて、バッグを床に落とした。衣装係がていねいに黒い糸で編んでくれたカツラが床に転がり落ちる。スカイはそれを見てうめくと、胸のあたりをつかんだ。

「プログラムぜんぶから、〝スカイ〟の文字を消してあげようか？」ジェーンがいった。

「〝スカイ〟の部分を〝Ｍｉｓｓ〟にかえれば、〝ミス・ペンダーウィック〟になるよ。

それならいいでしょ？」

「いくらジェーンだって、さすがにそんなバカなこと言う？　あ、ごめん。ごめんごめん。ジェーンがわるいんじゃない。ぜんぶあたしがわるいの。あたしが自分で宿題やってれば、こんなひどいことにはならなかったんだよ。二度と宿題をとりかえっこなんかしない！　ぜったいに！」

　こんなせっぱつまった状況でも、ジェーンは賛成しなかった。まだ何年も宿題をやらなくちゃいけないから、少なくとも数学の三角法と物理学はスカイをあてにしている。

「とにかく、落ち着いて。控え室に行ってメイクでもすれば、少しは気分がよくなるよ」

「控え室！」スカイはジェーンの腕をつかんだ。「ね、きいて。あたし、芝居はちゃんとやる。これで人生を台なしにするかもしれないけど、やる。だけど、メリッサとおなじ部屋で衣装を着たりメイクをしたりするのはいや。ここでやる。ゲバル先生に、あたしの居場所を伝えてきてくれる？　それからもどってきて、手つだって」

「スカイ、ひとりにしとけないよ。ちょっとようすがおかしいし」

「おかしいに決まってんじゃん。ノイローゼになりそうだもん。さ、行ってきて！　あ、ちょっと待って！　最初のセリフ、思いだせない」

「『ええ、グラス・フラワーお姉さま。でも、いそいで結婚しなくてもよければいいのに。いつか、女の子も独身でいられる時代が来るかもしれないわね』」

「『なん年も先まで、またはもしかしたらずっと、社会的に非難されることもなく』。うん、わかった。さ、行ってきて！」

　ジェーンが行くと、スカイはよろよろと鏡の前に立った。死人みたいな顔してる。かまわないけど。「『だけど、そんな時代はまだずっと先だから、好きな人が見つかってよかったわ。結婚して幸せになれるもの』。すると、バカのメリッサがいう。『わたくしもよ。好きな方が見つかったわ。レインボーが好きなのはだれ？』」

　スカイはバッグのなかをがさごそして、赤いドーランを引っぱりだした。「あたしがいう。『お姉さまが先に教えて』。するとメリッサがいう。『いいえ、あなたが先よ』」スカイはふるえる手で、おでこに赤い線を引いた。「うん、たぶんこの場面はもうちゃんとおぼえてるはず。あとのほうのシーンに、すごく苦労したセリフがあったはずだけど、なんだっけ？　乙女の血がどうのこうのってとこ」また赤い線を引く。今度は右目の下だ。

　スカイは、目をぱちくりさせた。鏡のなかの自分がちょっとぼやけてきたからだ。

「『わたしのトウモロコシを……』ちがった、『わたしの血を流して、トウモロコシを……』じゃなくて、『雨を……』」左目の下にも赤い線を引かなきゃいけないけど、手のふるえがひどくなってきて、自分が何をしてるのかもよく見えない。「『わたしの血を流して……』えっと、えっと……」

耳のなかで、ふしぎなざーっという音がきこえた。ふいにめまいがして、スカイはシンクにしがみつこうとしたけど、うまくつかめない。えっ、何? なんだかあたし、たおれちゃうみたいな気がする。

そして、あたりが真っ暗になった。

ロザリンドは袖に小さい穴があいた古いセーターを引っぱりだした。クレアおばさんにもらったセーターを着てもよかったのに、六年生の学芸会に着ていくのは、これでいい気がする。だれにも見られないだろうし。去年、『ジキルとハイド』にメイド役で出演したときとはわけがちがう。もちろん、メイド役はあんまりセリフがなくて、「はい」とか「いいえ」ばっかりだったけど。アンナはもっとたくさんセリフがあった。しかも、悲鳴をあげるチャンスもあった。ハイド氏の最初の犠牲者役だったから。トミーがいちばんセリフが多かった。なにしろ、主役だったから。すごくうまく悪役を演じてて……。

あ、わたし、何考えてるのかしら。ロザリンドは顔をしかめた。トミーをほめるなんて。いくら、トリルビー以前のトミーとはいえ。いまじゃ、わたしにとっては紙くずみたいな存在だ。むこうもわたしをそう思ってるみたいだけど。トリルビーのことでけんかして以来、こっちを見もしないし、あいさつなんてもちろんなし。学校でも、ガーダム通りでも。トリルビーといっしょにいるときは、とくに。紙くずにわるいかも。

ロザリンドは髪をブラシでとかして、階段をおりていった。お父さんはスカイとジェーンを送ってもどってきて、バティに赤いレインコートを着させてハットをかぶせている。アイアンサもいた。ベンをわきに抱えて、もう片方のわきにベビーシートを抱えている。いっしょに車に乗っていくからだ。

「お父さん、わたし、歩いていくわね」ロザリンドはいって、ベンのぷにぷにのほっぺたにキスをした。

「わたしたちが場所をとっちゃった？」アイアンサがきく。

たしかに、ベビーシートをふたつ乗せたらぎゅうぎゅうだろうけど、ロザリンドは雨のなかを歩くのが好きだった。レインコートとかさをもって、ロザリンドはだれにも反対されないうちに家を出た。風に吹かれて、かさに当たる雨音をききながら、明るい気分でガーダム通りを歩いていく。しばらくしてお父さんの車に追い抜かれるころには、鼻歌をうたっていた。なんの曲だっけ？　あ、そうそう。『天国からの銅貨』だわ。お母さんがいつも、雨のなかを歩くときはうたってた。で、おもしろいダンスをしてたっけ。ホップ、ステップ、ホップ、ステップ、ぴょんぴょん。

　また車がわきを通りぬけていき、止まった。窓がするするっとおりて、ニックがにやにやしながら顔を出した。ロザリンドは、ホップステップなんかしなきゃよかったと思った。

「乗れよ。学校まで乗せてってやるよ」

　車のなかをのぞくと……ああ、やっぱり。ニックのとなりにトミーがいる。まっすぐ前を見つめてる。

「歩きたいの」

「いいから。どしゃぶりだぜ。ちょっと遠回りするけどさ。トリルビーをむかえに行かなきゃいけないから」

　初めて、トミーがこちらをむいた。だけど、目を合わせようとはしない。世界でいちばんおもしろいことが、ロザリンドの右肩のむこうで起きてるみたいに。なんなの？　よくもこんなふうに無視できるわね！　小さいときからの知り合いなんかじゃないみたいに！　ロザリンドはイライラしてかさをふった。ニックにしぶきがかかる。「トリルビー・ラミレスみたいなステキな子が、六年生の学芸会なんかに行くなんて、もったいないんじゃなーい？」

「なかなかいうな、ロザリンド」ニックは、さらににやにやした。「六年生に妹がいるのは、きみだけじゃないんだぜ。今夜、エレナ・ラミレスもサクソフォンのソロをひろうする予定なんだ」

「あっ」ああ、もうどっかに消えちゃいたい。

「いいから、乗れって」

「いいえ、けっこうよ」

ロザリンドは、ガイガー兄弟が走りさっていくのを見つめていた。それからまた学校にむかった。鼻歌も、もちろんダンスもなしで。いまとなっては、学校がすごく遠く感じられる。雨のなか歩くのの、どこが楽しいのかもわからなくなってきた。わたしも、紙くず以下だわ。そしてやっと学校が見えてきて、入り口の前に――ああ、神さま、女神さま――アンナが待っててくれた。

「おうちの人たちが席をとっといてくれてるよ」アンナがいう。「おとなりさん、今日はすごくきれいだね。巻き毛がふわふわっとしてて」

「アイアンサ？　気づかなかったわ」

アンナは、ロザリンドの顔をのぞきこんだ。「どうかした？」

「トミー・ガイガーなんて、大っきらい」ロザリンドは、足を踏みならしながらレインコートを脱いだ。なかなか至難の業だったけど。「大っきらい。大っきらい」

「少し音量落としたほうがいいよ」

三年生の女子たちが、何ごとだろうと見ている。ロザリンドはそちらに背をむけて、小声でいった。「だいたい、トミーがだれとつきあおうと、どうでもいいし」

「あたしもだよ。さ、席に行こう」

ロザリンドはアンナに引っぱられて、講堂に入った。最後にここにいっしょに来たのは、卒業式のときだ。トミーが片方は赤、片方は青の靴下をはいてきて……。

「ほんとうに、大っきらい」ロザリンドはいいながら、家族がすわってる列にいった。

「はいはい、わかったよ」アンナはロザリンドをお父さんのとなりの席にすわらせて、自分ははしっこにすわった。

お父さんのむこうにはバティがいて、そのとなりでアイアンサがベンをひざにのせている。ロザリンドは気づいた。たしかにアイアンサ、今日はかがやくようにきれいだわ。それとも、赤毛に天使の輪ができてるせいかしら。ああ、あんなにきれいな赤い髪だったらどんなにいいでしょうね。あと、グリーンの瞳。とにかく、いまのわたしとはちがうふうになりたい。または、住むところがちがうだけでもいい。ちがう通りとか。もっといいのは、トミーがちがう通りに引っ越してくれることだけど。

「びしょぬれじゃないか」お父さんがいった。「ニックとトミーが車に乗るのを見かけたから、乗せてもらったかと思ってたんだが」

「ことわったわ」

「ん？　トミーとけんかでもしたのか？　最近、うちに食べに来ないなと思ってたんだ」

「まあ、けんかなのかもしれないわね」

「それ、ロザリンドのせいじゃないんです」アンナが口をはさんだ。「自制心をなくしてるのは、トミーのほうなんです」

もう、アンナってば、だまっててくれないかしら。お父さんが心配そうにこっちを見つめてるけど、いまはトミーとトリルビーの説明なんかする気になれない。とくに、通路をはさんだ斜めの四列うしろにふたりが並んでるのを見ちゃったし。

「マーティン、あなただって十二歳の男の子がどんなにおかしな生きものか、おぼえてるでしょう？」アイアンサがいった。

そういわれたお父さんがロザリンドから目をはなした。ロザリンドはアイアンサに心のなかで、ありがとうといって、いすに深くすわり、まっすぐだれもいない舞台を見つめた。二度とあっちは見るものですか……あんな……そうよ、トミー・ガイガーのことなんて、今夜はもう二度と見ない。一生とはいわないけれど。

そんなわけで、ロザリンドはゲバル先生がこっちに来るのに気づかなかった。先生がかがみこんできて、お父さんの肩をたたいた。

「ちょっと問題が起きました」

お父さんはすでに立ちあがっていた。「スカイ？　ジェーン？」

「スカイです。メイクをしている最中に気を失ってしまったんです」

「気を失った？」ロザリンドはアンナの手にすがりついた。「スカイ、だいじょうぶなんですか？」

「回復してきましたが、今夜は舞台に立てる状態ではありません。そうそう、スカイが、うそじゃなくて、ほんとうに気を失ったと伝えてほしいといっていました」

「当たり前です。かわいそうに。スカイのようすを見に行きます」

「それが、スカイに呼んできてほしいといわれたのは……」先生が、アイアンサのほうをむいた。「アーロンソンさんですか？　スカイが、あなたは気を失った経験があるから、よかったらそばにいてほしいといっているんですが」

「よろこんで行きます。マーティン、あなたさえかまわなければ」

「もちろんだよ。スカイがそういっているんだから。だが、迷惑なんじゃないかと……」

「バカなこといわないで」アイアンサは立ちあがって、ベンをお父さんに抱っこさせた。

「スカイの具合がよくなったら、すぐに連絡します」

「ありがとう、アイアンサ。ほんとうに助かるよ。たしかにわたしじゃ、気絶のことなどひとつもわからない」

「でも、ゲバル先生、お芝居はどうなるんですか？」ロザリンドがたずねた。「レインボー役は？」

「まだ調整中だが、おそらく代役を立てられるだろう。うまくいくよう、祈っててくれ」

19 告白

スカイが床にたおれてるのを見つけた瞬間から、鏡をのぞいたらそこにレインボーの姿があった瞬間まで、ジェーンはずっと、もうろうとしていた。ところどころ、おぼえている。ゲバル先生に、ほんとうにセリフをぜんぶ暗記してるのかたずねられた。アイアンサが静かにスカイによりそっていた。メリッサは代役のことをきいて激怒してた。いちばんはっきりしてるのは、いままでの人生でいちばんわくわくするできごとのひとつだって感じたこと。

そして気づいたらもう、ジェーンはメリッサといっしょに舞台の上で、幕のかげに立っていた。『いけにえの姉妹』のひとつ前の発表は、〝ジェシー・ワイルド・バンチ〟という名前のバンドだ。ジェーンは音楽に合わせてダンスした。今夜起きたあらゆることに負けずに、すばらしい演奏だ。曲がおわると、バンドマンたちが楽器やマイクを舞台からガチャガチャとおろしている音がした。もうすぐ、お芝居がはじまる。

　ジェーンはメリッサの手をつかんで、握手しながらささやいた。「成功を祈る」

「こっちのことはかまわないで」メリッサがささやく。「自分の心配してよ。台なしにしないでね」

「『おそれないで、グラス・フラワー。わたしの人生は、すべてこのときのためにあったのですから』」

「ちょっと、だまって」

　幕の前で、ナレーターが話しはじめた。ジェーンは声を出さずにセリフをなぞっていた。「『昔々、アステカの土地に、大いなる災いが訪れた。何か月も雨がふらず、作物が育たなくなった。作物が育たず、人々は飢えた』」

　つぎはコーラスだ。合唱団が、「ああ、ああ」と声を合わせる。そして……。

　幕があいた。ジェーンが観客のほうをむく。ああ、なんて幸せなんだろう。四百人の観客が、わたしの演技を見つめている。せいいっぱいの芝居を届けよう。最初のセリフから、ジェーンはレインボーになりきっていた。そして最後までずっと、レインボーだった。勇かんにもグラス・フラワーのかわりにいけにえの台へと進んでいき、雷で劇的に救われ、ラストシーンまでずっと。ラストは、レインボーのいちばんいいセリフだ。

「『コヨーテ、あなたの愛の誓いはとてもうれしく思います。だけど、それは愛するお姉さまにしなくてはいけないわ。お姉さまには、あなたしかいないのだから。わたしには、べつの運命があるの。わたしの命はわたしの民にささげます。あなたのことは決して忘れません。あなたもわたしを忘れないで。あなたを愛しているレインボーのことを……。けれども、わたしにはもっと大切な義務があるのです！』」

拍手は永遠につづくわけではないけれど、何度目かのカーテンコールのあとに幕がおりてからも、ジェーンの幸福はつづいていた。幕のうしろでは、みんな大はしゃぎだった。アステカ族の乙女たちがあっちこっち、きゃあきゃあ笑いながら走りまわっている。兵士たちも集まってわいわいがやがやしているし、床にたおれていた司祭たちも、楽しそうに生き返った。ジェーンはうれしくて自分で自分をぎゅっとしていた。これがぜんぶ、わたしの想像力が命をもった結果なんだ。そのとき、あばれまわる村人たちのわきに、スカイがいるのが見えた。

ジェーンはスカイのところにかけよった。「もう平気なの？　気分は？　芝居、少しは観られた？」

「ほとんどぜんぶ、そでから観てた。ジェーン、すばらしかったよ」

「ホントに？　あれだけ拍手もらったんだから、うまくできたとは思うけど。将来、女優になろうかなって思っちゃった。っていうか、作家にはなりたいけど、いきづまった場合は役者に転向してもいいかなって。どう思う？」

スカイは、きいてなかった。とにかくまず、ジェーンを出口のほうに移動させなきゃ。頭のなかにあるのは、だれにも見つからないように家に帰ることだけだ。気絶しても、うそをついてしまった罪悪感はぬぐえなかった。それどころか、よけい大きくなってきた。だってみんな、すごくやさしくしてくれるから。ゲバル先生は一度も怒らなかったし、主役が役立たずになったというのにイラッとした顔ひとつしなかった。アイアンサはおでこにぬれタオルを当ててくれて、どこからともなくとりだしたクラッカーを食べさせてくれた。ああ、みんながやさしくしてる相手が、どんなにどうしようもないクズか、知っていたら！　スカイ・ペンダーウィック作『いけにえの姉妹』！　きいてあきれる。拍手だって、しっかりきこえてきた。何人かが、「原作者を出せ！」といってるのもきこえた。スカイは舞台のそでの段ボール箱のかげにうずくまって、だれかに見つかって舞台に引きずりだされたらどうしようとおびえていた。

出口はもうすぐそこだ。だけどその手前で、ふいにピアソンが目の前にあらわれた。おなかをすかせたカエルが食べものを見つけたみたいな顔で、スカイをじろじろ見つめている。

「どうかした？」スカイはたずねた。

「べつに」ピアソンは足をすりすりして、かんぜんに飢え死にしそうなカエルみたいになった。「芝居に出られなくて、残念だったよ」

「だいじょうぶ。じゃ、月曜日」スカイはジェーンといっしょにピアソンのわきをすりぬけようとしたけど、せまくて通れない。

「いや、ただ、今夜初めて、この芝居のよさに気づいたよ。ジェーンがセリフをいうと……ほら、生命とか死とか愛とかなんとか……。なんていうか、スカイ、すごい才能だよ。すごくいろんなことを知ってるんだなと思った」

「あのね、あたし、なんにも知らないから。とにかくどいてくれる？」今度はやっとピアソンのわきをすりぬけられた。ジェーンを引っぱったまま。

「スカイ、ほんとうにだいじょうぶ？」ジェーンがたずねた。ほんとうは、ピアソンと、生命とか死とか愛について、いくらでも語り合いたい。「ほら、ピアソンのコヨーテ、すごくよかったよね。とくに、ラストシーンとか。わたしがグラス・フラワーのところに送りかえすとこ」

「しーっ」スカイがいった。逃げだそうとしてるのに、今度はメリッサに行く先をふさがれた。

「スカイ、ずいぶん元気そうね」メリッサが両手を腰に当てる。「あなたたち、最初から代役をたてるつもりだったんでしょ」

「ちがう、ほんとにちがう」ジェーンがいった。

「ふーん、だったら、かしこい五年生さん、どうしてセリフをぜんぶ暗記してたの？」

　ジェーンが答える前に、スカイが口をはさんだ。「メリッサ、あたしたち急いでるんだ。代役のせいで迷惑かけて、ごめんね」

「ふーん。ま、とにかく、どっちのいうことも信じてないわよ。明日のサッカーの試合、楽しみにしてなさい。復讐してやるから」

　メリッサがずんずんはなれていくと、ジェーンはスカイにむきなおった。「あんなやつにあやまるの？　気絶したとき、頭打っちゃった？」

「メリッサ、今夜はあたしより目立てると思ってたんだろうに、ジェーンが目立っちゃったから。なんか、かわいそうで」

「やっぱ、頭打ってるね。かなり強く」

「かもね。っていうか、ジェーン、いいからはやくここから脱出しよう」

「スカイ、ジェーン、待ちなさい！」

げげっ。ゲバル先生！　スカイは、銃殺刑にされるみたいな気分で先生のほうをむいた。

「こんばんは、ゲバル先生。ごきげんいかがですか?」

「ん? 何をいってる、スカイ。具合はどうなんだ? よくなったのか?」

「だいぶいいです。ありがとうございます」

「それはよかった」先生はにっこりした。「ジェーン、きみはまさしく救世主だ。どんな気分だ?」

「すばらしいです。サイコーです!」

「そっくりそのまま、きみの演技にその言葉をおくりたい。家族そろって、才能があふれているよ!」

「ほんとですか?」ジェーンは、ほめられて舞いあがった。

「そうでもないです」スカイがいって、ジェーンの足を踏んでだまらせた。「っていうか、分野によっては、才能がある者もない者もいます」

「ああ、そうだな、スカイ、きみには書く才能がある。そしてジェーン、きみはまさしく、若くしてすばらしい女優だ。文章も書くのだろう? お姉さんとおなじで」

「あ、えっと……わたし……」

「あの、ゲバル先生、ジェーンのほうがあたしよりずっと、文章の才能があります」

「そうか！　来年ジェーンが書く脚本を読むのが待ち遠しいよ。ひょっとしたら、またペンダーウィック家の作品が六年生の学芸会に選ばれるかもしれない」

「そうなったらうれしいです」ジェーンは答えたけれど、さすがに先生がまったく疑わずに期待してくれているのが気まずくなってきて、テンションが下がってきた。だから、大騒ぎがおさまらないほかの出演者たちをおとなしくさせに先生が行ってしまうと、スカイに負けずにほっとした。

　そのあとやっと、ふたりはだれからも声をかけられずに出口にたどりつけた。一年生の教室がある廊下に入ると、明るい色のクレヨンで描いた絵があちこちに貼ってあり、自分たちにもこんなに純粋無垢なころがあったなあ、と心が痛んだ。

「ゲバル先生、少しくらい疑ってくれてもいいのに。または、先生にどう思われようと気にならなきゃいいのに。または、あたしがもうちょっとましな人間だったらよかったのに！」スカイは、一枚の絵をとくべつじろじろながめた。棒人間が、緑色の花や青い木のあいだを楽しそうにはねまわっている絵だ。「ジェーン、あたしたちって、宇宙一のインチキヤローだね」

「宇宙一まではいかないよ」ジェーンは、レインボー効果のさいごのひとかけらの幸福感にすがりつこうとしていた。だけど、もう、消え去っていた。インチキヤローにはなりたくない。

「じゃ、太陽系」そのときふいに、スカイは自分がすべきことに気づいた。「お父さんにいわなきゃ。『いけにえの姉妹』を書いたのは、あたしじゃないって。だけど、ジェーンが書いたってことはいわない。本から盗作したっていう」

ジェーンは決断をせまられた。どっちがヒサンだろう。お父さんに白状するのと、スカイが自分ひとりの責任だと白状するのをながめてるのと。半分は自分がわるいのに。すぐに、心は決まった。

「そんなの、またうそつくことになるよ。わたしもいっしょにいう。だいたい、ばい菌についての科学の作文だって書いてもらってるし」

「抗生物質について」

「あ、そうそう、それ」

「ジェーン、本気？　あたし、ホントにひとりでだいじょうぶだよ」

「ううん、そんなのだめだよ。本気だから」

「じゃ、今夜、お父さんに話そう。ロザリンドと、あとバティにも。家に帰ったらすぐ決行。いい？」

「すぐ決行。うん」そしてジェーンは、衣装を着がえに走っていった。

その夜、家族全員をキッチンのテーブルに集めて——寝る時間をとっくにすぎていたバティもいた——スカイとジェーンはすべてを白状した。はしょったりせずに、最初から最後までぜんぶ話した。恥ずかしい部分を省いたり、はぐらかしたり、軽くごまかしたりもしないで。わかりやすく、はっきりと説明して——どっちにより大きな責任があるかについてちょっといいあらそったりはしたけど——自分たちのやったことにいいわけは一切しなかった。スカイはずっと天井を見すえていたし、ジェーンは初めて見るものみたいに床をじっと見つめていた。悪事をぜんぶ打ち明けおわってから初めて、ふたりはお父さんの顔を思い切って見た。お父さんはメガネの柄をああでもないこうでもないとひねっていたので、みんな、そのうちこわれるんじゃないかと心配してた。

「わかった」お父さんがとうとういった。「誤解がないか、確認しておきたい。おまえたちは、宿題を交換した。自分のやるべき課題がつまらないという理由で。そして、ゲバル先生がジェーンの書いた脚本を上演すると決めたとき、ワイルドウッド小学校の半数がおまえたちのうそにだまされることになるとわかっていながら、ふたりのうちどちらも、先生に——またはほかのみんなに——真実を打ち明けようとは思わなかった。そういうことだな？」

「うん」スカイは、自分がレーズンほどの大きさになったような気がしていた。ハウンドが床の上でなめているレーズンみたいに。

「わたしにさえも。おまえたちは、打ち明けようとも思わなかったんだな」

スカイは恥ずかしすぎて返事もできなくて、ただ首を横にふっていた。

ジェーンが答えようとしたけど、泣きだしてしまい、しゃくりあげているせいで、何をいってるのかわからなかった。とても見ていられない。ロザリンドはバティをひざにのせて、気持ちをしずめようとした。ハウンドにも動揺が伝わったらしく、バティの左のスニーカーをなめだした。

お父さんは立ちあがって、水をくんできてジェーンにわたした。水を飲んで、ジェーンはやっと言葉らしい言葉がいえた。「家族の名誉を汚しただけじゃなくて、わたしたち、お父さんのことも傷つけちゃった」

「ジェーン、がっかりはしているが、傷ついてはいないよ。わたしの教育がわるかったんだと思う」お父さんの悲しい笑顔を見て、姉妹たちは胸がつぶれそうになった。「ただ、少なくともいまこうして、話してくれた。勇気のいることだ。だから、どうすれば家族の名誉をとりもどせるか、考えようではないか。だれか考えは？」

スカイが背すじをしゃきっとのばした。いちばんつらい部分はおわった。やっとまともに息ができる。「月曜日、ゲバル先生に何もかも話す。先生がいうなら、なんでもいうことをきくよ。教室の床をはいたり、黒板を消したり、窓だって、先生の車だって洗う。もちろんこれから、自分でアステカ族についての脚本を書くよ。めちゃくちゃいやだし、どんなにおそまつなものになるかもわかんないけど。あ、そうそう、あと、アイアンサにもちゃんと話す。これでどう、お父さん？」

「家のなかの雑用も追加だ。リストを作っておく。ジェーン、おまえは？」

ジェーンは、涙をぬぐった。「わたしも科学の作文を書く。あと、スカイといっしょにゲバル先生と家の雑用をする。あと、〈キャメロン新聞〉に手紙を書いて、わたしたちがしたことを白状する」すでに文面は頭のなかにある。『愛するマサチューセッツ州キャメロンのみなさんへ。非常に悲しいお知らせがあります。姉のスカイとわたしは……』

「町じゅうの人に知らせる必要はない、ジェーン。先生だけでいい」

「わかった」ブンダ先生より町じゅうの人のほうが気が楽だ。だけど、レインボーがブンダ先生を恐れる？　サブリナ・スターは？

「お父さん、許してくれるの？」スカイがたずねる。

「もちろんだ」またさっきの笑顔だけど、少し悲しそうじゃなくなった。「わたしにも、思い当たることがある。もっと注意を払っていなければいけなかったよ。スカイがあの脚本を書いたなどと、どうして信じてしまったのだろう？」

「スカイが書いたっていったからじゃん」バティがいった。みんな、ロザリンドのひざの上で眠ってるとばかり思っていたのに。

「お父さんのいうとおりだわ。わたしたち、疑うべきだったのよ」ロザリンドがいった。「スカイがあんなセリフ、書くわけないもの。『愛する方に愛されずに生きていくことなんて、できないわ』とか、そのあと、なんだったかしら？」

ジェーンのお気に入りのセリフのひとつだ。「『しかも、その方がグラス・フラワーといっしょにいるところを見なければいけないんですもの』」

「その気になればあたしにだって書けるよ」スカイが不満そうにいう。今夜はもうじゅうぶん、知性がないような扱いをされてきた。

「だけど、その気にはならないでしょう？」ロザリンドがいった。

「うん、ならない」スカイのくちびるが引きつる。笑いだしそうだ。

「じゃ、スカイ、このセリフは？」ジェーンがいった。「『お姉さま、どうぞコヨーテと結婚なさって。子どもをたくさん産んで、娘のひとりにわたしの名前をつけてください』」

「ムリ。そんなセリフ、ぜったい書けない。ジェーン、あたしがいってたみたいに、そのセリフ、いってみて」

やる気ゼロでイライラ感いっぱいの口調で、つまりスカイそのものの口調で、ジェーンはもう一度セリフをいった。すると今度はスカイが、とんでもなく感情にあふれたレインボーをジェーンのまねをしてやってみせて、ジェーンがメリッサのまねをして高慢ちきなグラス・フラワーを——ジェーンはそのことに関しては激怒していた——やってみせた。ロザリンドが、メリッサとのラブシーンで何度もつっかえるピアソンのまねをして、バティが「血を！」と叫ぶ司祭の役をやり、みんな大笑いした。罪悪感の重荷をおろせるのは、最高の気分だ。スカイはすっかり気がラクになって、チーズとトマトのサンドイッチを一気に平らげ、今度はキャラメルファッジアイスクリームを容器ごと出してきたので、姉妹たちは自分たちも食べるといいだした。

げらげら笑いながらものまねをしたり、ボウルやスプーンをがちゃがちゃいわせたりして大はしゃぎしているなか、ロザリンドだけが気づいていた。お父さんが、みんなといっしょに笑ってない。しばらくすると、お父さんはキッチンをそっと出ていって、オレンジ色の背表紙の本をもってもどってきた。ここ数週間、ずっともち歩いていた本だ。

「『分別と多感』」ロザリンドは、タイトルを読みあげた。

「そうだ」お父さんは、テーブルのまんなかに本をおいた。

さすがにみんなも、お父さんに注目した。アイスクリームを食べる手が止まる。

「読んでくれるの？」ジェーンがたずねた。なんでいきなり？

「いいや。あ、いや、読む。ほんの数行だがね。いや、その、つまり、わたしもひとつ白状したいことがあるんだが、すごくいいにくくてね」

「白状したいこと？　お父さんが？」ロザリンドがたずねる。

「殺人とか横領とかじゃないよね」ジェーンがいう。「スカイ、蹴らないでよ」

「なら、バカなことというのはやめて」

「殺人や横領ではない」お父さんがいう。「スカイ、今日の午後だが、わたしはおまえに、うその話をしたな。わがままなうその話だ」

　スカイは、はっきりおぼえていた。「わがままや弱い心のせいでつくうそは、どんなに小さいものでもだめだっていってた」

「ああ、そうだ、そして、最近わたしは、とても小さいとはいえないうそを、ついてきた」

「うそでしょ」スカイはあ然とした。「お父さんがそんなことするはずない」

「スカイ、ほんとうにそうならいいのだが、ちがう。わたしはおまえたちに、マリアンのことでうそをついてきた」

　ジェーンが息をのむ。「こっそり結婚してたの？」

「ジェーン！」ロザリンドが声をあげて、思わず蹴りを入れそうになった。

「まずは口をはさまずに話をきいてもらえるとありがたいんだがね」お父さんは、バティの髪をくしゃくしゃっとした。「おまえはどうだ、バティ？　もう少し起きていられるか？」

　ロザリンドはまたバティをひざの上にのせた。「パパ、きいてるよ」

「数年前の話からはじめなくてはならない。お母さんの話だ。上の子たちはおぼえているだろう。お母さんが、どんなにがんこだったか。スカイ、おまえは、金髪やブルーの瞳以上に、そのがんこさを受けついでいる。たまに、おまえが眉をひそめたり、あごをツンとあげたりすると、わたしは……わたしは、お母さんにすごく会いたくなる」

　スカイはこれまで何百回も、お母さんと髪と目の色がおなじだといわれてきたけれど、がんこなところも似ているといわれたのは、これが初めてだ。じっとすわっていたけれど、誇らしくてしょうがなかった。

　お父さんはつづけた。「少し本筋からはずれてしまったようだ。だが、関係はある。お母さん、リジーは、わたしがさみしがるとわかっていた。ぜんぶ、わかっていたんだ。

亡くなる前は、何もかもをさとっているようだった。そして、ずっとひとり身ではいないと約束してほしいといったんだ。だがわたしは、そんな約束はできなかった。ほかの女性の話をすることもたえられなかった。だから、そういうことは口にしないでくれといった。おそらくそれでリジーは、あの青い手紙を書いて、クレアにわたしたのだろう。あの手紙は、愛とやさしさにあふれている。おまえたちみんなと、わたしに対する気持ちがいっぱいだ。引き出しにしまったまま忘れられるような手紙ではない。だからあのとき、知らない相手と最初のデートをしようと決心した。とんでもなくひどい経験だったがね」お父さんは言葉を切ると、思い出してやれやれと首をふった。

「クルキアートゥス。拷問」ロザリンドがいった。「あのとき、クレアおばさんにそういってたの、きいたわ」

「ああ、とんでもなく苦痛だった。だが、二度目とくらべたら、まだよかったよ。あのスケートのコーチは……」お父さんは、娘たちが決まりわるそうにもぞもぞするのに気づいて、言葉を切った。「今度はなんだ？　おまえたち、銀行強盗をしてつかまったみたいな顔をしてるぞ」

ロザリンドは、銀行強盗を白状するほうが、『お父さん救出作戦』を説明するよりずっと気がラクだと思った。だけど、妹たちの前で、わたしが勇気を出さなくてどうするの？「お父さん、あのスケートのコーチは、わたしたちのせいなの。わたしたち……ううん、わたしが勝手に決めて、みんなを巻きこんだんだけど、お父さんがとんでもない相手とばかりデートすれば、もう二度としたくなくなるんじゃないかと思って、それでアンナにたのんでラーラを紹介してもらったの」

「アンナが仕組んだのか？」お父さんは、なんだかおもしろがってるようだ。

「アンナはただ、わたしにたのまれてやってくれただけ。みんなはわるくないの。とくにスカイ。スカイは最初から、そんなのよくないっていってたんだもの」

「そうか、わかった、ロザリンド。おまえもスカイとジェーンといっしょに、家の雑用をするように。おまえたちのしたことに賛成はできないが、いい思いつきだといわざるを得ないな。じっさい、おまえたちの望んだ通りになったのだから。あのラーラとのデートはほんとうに悲惨で、二度とデートなどしたくなくなった」

「マリアンに会うまでは、だよね」ジェーンがいう。

「イエスでもあり、ノーでもある。ここからが、わたしが白状しなければならないことだ」お父さんは、『分別と多感』のページをひらいて、読みあげた。「『分別があって聡明で、何に対しても一生懸命である。悲しいにつけ、うれしいにつけ、節度というものを知らない』」

「なんか、きいたことあるわ」ロザリンドが、首をかしげる。

「もう少し読もう。『〃わたしにとって、フランネルのチョッキなんて、痛みやけいれんやリウマチや、お年寄りやからだの弱い人を悩ませるあらゆる病気としか結びつかないわ〃』。まだある。『〃この世にこれ以上の幸せってある？〃』」

「えっ、なんでマリアンが出てくるの？」ジェーンがふしぎそうにいった。「実在してないってこと？」

「実在してるに決まってんじゃん。お父さん、ずっとデートしてたんだから」スカイがいった。

ロザリンドは、落ちていくエレベーターに乗っているような気分だった。知らないこわい世界に落ちていくような。「お父さん、何がいいたいの？　どういうこと？」

「すまない。だが、ジェーンのいうとおりなんだ。マリアンは、この本の登場人物にすぎない」

スカイは、信じられなかった。「じゃ、デートはしてなかったの？」

「そうだ。だが、マリアンといっしょにすごしてはいた。その点は、ほんとうだ。研究室に行って、『分別と多感』を読んでいた。すばらしい本だよ」

ロザリンドは、大混乱を起こしていた。だまされていたのは腹が立つけど、マリアンがほんものじゃなくてものすごくほっとした。マリアンがこの家に来ることはないし、キッチンをのっとられたり、ましてやお父さんと結婚したりすることもない。舞いあがりたいところだけど、わけがわからなすぎる。「だけど、お父さん、どうしてわたしたちにうそをついたの？」

「恥ずかしくていえなかった」お父さんは答えた。じっさい、恥ずかしそうだ。「クレアがまたあらたなデート相手を見つけようとしていたから、とっさに思いついたばかげたアイデアに飛びついた。そして、そのままつづけてしまった。おまえたちには申し訳ないと思っていたが、とてもほんもののデートをする気になれなかったんだ。しかも、お母さんにいわれた通りにしていないのを、認めたくなかった。おまえたちにも、おそらく自分自身にも。わかってもらえるかな？」

「たぶん」スカイがいう。

「お父さん、わかったよ」ジェーンがいった。「最初の一歩をまちがえたら、そのままずぶずぶとはまってったって感じでしょ」

「まあ、そんなところだ」バティが理解しているかと思って見ると、今度こそほんとうに眠っていた。頭をぐったりロザリンドの肩にのせている。「また親としての責任を果たせなかったな。末っ子が寝る時間なのに、自分の罪悪感のせいで起こしてしまった。明日の朝、バティには話そう」

「クレアおばさんには、なんていうの？」ロザリンドがたずねた。まだお父さんを解放してあげるつもりはない。「おばさんのこともだましたのよ。あと、ほかの人たちも」

「クレアには、明日来たらちゃんと白状するつもりだ。ほかの人というのは？」

「ニックとトミー」ジェーンがいう。「あと、アイアンサ。わたし、アイアンサにも話しちゃった」

「アイアンサ！」お父さんがため息をつく。「では、アイアンサにも説明しよう。おまえたちのうちだれか、ニックとトミーに話しておいてくれ」

「わたしはいやよ。ジェーンが話して」ロザリンドがいう。

「いいよ」ジェーンは顔をかがやかせた。「お父さん、さんざんな目にあったけど、またデートする気になれそう？」

「スカイ、ジェーンを蹴るな」お父さんが、先手を打った。「いい質問だ。だが、その答えはわからない。しかし、今後デートをするとしたら、タイミングも相手もわたしが決める。口出しはさせない。インテッレギティスネ？　わかったか？」

三人がうなずき、バティが小さないびきをかいて、お父さんは満足した。そして、つづけた。

「もうひとつだけ、いっておく。そうしたら、ベッドに入ってぐっすり休むんだ。ペンダーウィック家の名誉にかけて——汚されはしたが、取り返しがつかないほどではない——誓うよ。これからはぜったいに、おまえたちが好きで賛成してくれる女性としかつきあわない。どうだ？　おい、ロザリンド、泣いてるのか？」ロザリンドは、泣いていた。自分でもびっくりだったけど。お父さんは、悲しそうに首をふった。「今回のことで、さんざんつらい思いをさせてしまったな。許してくれるか？」

ロザリンドは泣きやまなかったけれど、許す気はあった。

「ほかのみんなは？」

みんな、お父さんを許した。許さないわけがない。

「だけど、忘れられるかどうかはわかんない」ジェーンが、さんざんハグをしあったあと、いった。「フランネルがきらいなマリアンの謎は、記憶に深く刻まれるだろう……。スカイ、もうっ、蹴らないでよ！」

20　お父さん救出作戦パート2

つぎの日の早朝、ロザリンドは大きくてびしょびしょの鼻に顔をぐいぐい押されるを見て目をさました。やっと目をあけると、ほんとうにびしょびしょの鼻が顔に押しつけられていた。ハウンドだ。キャッと声をあげても、ハウンドはまったく気にしてない。その近くにもうひとつあった鼻のもちぬし、バティも気にしてなかった。

「お姉ちゃん、みんなまだ寝てる。ハウンドとあたし、おしゃべりしたいから、ベンのところに行ってきていい？」

眠い目をこすりながらハウンドを押しのけて、ロザリンドは時計を見た。まだ七時前だ。「バティ、まだはやすぎるわ。もうちょっと待ってからになさい」

「だけど、となりのキッチンの窓を見たら、アイアンサがいらっしゃいっていってくれたの。だけど、きいてみてからって答えたんだよ。だからいま、きいてるの。じゃあね」

ん？　なんか理屈が通ってないような気がするけど、頭がぼーっとしててよくわからない。バティとハウンドが部屋から出ていくときには、ロザリンドはまた眠っていた。

二度目に目をさましたのは、ジェーンがベッドの上にすわっていたからだ。

「あ、ロザリンド、やっと起きた。じっと見てたら起きるかなって試してたんだけど」

「そういうの、やめてくれる？」ロザリンドはあくびをした。

「ごめん。だけど、スカイに無視されてて、どうしてもだれかにいいたかったんだ。きいて。『考古学者は、二度と愛する家に帰れないと、そして、もっと愛する家族にも会えないと、絶望していた。古代アステカの寺院の廃墟に閉じこめられて、食料も水もなく、生きる望みもなかった。だが……』ちょっと待って」ジェーンは青いノートにものすごい勢いで書きこんだ。

「サブリナ・スターの新作ね」ロザリンドはいった。どうしてうちの妹たちって、朝からこんなに元気なのかしら。わたしなんかまだ動けない。考えたり後悔したりで、なかなか眠れなかったから。

「『サブリナ・スター　考古学者を救う』。アステカ族について調べたことを使って書いてるんだ。考古学者が閉じこめられたのは、レインボーがいけにえにされそうになった寺院とおなじなの。で、レインボーの亡霊があらわれて、サブリナ・スターといっしょに考古学者を助けるんだよ。どう思う？」

「すばらしいわね。だけど、あとにしてくれる？」

「わかった」ジェーンはベッドから立ちあがって、出ていこうとしたけど、すぐにもどってきた。「アイアンサとベンを、今日のサッカーの試合に招待しようと思うんだけど？」

だけど、ロザリンドはもう眠っていた。つぎに目をさましたのは、スカイが部屋にずかずか入ってきたからだ。力まかせにあけたドアが、壁にぶつかって大きな音を立てた。

「電話、きこえた？」スカイが、ドアに負けずに大きな声でたずねる。

「寝てたから。わたしにかかってきたの？」あーもう、耳がつんつんする。

「ううん、あたしに。ピアソンから」スカイはロザリンドのなんの罪もないドレッサーにむかって顔をしかめた。「今日の午後、映画に行かないかって。だから、顔を洗って出直して来いっていってやった」

「それで？」ロザリンドは、その先をしばらく待ってからたずねた。

「それでって？」

「わたしに話してどうしろっていうの？」

「べつにどうも」スカイはロザリンドを、ふしぎそうな顔でじっと見つめた。まるでロザリンドに急に頭がもうひとつにょきっと生えてきたみたいに。

「だったら、寝かせてくれる？」

「わかった。どっちにしても、試合前の日課をそろそろはじめなきゃだし。あ、あとね……」

ロザリンドは思わず、ベッドサイドのランプを投げつけたくなった。「なんなの？」

「アイアンサが、明日の夜、ベンを見ててくれないかって。ほら、大学のオープニングセレモニーがあるじゃん。たのんでたベビーシッターが来られなくなったんだって」

「いいわよ。そういっておいて。さ、もういい？」

「もういった。っていうか、お父さんがあたしたちのベビーシッターをたのんだりしなければ、っていったんだけど、お父さんに、あたしたちももう大人になったから必要ないっていって。あと、罰則の雑用をはじめるんなら……あ、ちょっと！」

ランプには手をかけなかったけど、ロザリンドはベッドからぱっと出てきて、思いっきりスカイを押して追いだした。これでまた、ひとりになれた。妹は全員いなくなったし、ゆっくり寝られる。ロザリンドはにこにこしながらベッドに入り、うとうとして、ぐっすり眠ったかと思ったら、今度は初めて、ドアをそっとノックする音で目をさました。

「わたし、クレアよ。サッカーの試合に行く時間よ」

やっと、起きてもいいと思う人に起こされた。ロザリンドはベッドからとびおりて、ドアをあけて、おばさんにぎゅっと抱きついた。

「やっといつものロザリンドがもどってきたわね」おばさんがいう。

ロザリンドは、どういう意味か、わかっていた。「最近ずっと、いやな態度ばかりとってたものね。ほんとうにごめんなさい」

「いやな態度とは思ってないわよ」おばさんは、ロザリンドの顔から巻き毛をはらった。

「ふだんより、ひとりでいたかっただけよね」

「お父さんからぜんぶきいた？　わたしたちのこと、怒ってる？」

「ええ、ぜんぶきいたわ。ううん、怒ってないわよ。怒ってるように見える？」

見えない。いつも通りの、昔からずっと知ってるおばさんだ。ああ、うそをつかなくていいって、ほんとうにステキ。ロザリンドはもう一度、大好きなおばさんに抱きついて、愛をこめてぎゅっとした。だけど、もうひとつだけ、きいておかなくちゃいけないことがある。きのうの夜、そのことを考えていたら眠れなくなった。「お母さんは、怒ってると思う？」

「わたしたちの作戦と、それに対する作戦と、兄さんがその作戦の最中にこっそりぬけだして本を読んでたってことに？　いいえ、ロザリンド。たぶん、げらげら笑うと思うわ」

「ほんと？」ふいに、お母さんが笑ってる姿がよみがえってきた。おばさんのくだらないジョークをきいて、げらげら笑い転げている。そうだったわ、お母さんって、楽しいことが大好きだった。どうして忘れてたのかしら？　ロザリンドは、おばさんににっこりした。「そうよね。おばさんのいう通りだわ」

「当たり前じゃない。わたしのいうことをきいてればまちがいないのよ。まあ、兄さんのデートのことはべつだけど。まあ、なんて大きなあくび！」

「あんまり寝てないの」

「だけど残念ながら、もう寝てる時間はないわよ。あと十分で、サッカーの試合に行かなくちゃいけないんだから」

　いそいでシャワーを浴び、ベーグルをかじっても、ロザリンドの目はさめなかった。試合に行くために車に乗っているときも、眠くてしょうがない。ほかのみんなは、元気いっぱいだ。スカイ、ジェーン、バティは、歌をうたってるし、クレアおばさんはお父さんをからかって笑わせている。今度はスカーレット・オハラとデートしてみれば？

ミス・マープルでもいいわね。メアリー・ポピンズなんてどう？　あとでロザリンドは、アンナに話した。なんだか気持ちのいい、眠たくてとろんとした感じだったの、と。それでも、サッカーのフィールドに着いたときは、うれしかった。ぶらぶら歩いてるほうが、やかましい家族といっしょにいるより、いまの気分に合っている。そして、しばらくぶらついたあと、ロザリンドはもっとうれしくなった。アイアンサとベンがやってきて、ベンがぷくぷくの腕をのばしてきたので、ロザリンドは抱っこした。あったかい赤ちゃんって、ほんとうに気持ちいい。

「アヒル」ベンが耳元でささやく。

「そうね」ロザリンドは答えた。そしてまたぶらぶら歩いて、あいているベンチを見つけた。

　シーズンの最終戦は、〈アントニオズ・ピザ〉と〈キャメロン・ハードウェア〉の二度目の対決だった。つまり、血で血を洗う試合だ。全員、前回の試合で起きたあの乱闘を忘れてない。しかも、この試合の勝者がリーグのチャンピオンになる。両チームとも、よくわかっていた。観客も――今日は〈キャメロン・ハードウェア〉のサポーターと、〈アントニオズ・ピザ〉のサポーターで、ふくれあがっていた――わかっていた。ロザリンドさえわかっていたけど、試合がはじまるころになると、もう目をあけていられなくなり、あっという間にうとうとしだした。

あとで説明してもらったところによると……スカイは冷静にチームを統率して、もてる力をすべて引きだした。強くてスピードもあり、フィールドを支配して、ひとりだけもんくをいう人がいるとしたら、ずっとひまだったゴールキーパーくらいだ。ジェーンもまた、ベストを尽くした。足の速さと正確なフットワークが結びついたすばらしいプレイで、一度か二度、アステカの神に助けを求めはしたものの、一度もミック・ハートにはならなかったので、みんなはほっとした。

前半がおわるころには、ロザリンドはベンチからおりて芝生の上で本格的に寝ていた。ベンもひざの上で寝てしまっていたので、ロザリンドもいっしょにぐっすり寝こんで、両チーム無得点なのに気づいてもいなかった。メリッサは、またしてもペンダーウィックの人間が自分よりも目立つなんて許せなくて、いままでに見たことないほどいいプレイをした。メリッサがこんなにうまいとは、だれも思ってなかったほどだ。チームの仲間もメリッサにつられて、正確なフォーメーションでプレイをした。まるで、紫と白のサッカーマシーンみたいだ。いちばんの成功の理由は、ジェーンに得点させなかったことだ。ジェーンに影のようにぴたっとはりつき、それでいてだれもファウルをしない。すばらしいディフェンスだ。

ということはつまり、ゲームは平行線のままということで、後半がはじまったとき、観客は――ロザリンドとベン以外みんな――ものすごく興奮していた。あとできいたうわさによると、お父さんはラテン語で戦いのおたけびをあげていたし、アイアンサとクレアおばさんはバティにチアリーダーのまねを教えていたらしい。もっともロザリンドは、半分しか信じなかった。だって、いくらなんでもそれだけうるさかったら、さすがに少しは耳に入ってきたはずだもの。

後半も両チームは一歩もゆずらず、残り時間がごくわずかになってくると、スコアレスドローになるんじゃないかという恐怖がフィールドにただよってきた。そんなの、たえられない。とくにスカイとメリッサにしてみたら、リーグの優勝トロフィーを共有したがいのホームを行き来させるなんて、考えただけでぞっとする。そういうわけで、スカイはキャプテンとして知恵をしぼって、最後のかけに出た。残り時間一分というとき、「いけにえ!」と叫んだ。ロザリンドとベン以外全員にきこえる大声で。だけど、意味を理解したのはひとりだけだった。前もって計画していたわけでも話し合っていたわけでもないけれど、姉妹はおたがいを知りつくしていたから。だからジェーンはつぎにボールを受けとると、すぐに行動にうつした。あっちにこっちにやたらめったらとんでもない勢いでドリブルする。メリッサ側のディフェンダーがつぎつぎと追いかけてきて、ジェーンをゴールに近づけないようにまわりをかためる。ジェーンにシュートさせないことにすっかり気をとられて、自分たちがゴールからだんだんはなれるように誘導されていることに気づいてなかった。しかも、ほかにもフィールドの奥のほうからこっそりしのびよってきている者がいた。わざと遠回りして近づいてくると、いまだというときを待って……。

バン！ ジェーンが蹴ったボールはメリッサを通りこして直接スカイに届いた。だれにも気づかれずに絶妙な位置にいたスカイが、神がかった動きで、ふいをつかれたディフェンダーたちをかわし、見事なゴールを決めた。〈アントニオズ・ピザ〉は、試合に勝ち、シーズンのチャンピオンとなった。

観客がどっとわいて――とくにペンダーウィック家――さすがのロザリンドも目をさました。起きあがって見おろすとベンがいて、こちらを見あげてにこにこしていた。ベンもいま起きたばかりだったから。そしてロザリンドがフィールドのほうを見ると、ふしぎなことが起きていた。〈アントニオズ・ピザ〉がフィールドの半分側で、勝ち誇ってさけびながらぴょんぴょんとびはねている。もう片側では〈キャメロン・ハードウェア〉が、すっかりうなだれてうろうろしている。まあ、それはふつうの光景だ。だけど、そのまんなかにいたのは、ふたりのチームキャプテンだった。相手をぼこぼこにしているわけではない。口げんかさえしていない。ふたりは……しゃべってる？　見まちがいでなかったら、メリッサが泣きだしたみたいだ。すると、信じられないけど、スカイが腕をメリッサのからだにまわしているみたいに見える。あんなにあっさりした、あんなにやりにくそうなハグ、見たことない。だけど、ハグにはかわりない。もしあれが現実なら、この世界ではどんなことが起きてもふしぎじゃない。ロザリンドはベンを抱きあげて、家族とアイアンサのところに行った。

　その直後、スカイがフィールドからかけてきて、みんなからおめでとうを浴びせられたり、握手を求められたりした。すると、クレアおばさんがたずねた。「さっき、メリッサと何してたの？」

「あ、あれ？」スカイは、ムッとした顔をした。「あたしにいいたいことがあるっていうから」

「どんなこと？　ふたりだけの秘密なら、いわなくてもいいけど」

「べつに秘密じゃないよ。くだらないこと」スカイはみんなの顔を見まわして、どうやらみんなにハグの説明を求められてると気づいた。いつもはその手のことに気づかないお父さんにさえ。あと、礼儀正しくて口に出してきけないアイアンサにさえ。スカイは、ふーっとため息をついて、早口で一気にいった。「メリッサ、あたしのことをきらいなわけじゃないって。カンジわるい態度とってたのは、うらやましかったからだって。あたしが頭がよくて、きれ……えっと、サッカーがうまいからって。あ、あと、あのアホのピアソンのせい。ピアソンのこと、好きらしいよ。そういって、いきなり泣きだしたんだよ。だからあたしも、あんただって頭がいいじゃんっていっといた。ホントはちがうけど。そのあと、いったの。こっちはまったくの本心だけど、ピアソンはゆずるって。あたし、ピアソンなんかぜんぜん好きじゃないし。しかも本人に、顔を洗って出直してこいっていっちゃったし。だからもう、きらわれてると思う。そしたらメリッサが、何度もありがとうっていうから、だまらせるためにハグしたんだよ」

「ずいぶんやさしいじゃないか」お父さんが、スカイの話がおわったのがわかるといった。なんだか感動してるみたいな声だ。

「これでメリッサと友だちになれるかもしれないわね」アイアンサがいう。

スカイは、レース編みでもはじめたらって提案されたみたいな顔で、アイアンサを見つめた。「まさか。ありえない」そういって、スカイはかけていった。チームがキャプテンを呼んでいたから。

わからないものね。メリッサにそんな一面があったなんて……。ロザリンドがまじめにそんなことを考えていると、横にいる大人三人は、まったくちがうふうに考えたらしい。まじめどころか、げらげら笑っていた。あんまり笑い転げているので、まっすぐ立っていられなくてもたれ合っている。そのようすをながめていたら、ロザリンドはだんだん、スローモーションを見ているように、ひとつひとつの動きがはっきり見えてきた。クレアおばさんがお父さんにもたれかかって、アイアンサもお父さんによりかかっている。お父さんがアイアンサがたおれないように手をのばす。すごくやさしいしぐさだ。お父さんがアイアンサを見つめながら手をさしのべている。そして……。

　ロザリンドの世界が、一気に目をさました。ハウンドがお風呂（ふろ）に入ったあとにぶるぶるっとからだをふるわせるみたいに、目の前が、急にさっぱりとひらけた。

　家に帰るとすぐ、ロザリンドは自分の部屋にかけていった。さっきお告げのようにおりてきて、はっきりとわかったことは、あまりにも大きくて、ちょっとこわい。だれかの助けなしでは、行動にうつせない。いちばん下の引きだしをあけると……そう、そこには、求めている助けがあった。何週間も前にしまいこんだ写真だ。

「お母さん、会いたかった」ロザリンドはいって、お母さんの目をじっとのぞきこんだ。目じりには笑いじわがよっていて、きれいなブロンドの髪（かみ）がゆったりと輪郭（りんかく）をふちどり、両手で愛おしそうに、まじめくさった顔をした茶色い瞳（ひとみ）の赤ちゃんを抱（だ）いている。生まれたばかりのロザリンドだ。「お母さん、うたがってごめんね。やっとわかった気がするの。そうでしょう？　お母さんがいってたの、こういうことでしょう？」

　返事は、もちろんない。だけど、質問をしたことで、決心がかたまった。ロザリンドは写真を定位置だったベッドサイドのテーブルにもどした。それから妹たちを呼びにいった。緊急モップスをひらかなければ。

　妹たちは内心、なんでいま？　と思った。スカイとジェーンは汚れたユニフォームを着替えてもいなかったし、みんな、おなかがぺこぺこではやくお昼を食べたかった。だけど、緊急モップスに参加しないわけにはいかない。妹たちはおとなしくロザリンドの部屋に集まり、床に丸くなってすわった。だけど、ずっとおとなしくしてるかといったらそれはまた別問題で、試合の興奮がまだ冷めてなかったので、ロザリンドは何度も床をトントンとたたいて、注目させようとした。

　なかなか静かにならないので、とうとうロザリンドは叫んだ。「静かに！　緊急モップスよ！」

「きこえてるよ」スカイがいう。

「はじめるわよ。緊急モップスの開会を宣言する」

「動議を支持する」スカイがいう。

「さんどー！」バティもいった。さすがに緊急なので、ハウンドのぶんの賛同をするのは、あきらめた。

ロザリンドは握りこぶしをつくって差しだした。「ここで話し合われた内容は秘密厳守。お父さんにも、クレアおばさんにも、あと今回はアイアンサにも、いわないこと。ただし、だれかが本当にいけないことをする危険性があるときはべつ」

アイアンサの名前がくわわったことにビックリしながらも、妹たちはロザリンドのこぶしに自分のこぶしを重ねた。

「ここに、ペンダーウィック家の名誉にかけて誓います！」

いよいよ、ロザリンドが本題に入るときだ。だけど、ここまでは威勢のよかったロザリンドが、急におどおどしはじめた。これからしようとしてることがあんまり大胆で、なんだか押しつぶされそうだ。勇気をちょうだい。ロザリンドはお母さんの写真を手にとって、円のまんなかにおいた。

「クレアおばさんが、お母さんの手紙をお父さんにわたしてからずっと、わたしはまちがってたわ。浅はかで、わがままだった」

「気にするなって、ロザリンド」スカイがいう。

「いいのよ、スカイ。試合がおわったとき、やっとわかったんだもの。お母さんがいってた通りだったらどうする？　お父さんがだんだんさみしくなってくるから、クレアおばさん以外に話し相手になってくれる大人の女性がいたほうがいいってこと。デートしたほうがいいっていうのがほんとうだったら？　もし、もし、お父さんがいつかまた結婚したくなったら？　それって、そんなにひどいこと？」

「ロザリンドが自分でひどいっていってたんだよね。はっきりと」スカイがいう。

「うん、いいきってた」ジェーンもいった。

「わかってる。わかってるわ」ロザリンドは自分がいったことを打ち消すみたいに手をひらひらさせた。「だけど、もしお父さんがデートして、もしかしたら結婚する相手が、ほんとうにやさしくてステキで賢い人だったら？」

「ロザリンド、おなかぺこぺこで、そんなにいっぺんに質問されても考えられないよ。いいから、さっさと結論をいって」

「わかったわ。あのね、お父さん、アイアンサのことが好きなんじゃないかと思うの」

　スカイは、バカじゃないのというふうに目玉をぐるんとさせた。「決まってるじゃん。お父さんだけじゃなくて、あたしたちみんな、アイアンサのことが好きだよ」

「そういう意味じゃなくて。わたしがいってるのは、だから……お父さんは、アイアンサが好きなのよ」

最初に理解したジェーンが、はしゃいで身を乗りだした。「アイアンサも、お父さんのことが好きかな?」

「ええ、そう思うわ」

「だけど……」スカイは、自分でも何がいいたいかわかってない。

「わたしにはわかるの。かんぺきな組み合わせ、じゃない?」ロザリンドがいう。

そして、スカイも気づいた。自分でもびっくりだけど、かんぺきな組み合わせだと、前から思っていた。

この時点で、なんのリアクションもしていない妹がひとりだけいた。三人の姉が、バティのほうをむいた。バティはハウンドの上にずっしりのしかかって、ハウンドがしているネクタイをはずそうとしている。

「バティ、わたしたちがいってること、わかる?」ロザリンドがたずねた。

「パパはアイアンサとデートすればいいってことでしょ」バティはネクタイを一本はずして、ちがうネクタイをつけはじめた。「あたしがずっと前にいったじゃん」

「うん、たしかにいった。この前のモップスのとき。思いだした」スカイが、メリッサをハグしたときとおなじくらい、ムスッとした顔でいった。

「これではっきりしたね。バティとわたしが、ペンダーウィック家でもっとも感受性があるって」ジェーンがいう。

「ジェーン、そういうのはあとにして」ロザリンドは、スカイが感受性についてつっかかってこないうちにいった。「もうすぐお昼だわ。これからどうするか、決めなくちゃ。お父さんとアイアンサをデートさせたいなら、明日の夜、ふたりで大学のパーティに行くように仕向けなくちゃいけないわ。ぜったい、ふたりでいっしょに行くべきよ」

「わあ、ぞくぞくする！　どうやって仕向ける？」ジェーンがいった。

「これは、だましてるのとはちがうからね」スカイもいった。「きのうの夜、約束したばっかだし。口出しはしないように、お父さんにいわれたじゃん？」

「だまさなきゃいけないなら、そうするしかないわ。また正直に白状すればいいんだもの」ロザリンドがいう。「作戦が必要ね。『お父さん救出作戦パート2』よ。みんなで知恵をしぼらなきゃ。あと二十四時間もないのよ」

21　長い夜

車のバッテリーをはずすことを思いついたのは、ジェーンだった。サブリナ・スターの本を書くために調べものをしていたとき、何かで読んだ。やり方は、ニックにききにいって、ニックの家の車で実演してもらった。ロザリンドが、はずす作業は自分がやるといいだした。長女として、違法に当たりそうな行為には責任を負うべきだと思ったからだ。だけど、スケジュールを書きだしてみると、バッテリーをはずすのとベンをむかえにいくのがどうしても同時になってしまう。スカイにベンを連れてくる役をしてもらおうとは、だれも思わない。

「じゃ、スカイが車の担当で、ロザリンドとバティがとなりにベンをむかえにいって、わたしはスカイの作業がおわるまでお父さんが下におりてこないように引きとめとく、ってことで決定」ジェーンがいう。いつでも行動にうつせるようにしておいて――お父さんが書斎から出てきて、パーティの身じたくをするために二階に行ったらすぐ――姉妹たちは念のためにもう一度、細かい手順を確認しているところだ。練習する時間はなかった。クレアおばさんが帰るまでは、なんてことない顔をしてごくふつうにふるまってなきゃいけなかったから。ロザリンドは、みんなが自分の役割を忘れるんじゃないかと心配してた。

「スカイ、準備ができたことをジェーンにどうやって知らせるんだった？」

「二階に行って、部屋の自分の側を片づけないと殺すっていう」スカイはそわそわしてトレーナーを引っぱった。ジーンズの腰のところに必要な道具をいくつかはさんである。お父さんがヘンな出っぱりに気づくんじゃないかとビクビクしてた。

ロザリンドは、バティのほうをむいた。バティを計画に加えると心配が増えるんじゃないかという話も出たけど、バティの協力も必要だった。しかも、バティの将来だってかかっている。「バティ、ちゃんとおぼえてる？　アイアンサの家に行ったらすぐ、窓の外を見て、お父さんが家から出て車に乗るのを確認するのよ。暗号は？」

「虫男」

「どんなことがあっても、お父さんがほんとうに車に乗るのをたしかめてからでなきゃ、『虫男』っていっちゃダメよ。いい？」

「虫男を見ても、いわない」

「虫男なんかいないから」スカイが例によってばっさり切りすてた。

ロザリンドは、スカイにしーっといった。たしかに〝虫男〟が暗号なのは気に入らないけど、これならバティがぜったいに忘れない。

「ほかはだいじょうぶ？」ロザリンドがきく。「じゃ、第一段階スタートよ。みんな、集まって」

　姉妹は円になって、手をつないだ。

「ペンダーウィック家の名誉にかけて」そう声を合わせたとき、お父さんが書斎から出てきた。

「マクベスの魔女たちが、うちのリビングに集まってるな」お父さんがいう。

「マクベスの魔女は、三人でしょ」ロザリンドがいった。罪悪感が顔に出てませんように。

「お父さん、そろそろパーティのしたくしなきゃいけないんじゃないの？」ジェーンが明るくいった。「わたし、いっしょに二階に行く。お父さんが着がえてるあいだ、ドアの外で待ってるよ」

「どうしてだ？」お父さんはメガネをしっかりかけなおして、ジェーンをまじまじと見た。

「やだ、さみしくないように、に決まってるでしょ」ジェーンは、何当たり前のこときいてるの、みたいにいったので、ほんとうの目的をわかっているほかの姉妹たちもだまされそうなくらいだった。

お父さんは、ころっとだまされた。腕をジェーンの肩にまわして、階段をのぼっていく。あとはジェーンがうまくやってくれるわ。ロザリンドはほっとした。時間をかせぐための話題は、いくつか考えてある。あたらしいサブリナ・スターの本のこととか。ジェーンなら楽勝で、サブリナ・スターの本の話を永遠に話しつづけられる。

あとは、こっちの三人だ。まず、ハウンドをキッチンに追いやって、骨をあげておとなしくさせてから、いそいで外に出る。もうすぐ日が暮れる。暗くなれば、ごまかしやすい。アイアンサが窓の外を見て、姉妹たちが自分の家の車のバッテリーを盗んでいる現場を目撃することだけは、避けたい。車の前に来ると、スカイがボンネットをあけた。

「ガイガーさんのとこの車とちがう。なんか、いろんなものがちがう場所についてる！」スカイはびっくりした。

「できそう？」ロザリンドはめったにそんなことしないのに、爪をかんだ。スカイはあちこちつついては、「オルタネータ」だの「燃料噴射装置」だの「イグニッション」だの、きいたことのない用語をつぶやいている。

「あ、バッテリーはここだ」やっとスカイが声をあげた。そして、トレーナーの下からモンキースパナをとりだした。少しほっとしたようだ。おでこにはもう、油汚れがべったりついている。「こういうこと、学校で教えてくれればいいのに。アステカ族なんかより、ずっと役に立つ」

　ロザリンドは、アステカ族はもうたくさんだわ、と思っていた。いまは話したくない。というか、できれば永遠に。そして、バティと手をつないで、となりの家にむかった。いまさら気づいたけど、ほかのみんなに準備させるのに気をとられてて、アイアンサがはやく出かけないように引きとめる方法を考えてなかった。

「まだしたくができてませんように」ロザリンドはいいながら、ドアベルを鳴らした。だけど、アイアンサのしたくは、もうおわっていた。しかも……。

「わあ、きれい！」ロザリンドは息をのんだ。

　おせじではない。アイアンサは、ものすごくうつくしかった。ほんものの女神さまみたいと、あとでロザリンドはアンナに話した。ふわふわっとしたシルクのドレスは、夕日が沈む前の海みたいなブルーグリーン。髪は、上品なゆる巻きのアップにして、ダークレッドの石がちりばめられたずっしりとしたゴールドのネックレスをしている。

「ありがとう」アイアンサは、会ったばかりのころみたいに恥ずかしそうにした。「でも、ほんとうにこれでだいじょうぶかしら?」

「ええ。もう、ほんとうに」

「スピーチするだけなのに、大げさじゃない? ああ、スピーチって大きらい。最初だからまだいいけど。さっさとおえられちゃうもの。あら?」アイアンサはきょろきょろした。「ベンは? どこに行ったのかしら?」

「バティといっしょです。窓の外を見てます」

「そうよね、そうに決まってるわよね。じゃあ、そろそろ出かけようかしら」

だけど、バティはまだ暗号をいってない。もう少し引きとめておかなくちゃ。ロザリンドは、ベンのめんどうをみるときの注意事項をいってもらった。前もってさんざんきいてたけど。夕食は何を食べるかと、何時に寝かせるか、寝るときには何を着せるか。ベンのもちものを小さなお泊まり用バッグに入れておいたし、玄関のかぎはかけないでおくわね。忘れものがあるといけないから。だけど、家に入ることがあったら、アシモフを外に出さないようにくれぐれも気をつけてちょうだい。

そういったことをききおわってもまだ、バティが暗号を口にしないので、ロザリンドはお泊まり用バッグをあけて、ゆっくりと中身を確認した。ベビーフードふたびん、パジャマふた組、おむつ三つ、赤いアヒル、黄色いアヒル、予備の靴下……。

「トミー！」バティが叫んだ。

ロザリンドは、窓のところに走っていった。バティってば、暗号をまちがえちゃった？　だけど、ちがった。ほんとうにトミーが、家にもどってくるところだった。

「バティ、トミーが家に帰ってくるたびにいちいち教えてくれなくていいのよ」ロザリンドはきまりわるくなって、アイアンサにむかってなんとなく笑ってみせた。あんなサイアクなヤツの姿をひと目見ようとしてたなんて、思われたくない。

「トミーは元気？」アイアンサがたずねる。

「さあ。口きいてないんです」

「それは残念ね。昔からの友だちなのに。さみしいんじゃない？」

ロザリンドは、皮肉っぽく笑ってみせようとした。トミーと話さなくてさみしいなんてバカげた誤解だってことを、失礼じゃないようにアイアンサにわからせたくて。だけど笑いが喉に引っかかって出てこないので、どうしてだろうと思っているうちに、バティが「虫男！」と叫んで、ベンもいっしょになってはしゃぎだした。ああ、よかった。

ミッション1、コンプリート。

「アイアンサ、もうだいじょうぶです」ロザリンドはベンのバッグのファスナーをとじた。「行きましょうか」

　いよいよ、ミッション2だ。バッテリーをはずすのも、アイアンサを引きとめるのも、いまとなっては楽勝に思える。ロザリンドは覚悟を決めて、玄関のドアをあけた。バティとベンを先に出すと、ふたりは大はしゃぎで踏み段をとんとんおりていった。そのあとをアイアンサが、優雅におりていく。やわらかい夕日をあびて、さらにうつくしく見える。

　ペンダーウィック家の前をちょっと見ただけで、ロザリンドはぜんぶ計画通りなのが確認できた。お父さんは車に乗って、エンジンをかけようとしているけど、かからない。スカイとジェーンがそばをうろついて、心配そうな顔をつくってる。うん、すべてオッケー。ロザリンドは、前もって決めておいた合図を送った。つまり、頭のてっぺんをぽりぽりかいた。

　合図をもらって、ジェーンが手をふりながら叫んだ。「ねえっ！　お父さんの車、動かないよーっ！」

　すでに、アイアンサをお父さんの車のほうに誘導する方法はさんざん話し合っていた。でもアイアンサはためらうこともなくあっさり、そっちの方向にむかってくれた。ロザリンドはバティとベンを連れてついていき、息をつめて見守っていた。

お父さんが車からおりてくる。ここもたいせつな場面だ。お父さんがボンネットのなかを見て、バッテリーがないことに気づこうものなら、警察を呼んで窃盗だというかもしれない。そうなったら、一巻のおわりだ。お願い、スカイ……。ロザリンドは、アイアンサのあとを歩きながら願った。つぎのセリフをいって。

スカイは、かんぺきだった。お父さんの前に立ちはだかって、いった。「お父さん、ボンネットなんかあけちゃダメだよ。スーツが汚れちゃう。だよね、ジェーン？」

「うん、そうだね、スカイ。しかも、コンピュータトラブルかもしれないから、そんな簡単にはわからないよ」

「うん、コンピュータトラブルはありえるね。エンジンとか」

お父さんはまだ、ボンネットのほうへ行こうとしている。「おまえたちいつから、そんなに車にくわしくなったんだ？」スカイの横をすりぬけたけど、ジェーンにぶつかっただけだった。

「雑誌で読んだ」ジェーンがあわてていう。

「どんな雑誌だ？」

アイアンサのすぐうしろにいたロザリンドは、はらはらしていた。ジェーン、もう限界だわ。つぎに何かいったら、お父さんにあやしまれて、作戦は失敗する。たのみのつなは、アイアンサだ。ジェーンがよけいなことを口走らないうちに、アイアンサが口をひらいてくれれば。お願い、アイアンサ、何かいって。お願いだから、何かいって。

「こんばんは、マーティン」アイアンサがいった。「どうかした？」

お父さんはアイアンサのほうをむいた。車のキーが、手からぽろっと落ちる。スカイがすかさずひろって、自分のポケットにしまいこんだ。だけど、かくしておく必要はなかった。ジェーンがあとでいってたように、お父さんの目にはドレスを着たアイアンサしかうつってなかったから。アイアンサのほうも、お父さんにじっと見つめられて、すっかりかたまって彫像(ちょうぞう)みたいになってしまった。

「お父さん、車が動かないって、ほんとう？」ロザリンドが、なんとなく促(うなが)した。あまりにも沈黙(ちんもく)が長くつづいたからだ。

「いや、いやいや、ああ」お父さんが答える。夢(ゆめ)からさめたばかりみたいに。「この子たちが、コンピュータトラブルではないかといっているんだが」

「まあ、コンピュータトラブル」アイアンサはそういったものの、明らかにわかってない。

ロザリンドが、バティの手を引っぱった。バティには、もうひとつだけセリフを任(まか)せてある。ものすごくたいせつなセリフだ。バティがいえば、疑(うたが)われにくい。

バティは、引っぱられた意味に気づいた。背筋をしゃんとして、誇らしそうにセリフをいう。

「アイアンサ。パパをアイアンサの車に乗せてってあげて」

アイアンサは何やらぶつぶついって、お父さんも何やらぶつぶついった。そして、お父さんが手をアイアンサにすっと差しだした。姉妹たちがあとで口々にいってたように、ほんものの紳士みたいに。アイアンサは、恥ずかしそうにその手をとった。そしてふたりとも、あやふやな感じで行ってきますをいっただけで、アイアンサの家のほうにむかい、車に乗った。

「ミッション2、コンプリート」ロザリンドがいって、ベンを抱きあげた。「さ、夕食にしましょう」

夕食がおわると、ロザリンドはベンを連れてバスルームに行き、顔や手や髪の毛についたアップルソースを洗ってやった。バティは自分の部屋に行って、初のお泊まりもどきの準備をした。ほんとうは、朝までベンがいられたらよかったんだけど、自分の部屋でベンが寝るってだけでもじゅうぶんわくわくする。バティは、ベンのためにちゃんと準備を整えておきたかった。ぬいぐるみをぜんぶベッドからおろして、部屋のすみっこに重ねておく。人のぬいぐるみといっしょには寝たくないだろうから。クローゼットのドアはしっかり閉めておいた。ベンが、モンスターが出てくるんじゃないかってこわがるといけないから。そして最後に、とくべつな日だから、いちばんお気に入りのネクタイを何本か選んで自分の腰に巻き、そこまで気に入ってないネクタイを何本か、ハウンドの脚に巻いた。ハウンドのほうも自分なりの準備を進めていた。一週間前にベッドの下にかくした骨を引っぱりだしてきた。ベンが、犬の骨を盗むタイプの男の子だといけないから。

　バティとハウンドは、どちらも準備ばんたんだ。ならんでおとなしく待っていると、ロザリンドがすでに眠たそうなきれいになったベンを運んできた。赤毛がつんつん立っている。

「お話の時間だよ」バティがいう。

「ベンは何が好きかしら？」ロザリンドがいった。

　バティは前もって、いっしょうけんめい考えた。そして、自分の話がいちばん好きなんじゃないかと思いついた。「スカイがあたしをケープコッドの海に落としてあたしがおぼれそうになったときの話をきかせてあげて」

「小さい子が寝る前にきいて気持ちが落ち着く話とは思えないけど」

「だって、ききたいよね、ベン？」

「アヒル」

「ほらね、お姉ちゃん。これ、イエスって意味だよ。昔々、とても勇気のある女の子がいました。名前を……」

「アヒル」ベンがまたいった。「アヒル、アヒル」

「じゃましないで」バティがいう。「昔々、とても勇気のある……」

「アヒル、アヒル、アヒル、アヒル、アヒル！」

「……女の子がいました！　名前をバティといって……」

「バティ、大声を出さないで。ベンが泣いちゃうじゃない」

たしかに、ベンは泣きながら、ぷくぷくの手で目をこすっていた。ロザリンドはベンをゆすってやり、バティは頭をさすった。せっかくのお泊まりもどきが、うまくいかなかったらどうしよう。心配になってきたので、ぬいぐるみを取りに行った。ファンティは、バティとハウンド以外の人がいるとこわがるから、馬のセジウィックにして、ベンに手わたした。だけど、ベンはさらにぎゃんぎゃん泣きだした。そこで、くまのアースラをとってきたけど、やっぱりダメだった。バティは、はっと気づいた。

「部屋にあるアヒルがほしいんじゃないかな」

ロザリンドは、バッグのなかをさぐって、アイアンサが入れておいた赤いアヒルと黄色いアヒルをとってきた。だけど、ベンは泣きやまない。

「白いアヒル？」バティはたずねた。

ベンは、うんうんとうなずいて、バティにぎゅっとしがみついた。

「白いアヒルがほしいんだって」バティがロザリンドにいう。

バティとはつきあいが長いから、ロザリンドはここで反論してもむだだとわかっていた。ベンが白いアヒルがないと眠れないといってるなら、となりの家にとりにいくしかない。「わかったわ。ちょっとふたりでここにいてね。スカイを呼んできて、お話してもらうから」

だけど、スカイたちの部屋に行くと、スカイは双眼鏡をもって屋根の上にいた。

「お話をする？　ふざけないでよ」スカイは、ロザリンドが窓から顔を出して、手つだいをたのむと答えた。

「ほんの数分だけよ。だいたい、あなたが最年長なんだから、責任を果たしてちょうだい」

最年長にはたくさんの責任がともなうことになっている。だけどスカイは、お話をきかせることは最年長の責任のうちには入らない、ときっぱり断った。

ロザリンドは、ジェーンにたのむことにした。机にむかって、カリカリ書いている。「ね、ジェーン。ジェーンってば！」

ジェーンは青いノートからやっと目をはなした。「ね、きいて。レインボーとサブリナ・スターは何世紀ものときをこえて手をつないだ。ふたつの勇かんで大胆な魂が誓ったのは……誓ったのは……うー、どうしよう？　何にかけて誓えばいい？　何かしら、考えなくちゃ」

「ジェーン、わたしがアヒルをとりにとなりに行ってるあいだ、バティとベンにお話してくれる？」

「わかった」ジェーンは、青いノートをもって立ちあがった。「あたらしい本を読んであげるよ。よろこぶだろうなあ」

「ありがとう」ロザリンドはいった。

ロザリンドは上着を着て外に出た。すっかり日が暮れて、ガーダム通りは真っ暗で冷えてきた。だけど、空気がぴりっとしていて気持ちがいい。もうすぐ冬が来る。雪がふって、クリスマスがやってくる。ああ、きっと楽しいでしょうね。ベンに買うクリスマスプレゼント、なんにしようかしら。そんなことをつらつら考えていて、はっとした。だって、いまごろお父さんとアイアンサがどうなってるか、わからない。もし今夜うまくいかなかったら、ふたりは二度と口をきかなくなるかもしれない。そうなったら、ベンにクリスマスプレゼントもあげられない。ああ、どうかうまくいきますように。ロザリンドは暗やみにむかってつぶやいた。

暗やみから返事は来なかったけれど、かわりに茶トラのネコが芝生をすたすた歩いてきて、レンギョウの茂みのなかに入っていった。

「アシモフ！」ロザリンドは呼んだけど、それほどおたがい相手をよく知らないので、呼んだところでアシモフが寄ってくる気になるはずもない。ロザリンドは、あれ？と思った。この子はしょっちゅう外に出てくるけど、今日はどうやって出てきたのかしら。アイアンサ、窓をあけっぱなしにしといたの？　それともアシモフって、玄関のドアをあけられる？　ロザリンドが神経質なタイプだったら、気がかりでしょうがなかっただろうけど、ロザリンドはすぐにアシモフのことは忘れてしまった。いまは全神経を、ガイガー兄弟がガーダム通りを車で走ってきて自分たちの家の前で止まったのに気づいてないふりをすることに注いでいたから。気づいてないふりがうまくいって、そんな車は見てないような気さえしてきた。ところが、すべての努力がムダになった。トミーが通りのむこうから走ってきて、目の前に立ちはだかったから。しかも、ロザリンドをまっすぐに見つめてきた。

ロザリンドも、トミーを見つめた。

するとと、トミーが話しかけてきた。

「いっときたいことがあるんだ。きいてくれなくてもいいけど、どっちにしても話しておくよ」トミーはフットボールをもっていて、せわしなく右手と左手でもちかえていた。右にパス、左にパス、右にパス、左にパス、右に……。あーっ、イライラする！　ロザリンドは、トミーからボールを引ったくった。

「それじゃ、話もきけないわ」ロザリンドはボールをわきにかかえた。「なんなの？」

「何が？」

「トミー！」

「あ、ごめん」トミーは何度かつばをのみこんで、フットボールをじっと見つめて心を落ち着けた。「トリルビーとおれ、今日、わかれたんだ。つーか、おれがフッたんだけど、どうしてかというと……いや、ま、理由はいっか」

「どうして？」

「理由はいっか、っていったよな」

「ええ。どっちにしても興味ないし」

「タイクツだからだよ。まあ、さすがにそうはいえなかったけど。だから、ロザリンドのせいだって思ったかもしれないな。ロザリンドはただの幼なじみだってハッキリいってやったし、いくらロザリンドが前よりずっときれいになったからって、おれはあんまり気にしてないし……」

ロザリンドは口をはさんだ。「わたしのこと、きれいっていった？」

「たぶん。つーか、ニックがそういってた。つーか、男子でそういってるヤツが多いから。どいつがいってたかは、きくなよ」

「わかった、いいわよ」

「まあ、いいたかったのは、それだけだ。じゃあな」

このまま行かせたくない。トリルビーとわかれたことで、何かしらやさしい言葉をかけてあげなくちゃ。なんでそんなふうに思うのかはわからないけど。それに、わかったとしても、何をいえばいいのかがわからない。ロザリンドは考えていた。時間がずいぶんたったような気がする。トミーは、フットボールをじっと見ている。とうとう、ロザリンドはいった。「わかれてよかったわ。えっと、べつに、その間さみしかったとかいうわけじゃないけど」

「さみしくはないだろ」質問ではなく、断言だった。

「当たり前でしょ。まあ、少しはさみしかったかもしれないけど、でも、ちがう。ちがうわよ」

「そりゃそうだ。おまえがさみしがるなんて、思ってないよ」

「決まってるじゃない。思えるわけがないわ」ロザリンドは首を横にふった。「ごめんなさい、そろそろ行かなくちゃ。アヒルとってこなくちゃいけないの」

トミーはもう少し話したいことがあったとしても、顔には出さなかった。ボールを受けとり、歩いていった。ロザリンドはまた、ぴりっとした夜の空気のなかでひとりになった。さっきみたいに、涼(すず)しいのが気持ちよくは思えない。アイアンサの家のドアノブに手をのばすと、まわしもしないうちに、ドアが勝手にあいた。

えっ、何？　アイアンサがもう帰ってきたの？　そんなことってある？　ところが、ドアをあけたのは、アイアンサではなかった。見たこともない男だ。それほど大きくはないけれど、大人にはちがいない。大きなメガネをかけている。きっと、アイアンサの友だちね。そうでなきゃ、アイアンサの家から出てくるわけがないもの。あ、そうか、それで、アシモフが外に出たのね。

「こんばんは」ロザリンドは感じよくあいさつした。「アシモフ、外に出したんですね？」

「アシモフ？」男は、コートの下に何かをつっこんだ。ロザリンドに見られたくないみたいに。だけど、コートの下にはおさまりきらない。

「アイアンサのネコです」ロザリンドは、まだ疑っていなかった。「だけど、どうしてコートの下にアイアンサのコンピュータをかくしてるんですか？」

「わたしのコンピュータだ」

「アヒルのシールがはってあるのに？」男はぎょっとした顔をした。一瞬、ロザリンドは男が気の毒になった。情けない小さいおじさんに見えたからだ。だけどそのとき、やっと、ロザリンドは気づいた。この人、アイアンサの友だちなんかじゃない。ロザリンドは、かっとなった。人のものを盗むなんて！「それ、こっちにわたしてください」

「ダメだ」

「わたしてください」

ロザリンドが手をのばすと、男はおとなしくいうことをきくようにコンピュータをコートから出した。だけど、ただの見せかけで、わたすかわりに、ロザリンドをコンピュータでぐいっと押した。ロザリンドはうしろによろけて転んだ。いくら情けない小さなおじさんでも、十二歳の女の子よりは強い。男は走りだした。アイアンサのたいせつなコンピュータをもったまま。ロザリンドはなんとか立ちあがり、あとを追いかけた。ひきょう者！許さないんだから！わたしを敵にまわしたわね。まちがいなくアイアンサにとっても敵だ。とはいえ、ひとりでどうすればいいのかは、わかってない。

だけど、ひとりじゃなかった。通りのむこうから、ひゅーっとフットボールが飛んできた。ゴールライン近くで待ちかまえているチームメイトにむかってではなく、必死で走っている小さいおじさんめがけて。ロザリンドが見つめていると、ボールはおじさんに命中して――みごとタッチダウン！――おじさんはよろけて、スピードをゆるめたすきに、キャメロン中学校の背番号86につかまってタックルされた。この二日で二度目だけど、ロザリンドの目の前に急にあたらしい世界がひらけた。はっきり見えてくると、何もかもがいままでとはちがってきた。わたし、いままでトミーのことをなんにもわかってなかったわ。なんであんなにムカついてたのかしら？　トミーは昔のままのトミーで、これからもかわらない。ああ、よかった。

「ナイスタックル！」ロザリンドは、うっとりしていった。

トミーは立ちあがって、ズボンの泥をはらった。「ロザリンド、やっぱり、教えてくれるか？　さみしかったかどうか」

「ああ、トミー、さみしかったわ。これくらい、さみしかった」ロザリンドは両手を十五センチくらいはなしてみせた。

地面にたおれたおじさんが立ちあがろうとすると、トミーがまた押したおした。「どれくらい？」

「わかったわよ、これくらい」ロザリンドは、両腕をできるだけ広げた。

「もう少し大人になったら、デートするか」トミーが、なんてことなさそうなフリをしていった。思いっきり意識してるのがバレバレだったけど。「十四歳とか」

いまとなっては、十四歳まで待てない気がする。「十三歳、かしら。わたしは一月、トミーは四月よ」

おじさんが、ふざけるなというふうに、ふんっといった。だけど、ふたりは気づいてない。トミーはバカみたいにロザリンドを見てにやにやしてるし、ロザリンドもうれしそうにしていて、ふたりとも、ものすごく幸せだった。ずっとこのままでいそうな勢いだったけど、やっとのことで、このつかまえたおじさんをどうすればいいのか気になりはじめた。援軍を呼びたくても、どっちかをひとりで残しておきたくない。ふたりは、仲直り後、初のいい争いをした。とはいえ、ほんとうのけんかではなく、すぐにまた仲直りした。ペンダーウィック家の玄関のドアがバタンとあく音がひびきわたったからだ。

「妹たちが来るわ」ロザリンドがいった。

トミーはかがみこんできて、大胆にもロザリンドのほっぺたにキスをした。「忘れるなよ。ふたりとも十三歳になるまで、待ってるんだからな」

ロザリンドも、大胆にもトミーにキスをした。「忘れないわ」

そのとき、スカイが来た。キスに気づいたとしても、口に出さないくらいのデリカシーはある。「屋根からぜんぶ見てたよ！　トミー、サイコーのパスだったね！」

「ありがとう。おれ、トリルビーとわかれたんだ」

「よかったね。お帰り」スカイはおじさんの首に足をかけた。立ちあがろうなんて気を起こすといけないからだ。「動くんじゃないよ」

つぎにジェーンが来た。ベンを肩車している。「どこのどいつ？」ジェーンは、軽蔑しきった顔をしている。

「まだわからないの。アイアンサのコンピュータを盗もうとしてたのよ」ロザリンドはいって、ジェーンの肩からベンを抱きあげた。ベンは、パジャマの上にバティのトレーナーを着て、カンガルーの靴下をはいている。アヒルのことを忘れてるだけじゃなくて、大よろこびしている。こんな冒険、生まれて初めてだ。

最後にやってきたのは、バティとハウンドだ。ネクタイをなびかせて走ってくる。ハウンドはおじさんの頭の横にすわって、おどかすように歯をむいた。バティはハウンドのとなりにしゃがんで、おじさんを見た。おじさんも、バティを見た。

おじさんが、最初に口をひらいた。「またおまえか！　どこからでも出てくるな」

「こんにちは、虫男」

「バティ、そんなのいないって何度いったら……」スカイはそこで、ぴたっと言葉を切った。口をあんぐりあけたまま。もしかして、虫男って、バティのただの妄想じゃなかったとか？

「バティ、この人が虫男なの？」ロザリンドがたずねた。

「あんまりそれっぽくないけど」ジェーンがいう。

「サングラスしてると、もっと気味悪いんだよ」バティは、弱虫だとは思われたくなかった。

「おい、おまえたち、何をいってるんだ」おじさんがいう。

「口をはさむな」トミーがいった。ハウンドがおどかすようにワンワン吠える。

「じゃ、こいつがほんとうに虫男だったんだね」スカイはまだうたがわしそうだ。

「靴下男でもあるけどね」

「スポックだ、靴下じゃなくて。というか、わたしはノーマン・ビルンボウムだ」おじさんは、まるで自分は〝アルバート・アインシュタイン〟だとでもいうようにいった。

ノーマンという名前をきいて、ジェーンははっとした。ほかのみんなを見ていう。

「わたし、知ってる！　アイアンサに研究を盗まれたと思いこんでる、バカな同僚だ！

それでコンピュータ、盗んだんだね。自分がアイアンサの研究を盗んで、自分のもののフリをするつもりだったんでしょ。汚い泥棒だね」

「わたしはバカでも泥棒でもない。アイアンサはほんとうにわたしの研究を盗んだんだ。それで何週間も前から、とりかえすチャンスをうかがっていた。わたしが正しいことは、きちんと証明できる。おまえたちには関係ないことだ。よけいなことをいうんじゃない」

　スカイはかがみこんで、おじさんの顔をじっとのぞきこんだ。やっと理解した。こんなおかしなヤツなら、バティの虫男でもおかしくない。「よけいなことなんかいってないよ。ただ、ひとつだけ教えといてあげる。アイアンサは天才だから。あんたみたいな能ナシから盗む必要なんてどこにもないよ。うちの近所をうろついてただけじゃなくて、うちの赤ん坊をこわがらせて……」

「あたし、赤ん坊じゃない！」バティが声をあげる。

　スカイはかまわずつづけた。「しかも、うちのお父さんと初デートしてる女性をけなすようなことをいって。あたしたちが、どれだけ苦労したか。あたしなんか、車のバッテリーまで盗んで、それっていうほどかんたんじゃないんだからね」

「いい、ビルンボウムさん？」ジェーンがいう。「アイアンサは、ペンダーウィック家の一員になるかもしれないんだからね」

「このかわいらしい赤ちゃんもよね」ロザリンドがベンのほっぺたにキスをした。

スカイがぱっと顔をあげる。初めて気づいた。そっか、ベンもだった。スカイがベンにむかって顔をしかめると、ベンはうれしそうに手をふった。

「さ、仲間たち」トミーがいった。「このノーマンをどうしようか？」

「はなしてくれ。当然だ」ノーマンがいう。「わたしは何もわるいことはしてない。おまえたち、ただの子どものくせに」

「ただの子ども？　あきれるね」ジェーンがいった。「こんな悪党、しばりつけてやろうか。それからゆっくり始末してやるよ」

みんなでそれがいいということになり、バティとハウンドがジェフリーのネクタイを寄付して、あっという間に虫男こと、ソックスまたはスポックこと、ノーマン・ビルンボウムは、手足をしばられた。ジェーン、バティ、ハウンドはそれから少しのあいだ、血を求めるアステカの司祭になりきったけど、ロザリンドがだまらせた。ノーマンは最低なヤツだけど、必要以上にこわがらせることもない。

そのあと、これからどうしようか、みんなで話し合った。だれひとり、大学でのたいせつな初デートをじゃましたくはない。だけど、スカイをのぞいて全員、勝手に警察を呼ぼうとは思わなかった。ジェーンは、ノーマンを地下室に閉じこめておこうと提案したけど、ただちに却下された。

「やっぱり、お父さんとアイアンサに電話したほうがいいわね」ロザリンドがいった。「警察を呼ぶなら、わたしたちじゃなくて、お父さんたちのほうがいいわ。スピーチはふたりとも最初のほうだから、じゃまするとしてもディナーだけだし」

「ふたりいっしょのロマンティックなディナーなのに」ジェーンが、ネクタイでしばられて転がってるノーマンにむかって眉をよせる。「ぜんぶ、あんたのせいだからね」

「じゃ、決まりだな？」トミーがいった。

スカイが電話をかけるために、走っていった。

ロザリンドは階段のてっぺんにすわって、お父さんがもどってくるのを待っていた。妹たちはもう眠っている。くたくただったけど、どうなったかたしかめるまでは寝るわけにはいかない。ノーマンのことや、警察のこと、あと、アイアンサのこと。

玄関のドアがあく音がしたので、小声でお父さんを呼ぼうとしたら、お父さんはもう階段をあがってきていた。ロザリンドがそこで待ってるのはわかっている。

「ノーマン、どうなるの？」

「まだわからない。アイアンサが警察に、危険人物ではないし混乱しているだけだと話したが、弁護士がぜんぶきちんと処理してくれるだろう」お父さんは腰をおろして、ロザリンドの肩を抱いた。「こわかっただろう？」

「ほんの一瞬だけ。すぐに、むこうのほうが、わたしよりこわがってるってわかったし。それに、トミーがいてくれたから、ぜんぜんこわくなかったわ」

「ああ、トミーには感謝だな」

「ええ」ロザリンドは、お父さんにぴたっとからだをよせた。「わたしたち、十三歳になったらデートすることにしたの。かまわない？」

「最高だ。オプティマス。トミーはいいやつだ。すばらしい義理の息子になってくれるだろう」

「お父さん！」

「すまんすまん」

ロザリンドは、許してあげるという印に、お父さんの肩に頭をもたせかけた。そしてそのまま、ふたりは階段のてっぺんにすわっていた。父と長女は、それぞれの思いにふけって、平和によりそった。

「こういうの、久しぶりだなあ」お父さんが低い声でいう。「おまえのことをどんなに愛しているか、わかってくれるか？」

「うん、お父さん」

「それからもうひとつ、いいたいことがある。少なくともわたしは、今回のことでつくづく感じたよ。お母さんが亡くなってから、おまえに甘えすぎていた。お母さんが心配していたのを思い出すよ。おまえが自分のかわりをしようとしてがんばりすぎるのではないかとね。わたしは、そんなふうにはさせないと約束した。そんなに急いで大人にはさせないと。だがロザリンド、わたしはどうやら、その約束をうまく守れなかったようだ。あたらしい女性をわたしたちの生活に連れてくることを、おまえがそんなにいやがるのも、むりない」

うれしかった。ほんの数日前のロザリンドだったら、お父さんにこんなことをいってもらうためなら、なんだってしただろう。だけどいまは、会話をそういう方向に進めたくない。わざわざ車のバッテリーを盗んでまでのんきな大人ふたりをひとつの車に乗せたのは、こんな結果のためじゃない。

「もしかして、『いやがる』ってのは、いいすぎかもしれない。あと、『あたらしい』ってのも、ちょっとちがう気がする」

「ロザリンド、少しつかれているのではないか。いっていることがおかしい。そろそろ寝たほうがいい。さあ」

「ちがうの、待って」ロザリンドは、必死だった。「まだ、今夜のこと、話してくれてないわ。アイアンサといっしょにいて、楽しかった？　っていっても、ノーマンのことで電話かける前だけど。拷問じゃなかったんでしょ？　わたしたちがどんなにアイアンサのことが好きか、知ってるわよね？」

「どうした、いきなり？」

「ねえ、お父さんもアイアンサのこと、好きなんでしょう？」ロザリンドは、早口でまくしたてていた。「わたしたち、確信したんだけど、この手のことには経験不足だから。あと、車のこと、ごめんなさい。だけど、スカイがすぐにバッテリーをもとにもどすつもりでいるから」

　お父さんは、自分に抱きついていたロザリンドの腕をほどいて、ロザリンドの顔をまともにのぞきこんだ。「なんの話だ？」

「だから、アイアンサとのデートのことに決まってるでしょ」

「あ、ああ」お父さんは、長いこと宙を見つめてた。「だが、車というのは、なんのことだ？」

「べつに」

「朝になったら、ボンネットのなかを見たほうがよさそうだな」

「見てもいいけど、でもお願い、アイアンサのことは？　いっしょにいて、楽しかったのよね？　そうでしょ？」

「ああ、楽しかった」

「それで？」

「ロザリンド、なんの話だ？　たのむから、お父さんにもわかるように、ゆっくりわかりやすく話してくれ。おまえたち、わたしがアイアンサとデートをしてもかまわないのか？」

「かまわない？　まさか、お父さん！」ロザリンドはまた、お父さんにぎゅっと抱きついた。今度は、ほどけないほどぎゅっと。「すごくステキなことだと思う！」

エピローグ

七か月後――。

ペンダーウィック姉妹は、このたいせつな日に何を着るか、相談して決めた。ジェーンは、ゆったりしたフレアスカートがいいといった。ロザリンドが、色を決めた。夕日が沈む前の海みたいな、ブルーグリーン。バティは、いろいろアドバイスしてもらいながらだけど、靴を選んだ。足首のところにストラップがあるローヒール。スカイはといえば、リボンがついた帽子をかぶりたくないという希望しかなかった。それをいうなら、頭には何ものせたくない。だけどアイアンサが、自分のブーケに合わせてみんなにも黄色いバラの花を髪にかざってほしいとたのんだので、スカイはもんくもいわずにいうことをきいた。あとでジェーンに、いくらアイアンサのためでもピンクのバラだったらぜったいムリといってたけど。

こうして当日になり、四人はロザリンドの部屋に集まって、いつものペンダーウィック姉妹から花嫁の付添人への変身をおえた。

「じっとしてて、バティ。バラが落っこちちゃう」ロザリンドがいう。

バティはうれしくてじっとしてられなくて、ぴょんぴょんとびはねたり、自分の姿を鏡で見ようとしたりしている。「ハウンド、あたし、きれいでしょ」バティはジャンプの合間にいった。ハウンドは無視している。首に巻かれた黄色い蝶ネクタイをかじってとろうとしていたからだ。「きれい、きれい、きれい」

「わたしたち、みんなきれいだね」ジェーンはバティの肩に両手をおいておさえつけて、おとなしくさせた。その間にロザリンドが、はずれたバラをきちんとピンでとめる。

「これでとまってると思うけど」ロザリンドはそういって、スカイのほうをむいた。スカイは、『いけにえの姉妹』の前みたいに青白い顔をしている。

「またスピーチ忘れちゃった」スカイはドレスのスカートをぐいっとつかんで、しばらく屋根の上でひとりになる時間はないかなと考えていた。だけど屋根の上なんかにのったら、アイアンサの庭が目に入ってしまうだろう。そこにはお花のアーチやら祭壇やらがあって、なん十脚ものいすがならんで、サイアクなことにもうお客が集まりはじめているはずだ。そんなの見たら、よけい緊張する。

「そんな大げさなものじゃないんだから」ロザリンドは、これで何度目かになるけど、くりかえした。

「ほんの一行でしょ」ジェーンがいう。この結婚式の、この部分の言葉を考えた。「まずロザリンドで、『長いこと、わたしたちは自分たちが何を望んでいるのか、わかりませんでした』。そのあと、スカイ。『そしてついにわかったとき、わたしたちはそれがとなりの家にあることに気づきました』。で、わたし。『その人の名前は、アイアンサ。そして魔法のように、アイアンサもわたしたちを望んでくれたのです』。で、バティがいうの……」

「『ベンもおなじ気持ちでした』」バティがいった。

「『そしてついにわかったとき……』」スカイがぶつぶついう。「『そしてついにわかったとき……』『そしてついにわかったとき……』」

　そのとき、クレアおばさんが下から呼ぶ声がした。「みんな！　花婿の付添人が到着よ！」

　バラやらスピーチやらの心配は、あっという間にふっとんだ。姉妹たちは部屋から飛びだして、階段をかけおりた。クレアおばさんはうれしそうに顔をかがやかせている。

ラベンダー色のドレスがきれいだ。姉妹をひとりずつチェックして、ぱっとハグをすると、リビングに追いやった。はやく、花婿の付添人と対面してらっしゃい、と。

そこには、三人の付添人がいた。ダークな色のスーツを着て、すごくかっこいい。いちばん背が高い男の子は、満面の笑みを浮かべて、ロザリンドしか目に入ってない。ロザリンドはすぐに腕を組んだ。きっとトミーはこれからどんどん大人っぽく、ハンサムになっていくわね、と思って。ただしここ七か月、毎日おなじことを考えていたけれど。二番目の男の子は、そばかすとグリーンの瞳がキュートで、それほど背は高くないけど、かなりハンサムだった。気づいたときにはもう、スカイとジェーンが大はしゃぎで飛びついていた。バティとハウンドも、会えてうれしいことを大いそぎで伝えたかった。なんといっても、なんか月もボストンにいてはなればなれになっていたのだから。

「ジェフリー！　大好き！」バティは叫んで、ジェフリーのひざに飛びついた。ハウンドも、そうだそうだというふうに吠えている。

「バティ、ぼくもバティが大好きだよ」ジェフリーはバティを抱きあげて、思いっきりぎゅっとした。

三人目の付添人は、かなり小さい。赤毛がめずらしくきれいにとかしてなでつけられている。見なれない服と大騒ぎにとまどって、思わず泣きそうになったけど、ぎりぎりセーフでスカイがジェフリーからはなれて、となりにしゃがんだ。

「ベン」スカイはまだ赤ん坊を好きにはなれないけど、この子だけは例外にしようと思った。「ごきげんいかが？」

「よくない」

「あたしもだよ。だけど、もうすぐおわるし、そうしたらケーキ食べよう。いい？」

ケーキときいて、ベンはいきなり元気になった。そして、ハウンドの黄色い蝶ネクタイをこっそり引っぱったので、ネクタイがほどけてしまい、ハウンドはなおいっそう、ベンのことが好きになった。

その騒ぎのなか、クレアおばさんがどこかへ消えて、またもどってきた。連れてきたのは……。

「あっ、お父さん」ロザリンドが声をあげた。「お父さん、なんだか……なんだか……」

「イケメン。カッコいい」ジェーンがいった。

「バカいわないで」スカイは不満そうにいったけど、思わず息をのんでいた。

もちろん、スーツやぱりっとした白いシャツだけのせいではない。合わないネクタイをしてないせいでもない。お父さんの全身からただよっている、幸福感のせいだ。まぎれもない幸せのせいだ。お父さんがずっとほしかった、そしてやっと手に入れた幸せ。

「わたしの姫たち、こちらへおいで」お父さんはいった。そして、四人はお父さんのところにかけより、抱きついてはなさなかった。そのうちお父さんはそっとはなれて、ベンを抱きあげ、ぎゅっとした。そのあと、ほかのふたりにむかって、うなずいた。「トミー、ジェフリー、来てくれてありがとう」

うなずき返したふたりが、ふいにまじめくさって、大人っぽくなる。それを見たジェーンがトミーをくすぐって、スカイがジェフリーをくすぐって、みんながいつも通りのみんなにもどった。

そのとき、玄関のドアをノックする音がした。ニックとアンナが、となりに行く時間だと知らせに来た。

「準備できたのか？」お父さんがたずねた。だれも、だれの準備のことかはきかない。

「はい、できましたよ、ペンダーウィックさん」ニックがいう。「牧師さんも、いらっしゃいました」

「お客さんもみんな、集まってます」アンナがうれしそうにいった。自分の父親以外なら、結婚式は大好きだ。

お父さんはベンをクレアおばさんにあずけて、最後にもう一度、娘たちをたっぷりハグした。「さて、おまえたち、結婚式の準備はいいかな？」

結婚。なんか、信じられない。だけど、なんだかビックリだけど、奇跡みたいだけど、ペンダーウィック家の全員が、なんの疑いもなく、不安もなく、これっぽっちの心配もなく、結婚の準備ができていた。

そして、結婚式がはじまった。

ジーン・バーズオール
Jeanne Birdsall

「わたしは十歳か十一歳のころには、読みたい本をぜんぶ読みつくしてしまいました。毎週、お気に入りの作家のうちだれかが新作を出していないかと期待して図書館に通っていました。けれどもたいてい、借りて帰るのは読んだことのある本で、なかには八回も九回も十回も読んだ本もありました。そしてわたしは、いつか作家になると心に誓ったのです。わたしのような読者に、すこしでもあたらしい本を発見して楽しんでもらえるように」マサチューセッツ州ノーサンプトンに、夫と、ネコ二匹と、キャグニーという名前の犬とともに在住。『ペンダーウィックの四姉妹　夏の魔法』で全米図書館賞を受賞。

代田亜香子
だいた・あかこ

神奈川県生まれ。立教大学英米文学科卒業後、会社員を経て翻訳家に。訳書に『コービーの海』（鈴木出版）、『ぼくはジョシュア』『ペンダーウィックの四姉妹　夏の魔法』（小峰書店）などがある。

Sunnyside Books

ペンダーウィックの四姉妹 2
ささやかな奇跡

2015年8月24日　第1刷発行
2017年4月30日　第2刷発行

作者　ジーン・バーズオール
訳者　代田亜香子

発行者　小峰紀雄
発行所　株式会社 小峰書店
〒162-0066　東京都新宿区市谷台町4-15
電話 03-3357-3521　FAX 03-3357-1027
http://www.komineshoten.co.jp/

印刷　株式会社 三秀舎
製本　小高製本工業株式会社

NDC 933　374P　19cm　ISBN978-4-338-28705-0